Herr
der
Steine

Marco Plate

Herr der Steine

ROMAN

FSC
www.fsc.org
MIX
Papier aus verantwortungsvollen Quellen
Paper from responsible sources
FSC® C105338

Bibliografische Information der Deutschen Nationalbibliothek: Die Deutsche Nationalbibliothek verzeichnet diese Publikation in der Deutschen Nationalbibliografie; detaillierte bibliografische Daten sind im Internet über dnb.d-nb.de abrufbar.

Imprint 26|Epic
1.Auflage (Erstveröffentlichung 16.08.2022)

TWENTYSIX
Eine Marke der Books on Demand GmbH

www.marco-plate.de
Herstellung und Verlag:
BoD – Books on Demand, Norderstedt

ISBN: 9783740706616

Für meine Familie

PROLOG

Das ist eine tolle Überraschung!

Jack hat mich ausgewählt, ihn auf seiner kommenden Reise zu begleiten. Somit habe ich die Möglichkeit, noch viel mehr Erlebnisse in meinem Buch zu verarbeiten.

Es werden sicherlich im Laufe der Geschichte offene Fragen auftauchen. Doch alles ergibt früher oder später einen Sinn.

Ich hoffe jedenfalls, dass möglichst viele den Weg mit mir weitergehen.

Teil I

„Many a false step is made by standing still“

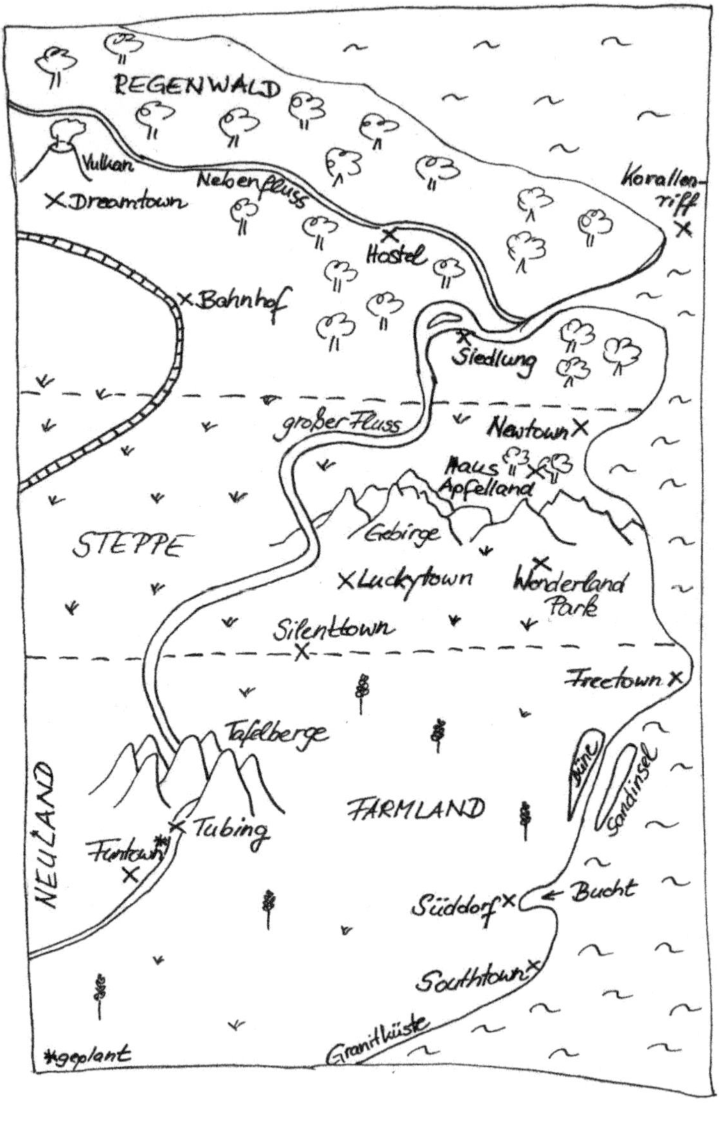
REGENWALD
Vulkan
Dreamtown
Nebenfluss
Hostel
Korallen-riff
Bahnhof
Siedlung
großer Fluss
Newtown
Haus Apfelland
Gebirge
STEPPE
Luckytown
Wonderland Park
Silenttown
Freetown
Tafelberge
Düne
Sandinsel
FARMLAND
Tubing
Funtown*
NEULAND
Bucht
Süddorf
Southtown
Granitküste
*geplant

Am Anfang

Die Müdigkeit breitet sich in Jacks Körper aus, wie die Nebelbänke über den Hügeln. Er fühlt sich verlassen, aber jetzt fängt die Suche richtig an. *Seine* Suche nach Etwas, oder die Jagd auf jemanden? Bisher soll alles geheim bleiben und Jack hat mit keinem darüber gesprochen.

Ich halte alles schriftlich fest. Die aus meiner Sicht wichtigen Dialoge nehme ich auf, mache mir Notizen und in ruhigen Minuten verfasse ich es ausführlich – mit Bleistift auf Papier. Das lässt sich leicht transportieren, ist praktisch für Notizen und verwischt nicht so schnell in Berührung mit Wasser. Ich liebe ich es, auf traditionelle Art zu schreiben. Ich bin eigentlich nur dabei, um alles zu dokumentieren. Wie ein Reporter, der einen Menschen begleitet.

Nach einem bitterkalten, weißen Winter spürt Jack in dieser beginnenden Nacht eine gewisse Wärme. Er muss sich anfangs natürlich zunächst einmal orientieren, aber eins scheint klar, er ist bereit und meint, dass er sich zuvor nie so frei gefühlt hat. Hier und jetzt will er es durchziehen. Allein. Zunächst mit mir. Das Schicksal soll entscheiden. Vielleicht aber auch das Glück, oder selbst erarbeiteter Zufall? Nicht wenige hoffen in diesen Zeiten auf etwas Neues – eine Alternative!

Jack denkt jetzt einfach nur an die saubere Luft, die er atmen möchte und an einen Ort, den er als Ziel bezeichnet. Es wirkt hier alles sehr friedlich. Das einzig Angriffslustige sind die Mücken.

Wir sind die letzten Fahrgäste im Zug gewesen, der mittlerweile schon wieder den Rückweg angetreten hat. Aber von weitem sieht Jack am Bahnsteig eine Frau mit einem Jungen stehen. Sind sie Mutter und Sohn oder spielen sie das nur? Sie scheinen Jack auf Anhieb Zuversicht zu vermitteln. Ein wunderbares Gefühl. Wer sind die beiden? Er kommt ihnen näher. Sie wirken überhaupt nicht müde. Jacks Blick wandert von der Frau zu dem Jungen und er ruft zu ihm hinüber: „Hallo, Kleiner! So spät in der Nacht noch unterwegs?"

Der Junge zögert ein wenig, doch Jack merkt ihm an, dass er genauso den Drang verspürt, sich mit jemandem zu unterhalten. Dann endlich, die zarte Stimme: „Wer sind Sie?"

„Ich bin Jack und mit wem hab ich es hier zu tun?", wobei Jack sich ein Grinsen in Richtung der sehr attraktiv wirkenden Frau nicht verkneifen kann.

Doch noch vor einer Antwort zieht sie den Jungen zu sich: „Entschuldigen Sie, wir warten hier auf jemanden und es ist nicht die richtige Zeit und der richtige Ort, einfach von einem Fremden angesprochen zu werden."

Dafür zeigt Jack Verständnis, aber er gibt sich noch nicht geschlagen: „Keine Angst, vielleicht warten Sie ja auf mich." Er hält einen Moment inne. Ihm wird wohl bewusst, dass diese Art von Konversation sicherlich nicht förderlich für die Situation gewesen ist. Jacks Augen vernehmen zunächst ein blitzendes Licht und dann empfangen seine Ohren ein Flüstern: „David"

Bereits im nächsten Moment ist von Frau und Kind nichts mehr zu sehen.

„Warte doch, David!“, ruft Jack. Aber seine Bitte verliert sich unerfüllt in der Stille der sternenklaren Vollmondnacht.

Eine etwas dickliche junge Frau in einem roten Kleid taucht plötzlich aus der Dunkelheit auf.

„Tut mir leid Jack, ich habe mich etwas verspätet, um dich abzuholen. Möchtest du wieder einige Zeit bei uns bleiben?“, fragt sie noch etwas außer Atem.

„Hallo, Babsi! Nein, diesmal nicht, tut mir wirklich leid“, antwortet Jack mit betrübter Stimme.

„Wirklich nicht? Bist du dir sicher?“, fragt die Frau fast erschrocken und erst danach bemerkt sie mich hinter Jack stehend. Sie mustert mich von oben bis unten und fügt etwas abwertend hinzu: „Ach so, du hast diesmal einen Begleiter?“

„Ich habe mich das letzte Mal wirklich wohlgefühlt bei euch, aber du weißt, wie lange ich damals geblieben bin. Ich werde die Zeit bei euch und diesen Ort niemals vergessen, aber ich habe mir schweren Herzens überlegt, mich diesmal sofort auf die Reise zu machen. Grüße bitte die Kleinen und deinen Mann von mir. Komm lass dich nochmal drücken.“

Jack nimmt die mollige Babsi fest in seine Arme, obwohl es aufgrund ihrer Größe so aussieht, als wenn anstatt dessen sie ihn in ihrer gesamten Damenhaftigkeit umschließt und auch nicht vorhat, Jack je wieder in seine Freiheit entkommen zu lassen.

„Jack, du weißt, du bist bei uns immer willkommen, solange du möchtest“, entgegnet Babsi herzlich.

„Servus“, antwortet er selbstbewusst.

„Warte Jack! Ich muss dir dringend noch etwas erzählen!“ Sie hält ihn zurück und blickt dabei skeptisch zu mir herüber.

Nicht wirklich überrascht tritt er so nah wie nur möglich an den kurvigen Körper der Frau heran, so dass sie ihm direkt ins Ohr flüstern kann. Er nickt ihr beruhigend zu, umarmt sie nochmal und sagt dann wieder gut hörbar: „Mach dir keine Gedanken – bis dann Babsi!“

„Grüß Gott Jack, eine gute Reise und viel Spaß!“

Mit diesen Abschiedsworten, dreht sie sich um und stapft in ihren nicht zum Kleid passenden leuchtend blauen Pumps in die Dunkelheit eine kleine Anhöhe hinauf.

Zusammen

Gerade ersetzt die Sonne den Mond und nach einer kühlen Nacht scheinen die wärmenden Strahlen auf meinen Schlafsack. Ausgeruht blicke ich von dem Hügel, auf dessen grüner Wiese wir letzte Nacht im Schein des Erdtrabanten unser Lager aufgeschlagen haben, zu den angrenzenden Bergwäldern und bemerke erst jetzt, wie schön die Stelle ist, die sich nicht weit oberhalb unserer Anfangsstation befindet. Ich habe mit Jack über gestern Abend nicht mehr gesprochen. Mir schwirrt immer noch die Situation mit der Mutter und dem Jungen im Kopf herum. Ich hoffe, bald Jacks Vertrauen zu gewinnen. Die Zeit wird schon Antworten bringen. Zunächst werde ich versuchen, alles weniger emotional zu sehen, möglichst nur Jacks Situation sachlich festzuhalten und meine schriftstellerische Ader weitestgehend zu unterdrücken. *Braucht man dafür überhaupt einen Schriftsteller? Bin ich eigentlich die richtige Person?*

Wir sehen zu den Hügeln in der Ferne mit ihren immergrünen Regenwäldern und alten Pfaden früherer Generationen. In diesem Gebiet fühlen sich neun der zehn giftigsten Tierarten der Welt zu Hause.

Wir erfrischen uns an einer kleinen Wasserquelle, bevor wir uns auf einem altüberlieferten Wanderweg in Richtung Südwesten begeben. Unser Tagesziel ist ein Haus, von dem Jack gehört hat.

Es soll der Ort sein, wo ihm eine angeblich bedeutende Person geschrieben hat, bevor er von diesem Menschen dann nie wieder etwas gehört oder gesehen hat. Der Brief ist bis zur nächstgelegenen Siedlung des Hauses zurück verfolgbar. Ich weiß nur soviel, dass es eine Unterkunft ohne jegliche elektronische Verbindung zur restlichen Welt ist und dass dort täglich um 17 Uhr kostenlose Eiscreme von einem Mann serviert wird, den alle Tassie nennen. Jack hat sich mit altem Kartenwerk ausgestattet. Die Wanderroute zum besagten Ort sieht nicht wirklich schwierig aus. Ich befürchte nur, dass wir uns danach weiter in Richtung der neun angesprochenen Tierarten begeben werden.

Nach einer moderaten Tagesetappe bei erträglichen Temperaturen sehen wir endlich das kleine Gebäude. Es ähnelt einem alten Bootshaus und liegt auf einer sanften Anhöhe direkt am Ufer eines ruhigen Nebenflusses, der sich gerade im Sonnenuntergang aus den subtropischen

Bergwäldern hinaus windet. Ganz in der Nähe sieht man, dass er eine Verbindung mit einem größeren Fluss eingeht. Dieser wird sich laut Kartenwerk schließlich irgendwann im salzigen Ozean entleeren.

Es ist ein weißes Holzhaus, teilweise auf Stelzen gebaut, mit rot und blau gestrichenen Fensterrahmen und den weit sichtbaren aufgemalten Buchstaben HOSTEL. Auf den ersten Blick sympathisch. Dort angekommen sehen wir in einem Fenster das Schild FREI. Durch die kleine Eingangstür, die in das große hölzerne Einfahrtstor integriert ist, treten wir auf einen Hof und sehen eine grüne Linie auf dem Boden.

Wir folgen also der Markierung über den Hof und eine Terrassentreppe hinab zu einem Fenster, hinter dem sich ein kleiner Raum befindet. Durch die Scheibe sehen wir einen anscheinend gerade viel beschäftigten Mann.

Auf dem Sims steht eine Klingel, wie man sie eigentlich in vornehmen Hotels an der Rezeption findet und darüber hängt ein handgeschriebener Zettel am Fenster: BITTE KLINGELN!

Jack betätigt die Klingel und einige Augenblicke später schiebt der Mann auch schon das Fenster nach oben.

„Hey, Jungs, ihr seht erschöpft aus und braucht jetzt meine Gastfreundschaft?“

Wir nicken freundlich.

„Ich bin übrigens Tassie, habt ihr reserviert?“

Ich frage mich in dem Moment, wie man für ein Hostel eine Reservierung macht, in dem es angeblich weder Telefon noch Internet gibt und das sich fernab jeglicher Mobilfunknetze befindet?

Jack schaut mich an, als wenn auch er gerade das gleiche denkt, erklärt dem Mann jedoch nur, dass wir leider nicht vorher Bescheid geben konnten und auch erst mal nur für eine Nacht eine Bleibe bräuchten.

„Kein Problem, im Zimmer 2 habe ich noch zwei Betten frei. Füllt bitte kurz dieses Dokument aus. Hier habt ihr Bettzeug und in einer halben Stunde gibt es kostenlose Eiscreme in der Gemeinschaftsküche."

Auf Jacks Frage, wo denn der nächste Briefkasten sei, meint Tassie, dass wir Post direkt bei ihm abgeben könnten. Ansonsten gäbe es noch ein Postamt in der nächsten Siedlung.

Wir tragen unsere gut überlegten Personalien in die Formulare ein, nehmen die Bettwäsche und folgen danach einer kurzen gelben Linie zum offiziellen Eingang des Hauses.

Durch eine Tür kommen wir auf einen Gang, an dessen Ende sich ein Fenster befindet, dass einen guten Ausblick auf die Flussterrasse, das Bergpanorama und den Sonnenuntergang bietet. Davor steht ein kleiner Tisch mit einer Vase und frischen Blumen. Der wohl netteste Flur, den ich jemals gesehen habe.

Direkt hinter dem Eingang ist rechts eine Tür zum großen Gemeinschaftsraum mit Küche, einem Regal mit Gesellschaftsspielen und dem 17 Uhr-Eiscreme-Tisch. Weiter auf dem Flur folgen auf der rechten Seite nur noch die sanitären Anlagen sowie auf der linken Seite die Schlafräume 1 und 2. Übersichtlich!

Alle Türen im Haus scheinen nicht verschlossen zu sein, was natürlich Sinn macht, wenn die Gäste weder Schlüssel noch die in Hotels üblichen elektronischen

Karten oder Codes bekommen. Zimmer 2 ist ein typisches Herbergszimmer mit vier Etagenbetten. Vom Abstand der Türen zu urteilen ist Zimmer 1 ein Raum für weniger Personen oder Tassie wohnt selbst darin. Drei der acht Schlafmöglichkeiten in unserem Raum sind nicht bezogen. Jack klettert spontan auf eine der oberen Matratzen, während ich meine Sachen einfach auf das untere Bett werfe. Wir sind bereits einige Stunden unterwegs, aber ich fühle mich gar nicht müde. Es ist absolute Stille im Haupthaus. Vielleicht sind die restlichen Bewohner noch unterwegs oder überbrücken die Zeit im Nebenhaus, indem es laut einer Hinweistafel ein Kaminzimmer mit kleiner „Gib mir eins, nimm dir eins"-Bibliothek geben soll.

Kurz vor siebzehn Uhr gehen wir ohne Erwartungen in die Küche. Überraschenderweise sitzen dort gleich fünf Leute vor einem großen Plastikpott Eiscreme. Wir grüßen alle und setzen uns dazu. Zwei der Personen scheinen ein Paar zu sein. Ich denke, dann bietet Zimmer 1 bestimmt ein Doppelbett, da ich keine weiteren Schlafräume gibt. Somit dürfte Tassie wider meines Verdachts doch nicht mit im Haus wohnen.

Als dieser reinkommt, teilt er mit einem großen Löffel die gesamte Packung an alle Gäste auf.

In diesem Augenblick fange ich an, die Atmosphäre zu lieben. Es ist so friedvoll in dieser Küche, mit mir bislang unbekannten Menschen. Habe ich mich jemals in meinem Leben so befreit gefühlt?

Schnell kommen wir mit den anderen Gästen ins Gespräch. Da ist beispielsweise eine nette junge Frau, die sich Tony nennt. Sie hat lange braune Haare, wirkt alternativ und sportlich.

Mir gegenüber sitzt Michael. Er hat eine Bibel neben sich auf der Bank liegen und spricht äußerst bedacht.

Nur der Mann namens Jonas beteiligt sich nicht weiter an den Gesprächen, vertilgt ungewöhnlich rasch und stillschweigend die Portion Eiscreme und verlässt danach zügig die Runde.

Das scheinbar jung verliebte Pärchen ist mit sich selbst beschäftigt und tuschelt gemütlich miteinander.

Während ich alle interessiert beobachte, höre ich Tony Jack fragen, ob er Lust hätte, vor Sonnenuntergang noch mit einem Kanu auf dem Fluss eine Runde zu drehen.

Jack stimmt spontan zu und es passiert, was ich in dem Moment befürchte. Michael ist sofort von der Aktion begeistert und fragt mich unüberhörbar, ob ich mir nicht mit ihm auch ein Boot teilen wolle. Alle schauen mich erwartungsvoll an, worauf ich freundlich nicke.

Wir gehen zum Flussufer runter, wo genau zwei Kanus liegen. Ohne zu zögern schnappt sich Jack das erste, zieht es gekonnt ein Stück ins Wasser, springt hinein und reicht sofort Tony seine Hand, um ihr beim Einstieg zu helfen. Michael und ich stellen sich nicht ganz so professionell an, schaffen es jedoch letztlich, wackelig aber ohne zu kentern den beiden anderen zu folgen.

Als ich während der Kanufahrt die Zitate aus der Bibel meines Gegenübers erfolgreich ignoriere, kommt mir plötzlich der Gedanke, warum ich Tassie nicht vorher gefragt habe, ob es hier in diesem Fluss Krokodile gibt. Jeder ins Wasser ragende oder treibende Baum gleicht für mich den besagten Urzeit-Genossen.

Michael bemerkt meine etwas hektisch wirkenden Blicke. Nachdem ich die Bedenken äußere, erklärt er mir, dass das Gebiet kurz vor der Meeresmündung tatsächlich ein Paradies für diese faszinierenden Tiere sei. Aber er hätte da keine Bedenken, weil es bis dorthin ein ganzes Stück flussabwärts gehe und es Salzwasserkrokodile wären.

Auf meinen Hinweis, dass sich diese Gattung der possierlichen Panzerechsen aber auch im Brackwasser wohlfühlen würde, meint er nur, dass Tassie uns dann wohl nicht ohne Vorwarnung mit dem Kanu hätte losfahren lassen. Überhaupt solle ich mir nicht so viele Gedanken machen und lieber die Fahrt genießen. *Dein Wort in Gottes Ohr, lieber Michael!*

Im Laufe der Fahrt dringt dann jedoch mehr und mehr Wasser in unser Boot. Wir ziehen unsere Schuhe aus und krempeln unsere Hosen hoch. Aber bis auf ein paar nasse Füße schaffen wir es letztlich recht entspannt zurück.

Nach der Bibelstunde sitze ich nun mit den anderen bei frühsommerlichen Temperaturen auf der Terrasse, während sich der Vollmond in seichtem Wasser spiegelt.

Tony versucht mit großem Engagement Jack auf ihrer Gitarre das Spielen beizubringen. Doch er winkt ab, weil er sicher auch bemerkt hat, wie gut die Rucksacktouristin dieses Instrument beherrscht und wie wunderschön ihre Stimme dabei ist. Noch nicht einmal Mücken sind diese Nacht unterwegs, sonst würde man sie im Schein der alten Laterne schwirren sehen.

Nur Hobbyastronom Jonas untersucht unterdessen die sternenklare Nacht mit seinem sehr professionell wirkenden Teleskop. Als er registriert, dass er einen

Beobachter hat, winkt er mich zu sich her. Neben ihm stehend flüstert er mir zu, als wenn er sonst die Sterne verscheuchen würde, ich solle mal einen Blick durch sein Fernrohr werfen. Interessiert, weil ich bisher nie durch so ein Ding geschaut habe, traue ich meinen Augen nicht. Im Glauben, er wolle mich mit einer Sternschablone ins Irrlicht führen, sehe ich deutlich die Ringe des Saturn.

Auf meine Frage, ob das echt wäre, guckt er mich recht verständnislos an und meint, dass die Reichweite seines Teleskops dafür schon noch genügen würde. Den Blick auf Planet Neun unseres Sonnensystems könne er mir damit natürlich nicht bieten.

Anscheinend habe ich ihn mit meiner Frage beleidigt. Um mein Interesse an seinem Hobby zu beteuern und die Bedeutung der Astronomie hervorzuheben, füge ich hinzu, dass es sowieso Sterne wie Sand am Meer gäbe und viele erst noch entdeckt werden müssten.

Jonas fragt mich daraufhin, woher ich wüsste, wie viel Sand am Meer liege?

In dem Moment wird mir bewusst, dass ich mir meinen Kommentar lieber hätte verkneifen sollen und verteidige die gängige Verwendung meiner Aussage als Bonmot.

Jonas scheint nun aber erst richtig in Fahrt zu kommen und betont, dass er nichts von Sprücheklopfen halte, sondern mehr auf die Zahlen der Wissenschaft vertraue. Sand wäre zudem nicht vergleichbar mit der Anzahl der Sterne. „Interessiert es dich, ob es mehr Sandkörner auf der Erde oder Sterne im Universum gibt?“, fragt mich Jonas lehrerhaft.

„Ich gebe zu, dass dies eine spannende Frage ist, aber darauf gibt es sicher keine evidente Antwort, oder?“

„Na ja, in der Wissenschaft gibt es meist nie nur eine These, aber das Ganze ist nach heutigem Stand nicht unzählbar. Mit 70 Trilliarden Sternen wird gerechnet! Allerdings vorausgesetzt der Annahme, das Universum ist nicht unendlich. Doch allein, wenn man vom größten Sandkorndurchmesser ausgeht, liegen mehr von diesen Partikeln in der Sahara herum, als es Sterne gibt. Wie viele Sandkörner auf der gesamten Erde existieren ist derzeit schwerer zu sagen, als die Anzahl von Sternen zu benennen. Dazu kommt es auch noch darauf an, von welcher Mineralogie wir überhaupt sprechen. Und wenn du jetzt noch einen deiner gängigen Sprüche zu Rate ziehen möchtest: 'Wie viele Sternlein stehen am Himmelszelt?' Nun ja, das hängt von den verschiedensten Faktoren wie Sicht, Hilfsmittel und Standort ab. Von dieser Stelle hier, kannst du theoretisch mit bloßen Augen nur rund 2000 Sterne entdecken, mit einem Fernglas 50.000 und einem guten Teleskop schon 300.000. Allerdings bei meinem 16 Zoll Prachtstück reden wir eher davon, sich die verschiedenen Galaxien anzuschauen.“

Ich schaue Jonas in dem Augenblick nur sprachlos an, während er noch etwas hinzuzufügen hat:

„Und weißt du, warum ich es hier so spannend finde? Eine halbe Stunde, nachdem die Augen die maximale Dunkeladaption erreicht haben, hat man hier fantastische Sicht, da wir uns in einem Lichtschutzgebiet befinden. Wenn dabei überhaupt von einer Lichtverschmutzung die Rede sein kann, dann ist heute nur die Mondscheinkraft der Übeltäter. Ich muss unbedingt nochmal bei Neumond wiederkommen!“

Mir kam in dem Moment der Gedanke in den Sinn, warum die Menschheit sich seit Jahrzehnten für Sachen interessiert, die soweit von uns entfernt sind, dass wir sie sowieso nie erreichen werden und mehr Wissen über den Weltraum nur noch mehr Anlass für Spekulationen gibt. Stattdessen ist unsere Erde, auf der wir leben immer noch größtenteils unerforscht. Nicht nur, dass es immer noch Pflanzen, Tierarten und viele Bevölkerungsstämme gibt, von denen noch nie etwas publiziert wurde, sondern vor allem unsere Ozeane bieten in ihren Tiefen weiterhin unbekannte Welten. Doch das Merkwürdigste ist, dass die Menschen anscheinend kein besonderes Interesse daran haben, was sich unter ihnen befindet. Bis heute werden zur Erforschung des Erdinneren hauptsächlich Studien mithilfe seismischer Methoden vorgenommen.

Welche Welten oder Lebewesen liegen im Erdinneren verborgen? Die längste bekannte Höhle kommt immerhin auf 640 km und die tiefste führt 2 km ins Erdinnere, ist allerdings auch an ihrem Ende immer noch über dem Meeresspiegel. Gebohrt haben die Menschen bislang nur 12 km in die Erdkruste, was eine bedeutende technische Leistung fürs vorherige Jahrhundert gewesen war, allerdings schon damals niemanden interessiert hatte und heute in Vergessenheit geraten ist. Wohlgemerkt, die Erdkruste hat eine Dicke bis zu 70 km. Unterm Gebirge natürlich noch schwerer erforschbar, aber unterm Ozean wäre es möglich, lächerliche 5 km vorzudringen.

Doch ich will Jonas nicht länger reizen und während er weiter die Sterne studiert, gehe ich zu Raum 2, in dem es sich die anderen Mitbewohner bereits auf ihren Matratzen gemütlich gemacht haben.

Michael und Tony liegen in ihrem Etagenbett mir gegenüber. Er natürlich oben, weil er sich dort bestimmt Gott näher fühlt. In der übersichtlichen Ausstattung von Tassies altem Bootshaus mit einem großen und einem kleinen Schlafraum ist die Unterteilung in Damen und Herren nicht wirklich praktikabel. Zudem erscheint mir Tassie für solch eine Maßnahme auch nicht konservativ genug.

Während Michael fast beängstigende Laute von sich gibt, aber offensichtlich schläft, fragt Jack Tony flüsternd, ob die letzten Tage noch andere Leute vorbeigekommen wären. In den Gesprächen zwischen den beiden im Kanu hat Jack sicherlich erfahren, dass Tony hier schon ein wenig länger übernachtet.

In der Tat antwortet sie im Halbschlaf: „Ja, gestern. Eine seltsame Frau mit einem Jungen."

Es ist dunkel und ich kann Jack über mir nicht sehen. Aber in diesem Moment habe ich seine Reaktion vor Augen und kann sie in der Stille des Raumes regelrecht spüren.

In einem Zustand zwischen Müdigkeit und wach haltenden Gedanken hatte ich während der Nacht meine alte Grundschullehrerin vor Augen. Ihr Lächeln war so herzerwärmend gewesen. Vor kurzem erhielt ich erst die Nachricht, dass sie von dieser Welt gegangen war – zum Glück friedlich und ohne langes Leiden. Ich kannte nie ihr wahres Alter, aber sie hatte das Leben ziemlich lange genießen können.

Der Vorfall stimmt mich immer noch nachdenklich. Ich habe weder etwas über ihre ethischen Grundsätze, noch über ihr Privatleben gewusst. Doch was ich selbst bezeugen kann ist, dass sie nicht nur die Musik geliebt hat, sondern vor allem ihre Schüler. Alle ihre Schüler! Ehemalige Mitschüler, die möglicherweise vor ihr verstorben sind. Einige haben sich selbst das Leben genommen oder nehmen lassen. Mit anderen bin ich bis vor kurzem immer noch befreundet gewesen. Ich bin mir fast sicher, dass sie uns, ihre letzte Klasse vor der Rente, nie aus ihren Gedanken streichen konnte. Wenn auch sie abends nicht einschlafen konnte, während ihre Schüler zu Hause heimlich noch das Licht unter der Bettdecke angeknipst haben, um die Bücher zu lesen, für die sie sie begeistert hatte. Oder wenn die Kinder zu den Eltern gegangen sind. *Mama ... Papa, ich kann nicht schlafen.*

Vielleicht hat sie uns da auch vor Augen gehabt?

Auf jeden Fall bleibt ihr nun der Anblick der Welt erspart. Was mich noch mehr interessieren würde als ihre Meinung über die Ereignisse und Entwicklungen auf der Erde, wäre, wie sie es ihren noch so jungen Schülern erklärt hätte?

Wahrscheinlich gar nicht, denn allein ihr Lächeln hätte alle beruhigt und auch mich hat es letzte Nacht ins Reich der erholsamen Träume mitgenommen.

Genauso schön finde ich den heutigen Morgen. Wir haben bereits gefrühstückt und Proviant vorbereitet. Ich muss versuchen, dass Jack mir vertraut. Ich weiß nicht, worüber er gestern mit Tony im Kanu gesprochen hat.

Die beiden sind schon vor mir wach gewesen und ich habe die junge Frau heute gar nicht mehr gesehen.

Sie ist angeblich bereits sehr früh mit Tassie aufgebrochen. Er fährt mit seinem Auto zum Fuß eines spektakulären Lavadoms, zu dessen Spitze sie alleine eine Tageswanderung unternehmen möchte. Von dort oben soll man einen atemberaubenden Sonnenaufgang über dem Dschungel bewundern können.

Erst gestern hat sie erzählt, dass sie Vulkangestein so schön finden würde – vor allem Onyx. Wahrscheinlich werden wir Tony nicht wieder treffen, da wir gleich in eine andere Richtung zur Spurensuche aufbrechen wollen. Jack ist recht angespannt, dass kann man ihm deutlich anmerken.

Michael will heute mit seiner geliebten Bibel ebenfalls weiterziehen. Zusammen mit Sternenjäger Jonas wollen sie mit dem Milchmann in dessen alten Hippie-Bus mitfahren – praktisch ein fahrender Tante-Emma-Laden. Tassie hat gemeint, wenn sie dem Alten versprechen, ihm bei der Belieferung der im Niemandsland liegenden Hauhalte zu helfen, würde dieser Eigenbrötler sich über Gesprächspartner freuen und sie sicherlich bis zum nächstgelegenen Ort mitnehmen. Michael braucht neue Gesprächspartner und möchte die nächstgrößere Stadt aufsuchen.

Ich kenne Jonas' religiöse Ansichten nicht. Sicherlich sieht er die Welt eher wissenschaftlich. Aber ich denke, die Gesprächsthemen der beiden sind bereits jetzt vorherbestimmt.

Bevor auch wir aufbrechen, werden noch schnell die Reste des Frühstücks an die hungrige Wasseragame verfüttert. Die Echse lungert ständig auf der Terrasse herum und ist so neugierig, dass sie die Besucher nicht selten in ihren schmutzigen Klamotten finden, die sie vor dem Raum mit Tassies voluminöser Waschmaschine stapeln. Diese läuft praktisch rund um die Uhr und muss nicht nur Bettzeug und Handtücher schlucken. Auch für die Besucher ist sie meist eine gute Gelegenheit, ihre nur für ein paar Tage reichende Kleidung sauber zu bekommen. Ein lästiger Nebeneffekt auf Rucksackreisen. Leider können wir uns von Tassie nicht mehr für seine Gastfreundschaft bedanken, bevor er zurück sein wird.

Dieser herzensgute Mann strahlt menschliche Wärme und Zuversicht aus. Wir wissen nicht wirklich viel über ihn. Fährt er jeden Abend zu seiner geliebten Familie nach Hause oder lebt er alleine und sucht deshalb täglich den Kontakt zu den jungen Gästen, die aus sämtlichen Himmelsrichtungen teilweise aus weiter Ferne anreisen und alle etwas Interessantes zu berichten haben?

Ich hoffe, es werden noch viele Menschen den Weg zu ihm finden. Stattdessen verabschieden wir uns von der Python des Hauses sowie den verbliebenen Besuchern und machen uns auf den Weg in den Regenwald, der direkt am Fuß der Brücke beginnt, die Tassies Gäste immer im Sonnenuntergang von der Flussterrasse aus sehen können.

Bereits nach wenigen Minuten windet sich der holprig werdende Pfad und die Bewaldung wird dichter. Wir drehen uns nochmal um, aber das Bootshaus ist schon nicht mehr zu sehen. Ohne Karte und Kompass wäre ich hier in kürzester Zeit verloren.

Schon bald müssen wir zahlreiche zu Rinnsalen geschrumpfte Flussläufe durchqueren, die sich durch die grünen Hügel ziehen. Zum Glück hat es hier ein paar Tage nicht geregnet, sonst würden uns die Blutegel beim Wandern durch die Strümpfe kriechen. Bei den nächsten tropischen Regenfällen werden sich die ausgetrockneten Gräben unkalkulierbar in lebensgefährliche Sturzbäche verwandeln.

Es herrscht eine angenehme Luftfeuchtigkeit und die Sonnenstrahlen lassen sich durch die dichtbewachsenen Wälder nur selten blicken. Die Temperatur ist somit gerade noch erträglich für eine Wanderung. Wir sind allerdings konditionell auch recht gut vorbereitet.

In einer nachdenklichen Phase frage ich Jack:

„Was glaubst du, wie alt mag Tassie sein?"

„Mmh, rötliche fast glatt rasierte Haare, helle Haut, kein Bart, cooler Typ. Auf jeden Fall jung geblieben, so wie viele der Reisenden, die er beherbergt und mit denen er zumindest seine Arbeitszeit verbringt. Aber ich glaube, er ist viel älter, als er aussieht. Mitte 50 vielleicht?"

„Ja, schätze ich auch."

„Wusstest du, dass es hier eine Pflanze gibt, die wie ein stinknormaler Farn aussieht, allerdings eine Berührung mit ihr so starke Schmerzen verursacht, dass dein Herz aufhört zu schlagen?", fragt mich Jack beiläufig.

„Nein, ich weiß nur, dass es solche Quallen gibt!", entgegne ich.

Jack zeigt mir plötzlich auf einer Karte etwas, dass sich hier ganz in der Nähe befinden müsste, wenn man unserer elektronischen Ausstattung Glauben schenkt. An diesem Ort hat Bruder eine Markierung vorgenommen. Ich hoffe, wir finden dort wichtige Informationen."

„Dein Bruder war hier?", frage ich überrascht.

Jack erscheint selbst etwas erschrocken über seine Offenheit und verspricht, es mir später zu erklären. Zunächst müssten wir um die markierte Stelle herum etwas suchen, das normalerweise nicht im Regenwald zu finden ist. Er habe allerdings keine Ahnung, um was es sich dabei handeln könnte.

Stundenlang durchkämmen wir das auf der Karte gekennzeichnete Gebiet, suchen nach Spuren, wo jemand etwas vergraben haben könnte, schauen in Baumhöhlen und schreiten durch meterhohe Wurzelgeflechte. Doch wir finden nichts. Überraschenderweise kommen uns noch nicht mal eine Spinne, Schlange oder sonstige Lebewesen der hiesigen Fauna in die Quere.

Nachdem die letzten Sonnenstrahlen durch das grüne Dach dringen, sehe ich, dass uns von Weitem etwas beobachtet. Zunächst schrecke ich auf, doch als auch Jack es sieht, überkommt mich ein schönes Gefühl. Auch Jack genießt den Augenblick, da bin ich mir sicher. Nur ein paar Schritte weiter steht ein majestätisch wirkender Kasuar, ein großer und seltener flugunfähiger Vogel, vor uns. Auf einem Ast über ihm sitzt ein niedlicher, tropisch-bunter Papagei. Beide Tiere blicken uns mit glänzenden Augen an. Niemand wagt, sich zu rühren, um den Moment möglichst lange zu bewahren. Nach einigen Minuten Stille verschwinden beide wieder im Dickicht der grünen Hölle.

Langsam bricht die Dunkelheit herein und darum beschließen wir, an diesem Ort die Nacht zu verbringen.

Es gibt seltsamerweise fast kein Unterholz. Ideal ist, dass nur ein paar Schritte weiter ein Wasserfall rauscht, dem wir frisches Trinkwasser entnehmen können. Jack zündet bereits den Gaskocher an, um das gefriergetrocknete Essen zuzubereiten. Ich gehe noch schnell den Schweiß des Tages abwaschen, der zusammen mit Sonnencreme und Insektenschutz eine klebrige Masse auf meiner Haut bildet. Um zu dem versteckten kleinen See zu gelangen, den der überraschend hohe Wasserfall unermüdlich füllt, muss man einen Abhang hinunterklettern. Ein magischer und wunderbarer Ort, eine erfrischende Dusche zu nehmen. Nach der kurzen Abkühlung klettere ich ein paar Meter die Felsen hinauf und setze mich in eine kleine Felsnische, die von einer dicken Baumwurzel durchzogen wird. Während ich dort sitze und dem beruhigenden Rauschen des fallenden Wassers zuhöre, streiche ich meine Hand unbewusst über die Baumwurzel und fühle plötzlich etwas. Ich kratze die dünne grüne Schicht Moos von der Rinde und sehe, dass jemand etwas in die Lebensadern dieses alten Baumes geritzt hat. Die Zahl 2012 ist klar und deutlich zu lesen.

Während ich weiter vor mich hin sinne, wird die Zahl spannender als ich es mir zunächst eingestehen wollte. Ich frage mich, wer hier mitten im Regenwald, auch wenn es ein besonders schöner Ort ist, diese Zahl geritzt hat. Hat die Zahl einen bestimmten Grund? Vielleicht das Jahr, als zwei junge Leute auf diesen magisch-schönen Ort gestoßen sind, einander gefunden haben und es danach in dieser Baumwurzel verewigen wollten? Aber in dem Fall hätte ich eher meine Initialen in ein Herz geritzt. Auf jeden Fall das vollständige Datum. Oder hat die betreffende Person nicht genug Zeit gehabt? Ist es eine Botschaft?

Ich überlege, ob ich mich hier auch mit irgendetwas verewigen sollte. Aber warum? Mir fehlt nicht nur ein Messer, sondern auch die passende Idee. Es ist sowieso Zeit zum Lager zu gehen.

Auf dem Weg zurück den Abhang hinauf verliere ich kurz den Halt und rutsche mit einem Fuß etwas hinunter. Dabei muss ich wohl falsch aufgekommen sein, denn als ich wieder beim Lager ankomme, merke ich ein leichtes Ziehen im Knöchelbereich. Doch der Duft des Eintopfes, den Jack inzwischen gekocht hat, lässt mich den Vorfall schnell vergessen.

Nach dem Essen sitzen wir noch ein wenig im Licht unserer Camping-Lampe und Jack erzählt ein wenig von seinem Bruder, von dem er nun schon längere Zeit nichts mehr gehört hat und von dem anscheinend niemand weiß, wo er sich befindet. Das letzte Lebenszeichen ist auf jeden Fall in dieses Gebiet zurückverfolgbar.

Als ich ihm so zuhöre, wie er zum ersten Mal von seiner Familie erzählt, hören wir plötzlich ein Klappern. Es kommt aus der Richtung unseres Alu-Geschirrs, das wir ungesäubert auf der Erde stehengelassen haben. Im Schein unserer Campinglampe sehen wir eine Ratte, die uns, aber vor allem unsere Lebensmittel gewittert hat und bereits wenig später schnuppernd mitten im Suppentopf sitzt.

Jack meint leise zu mir: „Genauso wie zuhause in der Großstadt.“

Aber ich finde, hier ist es nochmal etwas ganz anderes.

Nach einer ruhigen Nacht wache ich von der irren Geräuschkulisse der Zikaden auf. Ich öffne die Augen und sehe das orange Leuchten des Sonnenaufgangs durch die Baumkronen. Allerdings kann ich den Anblick nicht lange genießen, denn nun merke ich den dick angeschwollenen Knöchel. Beim Aufstehen kann ich kaum noch auftreten vor Schmerz.

Als Jack mich überrascht fragt, was denn mit mir passiert sei, erzähle ich ihm kurz den Vorfall.

„Gestern hast davon aber noch nichts erzählt“, meint Jack nicht ganz feinfühlig.

„Es ist auch nicht schlimm gewesen und ich wollte nicht herumjammern.“

„Na ja, das tust du dafür jetzt umso mehr!“

Ich weiß nicht, ob ich über den Kommentar verärgert sein soll, denn die Situation ist mir zugegeben ein wenig unangenehm. Es ist klar, dass sich Jacks Pläne dadurch etwas komplizierter gestalten, aber ein wenig Mitgefühl wäre jetzt nett gewesen, schließlich habe ich mich nicht absichtlich verletzt.

Als könne Jack meine Gedanken lesen, sagt er daraufhin: „Entschuldige bitte, war nicht böse gemeint. Was machen wir denn nun? Kannst du mit meiner Hilfe vielleicht noch ein paar Kilometer gehen? Dann würden wir nämlich einen Ort am Flussufer erreichen, von dem mir Tony erzählt hat. Dort hält sich angeblich ein alter Aussteiger auf. Falls der uns wegen des Knöchels nicht weiterhelfen kann, besteht hoffentlich wenigstens die Möglichkeit, sich ein Kanu zu nehmen, von denen dort einige zur Reparatur liegen sollen. Dann brauchen wir nicht mehr weit zu laufen und könnten uns per Boot schneller Richtung Flussdelta fortbewegen."

„Ich werde es versuchen", verspreche ich ihm.

Fortan stimmten die Wege und Himmelsrichtungen nicht mehr mit Jacks Karten überein. Nach für mich schmerzhaften Stunden erreichen wir das besagte Ufer, dem wir in Richtung der Strömung folgen. Entlang des Flusses kann ich den Pfad nur noch erahnen. Es sieht ganz so aus, als wenn hier schon lange kein Mensch mehr vorbeigekommen ist. Das Gleiche gilt für die Hütte, vor der wir nun stehen.

Jack meint, dass dies der Punkt auf der Karte ist, von dem ihm Tony erzählt hat. In der Hütte befinden sich weder Lebensmittel noch Hinweise darauf, wann hier das letzte Mal ein Lebewesen gewesen ist. Die Ansammlung von vorhandenen Spinnengattungen deutet auf eine eher längere Zeitphase hin.

Wir vertrauen dem leicht verwitterten Kanu, das mit dem Rumpf nach oben am Ufer liegt, setzen es auf das grüne undurchsichtige Wasser und Jack geht für eine Testphase an Bord. Anscheinend kein Leck!

Deshalb reiche ich Jack daraufhin unser Gepäck. Er sitzt hinten und ich setze vorsichtig meinen gesunden Knöchel auf den Bug des Kanus. Wir befestigen unsere Rucksäcke an der Sitzfläche in der Mitte des Bootes, so dass sie bei einem möglichen Kentern nicht verloren gehen können. Das Gepäck ist unserer Ansicht nach nicht schwer genug, ein umgekipptes Kanu auf den Grund zu ziehen. Die abgenutzten Paddel sind ausreichend, um am Ende des Tages flussaufwärts die nächste menschliche Siedlung zu erreichen.

Auf dem Fluss treibend stelle ich mir gerade vor, wie angenehm es wäre, würde ich meinen angeschwollenen Knöchel zur Kühlung in den Fluss halten können. Bloß aufgrund der hiesigen Tier- und Pflanzenwelt könnte das noch ungesünder für meinen Fuß enden. Deshalb tränke ich nur kurz ein T-Shirt mit kühlendem Wasser und umwickele damit den schmerzenden Knöchel. Für die Schwellung ist die Bootsfahrt sehr hilfreich, da ich somit die Möglichkeit habe, meinen Fuß den restlichen Tag ruhig zu stellen.

Im Verlauf des Tages wird die Fahrt indessen zu einer echten Belastungsprobe. Der Fluss ist so breit, dass uns die Bäume zu beiden Ufern bei den für uns ungewohnten Temperaturen mit gleichzeitig erhöhter Luftfeuchtigkeit keinen Schatten mehr spenden können. Die gemeinen Stechfliegen stören sich mittlerweile nicht mehr an unseren diversen Verteidigungsmaßnahmen und das Paddel wird immer schwerer.

Nach vielen anstrengenden Flusskilometern sehen wir nun zum ersten Mal spielende Kinder an sandigen Uferrändern. Sie wirken wie schwarze Silhouetten vor Lagerfeuern und man kann einige lachen hören. Ob Mädchen oder Jungen ist schwierig zu sagen, denn alle haben lange, dunkle und krause Haare und sind ähnlich ursprünglich gekleidet.

Ein kleines Kind entdeckt zuerst unser Boot und läuft aufgeregt bis zum Rand des Flusses, wird aber schnell von einem großgewachsenen Mitglied der Gruppe an die Hand genommen und zurück hinauf zum Lagerfeuer geführt.

Kurz darauf stellen sich kräftig wirkende Jugendliche mit Speeren aufrecht in unsere Richtung blickend an der Uferkante auf.

Ihre Blicke verfolgen uns noch, bis wir außer Sichtweite sind. Die Szenerie erinnert mich an einen Klassiker der Literatur, *Herr der Fliegen.*

Entlang unserer Fahrtrichtung folgen später riesige Wasserrohre, die alle paar Meter zum Fluss hinunter führen. Oben am Hang reihen sich Holzhütten.

Fast hätten wir die Erwachsenen nicht gesehen, die uns auf einmal winken. Nach einem kurzen Schreck fühle ich mich schnell erleichtert. Wir sind zumindest an einem Ort angekommen, an dem freundlich wirkende Menschen wohnen. Seltsam finde ich allerdings, dass die Leute uns hier dem Anschein nach schon erwartet haben.

Wir fahren ans Ufer. Dort springt Jack hinaus, ich reiche ihm unsere Sachen und er hilft mir aus dem Kanu.

Nachdem wir zuletzt auch unser Boot aus der an dieser Stelle des Flusses stärker werdenden Strömung ziehen, folgen wir den fremden Menschen in den Wald hinein, die bisher kein einziges Wort von sich gegeben haben.

Jack hakt mich unter, um meinen geschwollenen Knöchel zu entlasten. Mir ist ein wenig schwindelig, doch mehr Gedanken mache ich mir, als ich verwirrt auf unseren Kompass schaue und auch Jack diese Stelle auf seinen Karten nicht finden kann.

Nach ein paar hundert Metern kommen wir bereits an einen zweiten Fluss, an dessen Ufer viele individuelle Arten von Unterkünften errichtet wurden. Ich glaube beobachtet zu haben, dass Jack mit diesen Leuten mehr zu tun hat, als mir bekannt ist. Eventuell haben sie auf irgendeine Weise lange vor unserer Ankunft miteinander kommuniziert?

Wir werden zu einem famosen Baumhaus gebracht, das in eine fabelhafte Astgabel hineingebaut wurde und nur über Stufen zu erreichen ist, die um den Stamm herum nach oben führen. Beim Hinaufgehen ist mir etwas mulmig zumute, doch als ich dann das Interieur des Hauses erblicke, wird mir klar, dass dies alles hier keinen Arrest darstellen sollte. Es gleicht in meinen Augen eher einem Luxusappartement aus Holz.

In diesem Moment wird mir klar, dass ich noch ein wenig länger hierbleiben werde als Jack.

∞

David hielt die verschmutzte dunkle Mappe mit den handgeschriebenen Zetteln in ledernem Einband auf seinem Schoß. Nur mit einer Unterhose bekleidet, saß er mit angezogenen Beinen und dem Rücken gegen die Wand lehnend auf einer verstaubten Matratze, die ohne Bettgestell auf dem sandigen Boden lag. Endlich hatte er jemanden, dem er aus dem, wie er fand, spannenden Manuskript vorlesen konnte.

„Bist du wirklich derjenige, den der Mann in der Geschichte am Bahnhof sieht?“, fragte Philipp gespannt.

„Ja“, antwortete David und nickte ängstlich mit dem Kopf.

Philipp saß gespannt direkt vor ihm auf der Matratze. Er wusste nicht genau, wie viele Tage vergangen waren, seit er von ein paar Männern auf offener Straße gefangen genommen und zu diesem Ort gebracht wurde. Zunächst war er mit anderen Pubertierenden seines Alters in einem viel größerem Raum eingesperrt gewesen und von ihnen gehänselt worden. Doch Philipp konnte, wie schon so oft in der Vergangenheit, seine Kräfte nicht unter Kontrolle halten und wurde daraufhin in diesen höhlenartigen Raum ohne Fenster gesperrt.

Dem Tageslicht beraubt, verlor Philipp langsam sein Zeitgefühl. Er erinnerte sich noch. Es war zwischen den ersten beiden der drei Mahlzeiten gewesen, die man ihm täglich durch die kleine Klappe der schweren Holztür reichte, als diese plötzlich aufgerissen worden war und ein ihm unbekannter jüngerer Knabe zu ihm in den Raum gestoßen wurde.

Nun saßen sich die beiden ungleichen Jungs bei flackerndem Kerzenschein gegenüber.

Philipp, der große kräftig gebaute rothaarige Bursche, der aber mit seinen 15 Jahren nicht gerade der Klügste war und der 12-jährige David mit seinem schmächtigen Körperbau, zierlichen Gesicht und schwarzen Locken. Er war mindestens einen Kopf kleiner als Philipp und wirkte noch sehr jung, war aber dafür hochintelligent und nicht auf den Mund gefallen. Nur sein zwischenmenschliches Gespür war noch nicht so ausgeprägt. Trotzdem mochte Philipp seinen neuen Bewohner. Die beiden hatten sich sich vom ersten Moment an gut verstanden und Philipp fühlte sich an diesem angsteinflößenden Ort nicht mehr so allein. Er hatte im Vergleich zu anderen Jugendlichen das Gefühl, dass sein Gegenüber ihn ernst nahm.

David blätterte weiter in seinem Manuskript. Die Aufzeichnungen ließen ihm keine Ruhe. Es folgten ein paar leere Blätter und dann las er auf der letzten stark verschmutzen Seite den krakelig geschriebenen Satz: *Warum wollen denn nicht alle einfach nur friedlich in Harmonie zusammenleben?*

David schlug die Seiten zu. Mittlerweile war einige Zeit vergangen, seit er diese beiden, in den Aufzeichnungen beschriebenen Männer, in der Dunkelheit gesehen hatte.

„Woher hast du diese Mappe eigentlich und warum schleppst du sie mit dir herum?"

Philipps Frage überraschte David natürlich nicht und obwohl er selbst das Geheimnis nicht so recht verstand, das hinter dem Manuskript zu stecken schien, spürte er, dass es für ihn bestimmt war und dessen genauere Bedeutung er noch herausfinden würde. Darin war er sich ganz sicher.

Er erzählte Philipp, dass er die Mappe mitten aus dem Dschungel mitgebracht hatte, wo er mit der Frau vom Bahnhof hingereist und vorübergehend untergekommen war. Er fand die handschriftliche Geschichte so schön, dass er sie deshalb auf jeden Fall behalten wollte. Es hatte ihn neugierig gemacht, in einer fernab der Zivilisation gelegenen Siedlung in einem Baumhaus überhaupt einen Schreibtisch zu finden. Er fürchtete zwar, dass ihm beim Hineingreifen in die verstaubte Schublade Spinnen über die Hand krabbeln könnten, aber letztlich hatte er dann mit großer Überwindung hineingefühlt, das Manuskript ertastet und es herausgezogen.

„Weißt du denn, wer diese beiden Männer auf dem Bahnsteig waren?", fragte Philipp.

„Keine Ahnung – erklär mir lieber mal, was das für Leute sind, die uns hier gefangen halten und vor allem warum sie so was tun!“, entgegnete David.

Philipp zuckte mit den Achseln. Doch dann sah er den auf ihn so unschuldig und zerbrechlich wirkenden Jungen vor sich sitzen und ihm war sofort klar, dass er alles tun musste, um ihn vor Ereignissen zu bewahren, die er vor Davids Ankunft durchgemacht hatte. Die Geschehnisse letzter Nacht waren der auch Grund, warum Philipp in löcheriger Jeans und staubigem T-Shirt geschlafen hatte, das nach hochprozentigem Alkohol und kaltem Zigarettenrauch stank.

David konnte mit diesem für ihn recht unangenehmen Geruch nichts assoziieren, war jedoch verwundert, dass Philipp es in diesen Sachen aushielt. Kurz nachdem er heute in die Hitze dieser Höhle gesteckt wurde, hatte er sich bis auf die Boxershorts mit Dinosauriermotiven ausgezogen und seine durchgeschwitzte, aber mondäne Kleidung akkurat auf die Matratze gelegt. Das schien ihm noch der sauberste Platz in dem Raum zu sein. Es gab weder Tisch, Schrank, noch Haken an der Wand. Es lagen nur zwei Matratzen auf dem Boden, zwei weitere standen an eine Wand gelehnt. In einer Ecke gab es ein in die Erde eingelassenes Plumpsklo und daneben stand eine mit Wasser gefüllte große Zinkschüssel. Wenn sie aufgrund des fehlenden Tageslichts nicht zwingend notwendig gewesen wäre, hätte er die brennende Kerze sofort ausgeblasen, da es hier so unerträglich heiß war und er sich vorstellte, dass es dann etwas kühler werden würde. Wenigstens ausreichend Wasser war vorhanden, doch er hatte bereits so viel getrunken, dass er nichts mehr runter kriegen konnte.

Als David das mit der Kerze erwähnte, schoss Philipp eine im wahrsten Sinne des Wortes brennende Idee durch den Kopf.

„David, wir müssen so schnell wie möglich hier raus und ich habe da auch schon eine Idee!"

„Was meinst du Philipp, was ist denn auf einmal?", reagierte David überrascht.

„Kennst du das Gefühl der Sehnsucht nach Sicherheit und Geborgenheit, wenn man Angst hat?" fragte ihn Philipp.

David nickte nur intuitiv und erinnerte sich auf einmal an seinen Kater zurück, der sich bei Gewitter immer unter seine Bettdecke drängte und sich dann ganz dicht an seinen Körper drückte. Völliges Vertrauen in eine Person, dass wünschte er sich plötzlich. Hatten sie ihn alle im Stich gelassen?

Diese Frage bedrückte und beängstigte ihn immer mehr und ließ ihn noch näher an Philipp rücken.

„Verdammt, ich vermisse dieses Gefühl. Aber Orte wie diese geben einem das natürlich nicht zurück. Die machen mich krank. Wir müssen hier so schnell es geht raus, noch vor dem Schlafengehen. Du musst mir vertrauen!", forderte Philipp mit plötzlich erwachsener Selbstsicherheit, worauf David verunsichert nickte.

Gleichzeitig wuchs in Philipp auch die Angst vor der Verantwortung, die zu tragen war. Doch im Innersten spürte er etwas. War es die Hoffnung auf Zusammenhalt mit jemandem, der ihm wieder Geborgenheit geben würde oder das letzte Fünkchen der Stärke, sich selbst zu helfen, um ein Feuer der Freiheit zu entfachen?

Dann schmiedeten sie ihren riskanten Plan.

Jakob

Jakob lag in seiner, zwischen zwei Apfelbäumen gespannten Hängematte, und las in einem Roman, den er im Keller des alten Hauses zwischen hunderten von Büchern ausgewählt hatte. Die staubige Bibliothek war versteckt im alten Weingewölbe, dessen Zugang sich verborgen hinter einer Regalwand mit Jahrzehnte altem Rotwein befand und sich mit einem Mechanismus öffnen ließ.

Als Jakob diesen geheimen Ort nach seinem Einzug in das verlassene Haus entdeckte, war er von der riesigen Sammlung antiker aber auch zeitgemäßer Bücher begeistert. Von wissenschaftlichen Publikationen jeglicher Art über Klassiker der Hochliteratur bis hin zu schmalzigen trivialen Liebesromanen war von allem etwas Interessantes zu finden. Jakob hatte vor kurzem die 30- Pfennig-Romane für sich entdeckt und wurde sofort süchtig danach. Zu besonderen Anlässen ließ er sich gelegentlich den köstlichen Rotwein schmecken. An normalen Tagen reichte ihm aber sein selbstgemachter Apfelwein. Soweit das Auge reichte sah man Apfelbäume. Fast alle waren so schief, wie der Hang steil war, auf dem sie wuchsen. Jakob hatte die Hängematte zwischen zwei knorrigen Apfelbäumen gespannt von denen er hoffte, dass sie noch vieler Jahre Stürme überstehen würden. Vor allem nach Trockenperioden und anschließenden starken Regenfällen konnte es vorkommen, dass ein Baum entwurzelt wurde. Wenn das passierte, ließ er solche Bäume allerdings gerne am Hang liegen. Feuerholz für seinen offenen Kamin hatte er genug und er liebte den Anblick dieser Bäume, vor allem, weil sie mit ihren knochigen Stämmen als Totholz dem Kreislauf der Natur dienten. Schon als Kind war er immer gerne mit seiner Schwester in Obstbäumen herum geklettert. Das hatte nicht nur Spaß gemacht, sondern sie konnten sich für ihre Kletterkünste auch noch mit den knackigen Früchten belohnen. Nur seinen Traum eines eigenen Baumhauses hatte er sich nie verwirklicht.

Das alte Haus hatte er entdeckt, als er auf der Flucht war. Auf der Flucht vor Homogenität, Monotheisten, Liebe, Schmerz, vor Naturliebhabern oder vor sich selbst. Er wurde verfolgt, weil er zu kritisch, zu ungläubig, zu charismatisch, zu emotional oder zu egozentrisch war.

Er wollte immer schon ein berühmter Schriftsteller sein und zugleich in der abgeschiedenen Natur leben. Doch anscheinend wollte niemand seine Bücher lesen. Der Wunsch ist bekannterweise der Vater des Gedankens, aber die Wahrheit ist eine Tochter der Zeit.

Aus seiner Zeit als freier Journalist hatte er noch Ersparnisse und erwarb das Anwesen, in dem er lebte, von der Kommune, die froh war, es an den Mann zu bringen.

Als Hobby wollte er zukünftig Tiere, Pflanzen und Landschaftsformen mit der Analogspiegelreflexkamera auf Dia-Film festhalten und die Aufnahmen auch selbst entwickeln. Sein Keller war prädestiniert dafür als Dunkelkammer. Überraschenderweise fand er für Fotos im Großformat sogar interessierte Käufer an einem eigenen Stand auf einem Wochenmarkt in der Region, zusammen mit seinem Obst und Gemüse, welches er saisonal anbot. Er brauchte so nur wenig seiner restlichen Ersparnisse anzuzapfen und lebte gesund und zufrieden. Aber ein paar Sehnsüchte plagten ihn trotzdem.

Intelligenter Mann, groß, schlank, mittleren Alters, lange Mähne, Stupsnase, sucht Lebenspartnerin zur Apfelernte!

Ob sich auf solch ein Inserat eine Frau bei ihm melden würde bezweifelte Jakob.

Letztes Jahr hatte er eine gute Ernte eingeholt und fand dabei einen Ehering auf seiner Apfelplantage. Sollte er eine Anzeige für das Fundstück aufgeben? Der Größe nach zu urteilen war es ein Herrenring. *Wem der wohl mal gehörte?*

Hatte ihn sein Besitzer vielleicht aus Wut weggeworfen oder beim Apfelpflücken verloren? Dann muss er ihn doch verzweifelt gesucht und es letztlich seiner Frau gebeichtet haben, dass er nicht gut genug auf den Ring aufgepasst habe, dieser ihm natürlich trotzdem viel bedeutete, aber sie sowieso das Wichtigste in seinem Leben sei. Eine spannende Geschichte, wie Jakob fand. Jedoch würde er den ehemaligen Träger wohl niemals kennenlernen, um ihm dieses, für jeden Partner bedeutende Schmuckstück zurückgeben zu können, denn das Haus stand viele Jahre leer und niemand kannte den Vorbesitzer. Auch auf den Märkten, wo Jakob verkehrte, konnte ihm kein Verkäufer sagen, wer hier vor ihm die Äpfel geerntet hatte.

Jakob hatte beim Einzug im Haus einen weiteren Fingerschmuck gefunden. Es war ein Siegelring mit einem geheimnisvollen Wappen. Ein Juwelier hatte ihm jedoch keinen besonderen Wert bescheinigt und so trug Jakob diesen mittlerweile selbst. Er fühlte sich einfach gut dabei.

In der Ferne sah er jemanden, der sich auf dem Hügel seinem Haus näherte. Er richtete sich auf und sah durch sein Fernglas eine ihm unbekannte Person mit etwas, das einer überdimensionierten Fototasche ähnelte. Der Mann erblickte ihn erst in Rufweite, blieb stehen, winkte und erkundigte sich, ob dies ein Privatgrundstück sei.

Jakob stand auf und ging ihm entgegen. „Na ja, wie man es nimmt. Kann ich Ihnen helfen? Haben Sie sich verlaufen?“

„Nein, nein, ich habe nur die Nase voll gehabt von dem ganzen blinkenden Trubel dort unten in der Stadt. Sie können mich ruhig duzen – ich heiße Jonas!“

„Na gut, was schleppst du denn da den Hügel hinauf Jonas?“

„Ach, mein Teleskop. Ich bin auf der Suche nach einer ungestörten Aussicht. Wie ich sehe, war ich nicht der Erste.“

„Richtig erkannt! Darf ich dir einen Cidre anbieten?“, fragte Jakob spontan.

Jonas nahm das Angebot dankend an.

„Na also“, raunte Jakob, ging ins Haus und kam nach kurzer Zeit mit zwei Gläsern Apfelschaumwein wieder.

„Köstlich“, meinte Jonas sofort nach einem Schluck.

„Naturtrüb und genetisch nur selbst verbessert, nicht verändert“, erklärte Jakob.

„Ach, das ist mir egal“ entgegnete Jonas und genoss dabei mit Jakob die Individualität dieses Ortes.

„Wenn ich so dein Teleskop betrachte, fällt mir gerade ein, dass vor Monaten einmal plötzlich Leute bei mir auftauchten. Es waren Wissenschaftler und wie sich herausstellte, befanden sie sich auf der Suche nach Steinmeteoriten, weil in diesem Gebiet nach dem Eintritt von Meteoroiden in die Atmosphäre besonders große Überreste die Erde erreicht hatten. Das hättest du sehen müssen! Das waren keine einfachen Sternschnuppen, sondern der komplette Himmel wurde übersät von Feuerkugeln. Ich hab noch ein Stückchen Gestein für dich übrig, das schenke ich dir, weil du dich so enthusiastisch für die Sterne interessierst. Erinnere mich später nochmal daran, dass ich es im Haus suche.“

Jonas war sprachlos. Jahrelang versuchte er jetzt schon, Kleinplaneten zu sehen und jetzt bot ihm hier ein Laie einfach die Überreste davon an.

Im Apfelland gab es keinen Handyempfang und an das öffentliche Telefon- und Stromnetz war Jakobs Domizil nicht angeschlossen. Wer würde auch schon auf die Idee kommen, im Nirgendwo einen Berg hinauf Leitungen zu verlegen, um einen, aus eigener Entscheidung allein lebenden Apfelbauern mit der Zivilisation zu verbinden. Warum auch?

Vor einiger Zeit hatte Jakob noch entfernte Nachbarn gehabt, die ähnlich lebten wie er. Doch auch sie konnten sich den Reizen der modernen Kommunikation in einer schnelllebigen Zeit und des grenzenlosen Konsums nicht länger entziehen. Sie waren letztlich irgendwann in die Stadt gezogen. Während sie sich gegenseitig Werkzeuge und Maschinen ausgeliehen oder repariert hatten, bevorzugten auch sie jetzt den praktischen und günstigen Neukauf, auch wenn die Produkte eine geringere Qualität besaßen.

Das sei die Wegwerfgesellschaft von heute, dachte Jakob ständig. Das ursprüngliche Leben in der Natur kannten sie nur noch von den Ferien auf dem Bauernhof, aber dann bei der kleinsten Erkältung Naturheilverfahren und homöopathische Mittel anwenden wollen.

Nein, Jakob glaubte noch an das, was er tat – Heilung durch Ignoranz.

Nachdem es dunkel wurde bekam Jonas nicht nur eine gute Sicht auf die bunt beleuchtete Großstadt und die weit entfernten Himmelslichter, sondern vor allem hatte er seine Ruhe, denn Jakob war nicht gerade der große Redner, und das, obwohl dieser, wie Jonas zumindest annahm, lange niemanden mehr für einen ausgiebigen Plausch bei einem gemeinsamen Cider zu Besuch gehabt hatte. Anscheinend fanden an dem heutigen Tag auf dem Hügel im Apfelland zwei charakterlich perfekt zueinander passende Typen zusammen, beide prinzipiell ein wenig menschenscheu.

Jung und Alt

Zunächst fühlte sich Jack befreit, nachdem er seinen Begleiter losgeworden war.

Alleinsein führte aber in bestimmten Situationen auch zu dem Empfinden, alleingelassen worden zu sein. Doch trotz ein wenig Angst im Unterbewusstsein war er optimistisch, was die Zukunft anging. Lief es doch bisher alles nach *seinem* Plan. Er wollte versuchen, sich ab jetzt nur auf das Wesentliche zu konzentrieren. Doch was war das Wesentliche? Die momentanen Dinge, die einen gerade inspirierten, weil sie spontan waren und vielleicht nie wiederkamen, wenn man die Situation verstreichen ließ? Doch wofür Inspiration? Um das Leben lebenswert zu machen, Temporäres zu verfolgen, aber gleichzeitig die langfristigen Ziele nicht aus den Augen zu verlieren? Immer wieder entstanden, so wie Jack sie bezeichnete, Zwischenziele in seinem Leben.

Viele Leute störte es nicht, wenn unvorhergesehene Ereignisse und neue Aufgaben passierten. Sie waren es einfach gewöhnt und bauten diese linear oder progressiv in ihre Tagesabläufe ein. Genau nach dem Motto: „Der Weg ist das Ziel!“ Waren es doch diese spontanen Lebensinhalte, die das menschliche Zusammenleben so lebenswert machten. Doch dafür musste man alles als wichtig, sogar als erfüllend annehmen. Vielleicht verfolgte Jack alle Situationen ein wenig zu ernsthaft, aber so war er eben. Offen für Neues und Altes, enthusiastisch und ehrlich. Das erfüllte ihn. Das waren Lebenserfahrungen. Aber ließ er sich oft zu stark bei

Entscheidungen beeinflussen? Bewusste Zielsetzungen klingen eher nach *von außen vorgegeben* und nicht *dem inneren Drang oder der Berufung zu folgen*. Möchte man nicht immer gerade das haben, was man nicht haben kann?

Denn: *Sich vom Leben treiben lassen*, das führt häufig an ein unbewusstes vorübergehendes Ziel, wo man Selbstliebe findet oder in ihr aufgeht.

Aber was war mit den langfristigen Zielen? Jacks ständiges Verlangen nach Lebenserfahrungen, brachte ihn seiner Ansicht nach regelmäßig einen Schritt voran. Doch dies bedeutete auch immer einen mentalen Kampf in ihm, denn er tat sich zunehmend schwer damit, Zwischenziele zu erreichen oder loszulassen. Denn man ließ dadurch auch ständig Menschen zurück. Menschen, die einem beim Erreichen von Zielen halfen und mit denen zusammen ein Weg zurückgelegt wurde. Die lieb gewonnen wurden oder an die man sich gern erinnerte. Jack zeigte ungern seine Gefühle und doch war er emotional – *zu* emotional. Er schätzte Tiere, Pflanzen, Gegenstände, Situationen sowie zwischenmenschliche Liebe gleichermaßen.

Genau in dieser nachdenklichen Phase kam ihm auf einmal Michael entgegen – ebenfalls wieder allein – der so tat, als hätten er und Jack hier und jetzt in Newtown ein Rendezvous für ein Wiedersehen ausgemacht. Jack hatte Michael jedoch nicht in seine weiteren Reisepläne eingeweiht. Wie denn auch? Jack selbst kannte doch bisher seine weiteren Schritte nicht. Umso überraschter war er und fragte nur: „Was machst du denn hier Michael?“

„Ich freue mich auch, dich wiederzusehen Jack", antwortete Michael und lächelte ihn nett auf seine unvergleichlich beruhigende Art an.

Das Treffen war ein fast unglaublicher Zufall, denn während Jack auf Dschungeltour gewesen war, hatte Michael in Newtown bereits eine neue Etappe seiner Gespräche über Gottes Sohn begonnen. Diesmal in der Stadt, die fast ausschließlich von älteren Jugendlichen bis jungen Erwachsenen bevölkert wurde. Vor allem in den jetzigen Schulferien.

Michael hatte dort einen Tag und eine Nacht mit Sternengucker Jonas verbracht. Jonas war allerdings die private „Mission Michael" zu viel geworden und ihm waren die Lichter der Großstadt bei Nacht eh zu hell für sein Teleskop. Jonas hatte einfach „Au Revoir" gesagt, weil er andere Wege verfolgen wollte.

Jack und Michael wussten also nicht wirklich, wie ihnen geschah, machten dies jedoch nicht zum Thema. Sie waren als Einzelgänger schon immer zufrieden gewesen. Trotzdem freuten sie sich übers Wiedersehen.

„Bist du weiterhin auf Mission, Michael?"

„Um Gottes Willen, ja! Aber was machst du eigentlich in dieser Gegend, Jack?"

„Ich habe ein paar Dinge in meinem Leben zu regeln, worüber ich aber momentan nicht so gerne sprechen möchte."

Jack verwunderte, dass Michael nicht nachfragte, worum es bei den *paar Dingen* überhaupt ging. Es schien sogar so, als sei Michael überhaupt nicht an seiner Geschichte interessiert. Deshalb ließ sich Jack dann doch dazu hinreißen, etwas mehr über seinen ehemaligen

Begleiter zu erzählen, um vielleicht Michael etwas aus der Reserve zu locken: „Du kannst dich bestimmt noch an den Typen erinnern, mit dem ich beim Hostel angereist war. Während er auf einer Flussfahrt schlief, überflog ich kurz seine Aufzeichnungen. Dieser Idiot hat mir nichts von der Zahl 2012 erzählt, die er in einem Baum eingeritzt gefunden hatte. Stell dir vor, der ist im Dschungel einfach spurlos verschwunden. Allerdings war damals auch mein ganzer Zeitplan in Gefahr, weil er sich den Knöchel verletzt hatte und ich wäre danach nicht zur richtigen Zeit am geplanten Ort gelandet. Dann hätte ich auch dich hier nicht getroffen."

Als von Michael immer noch keine Reaktion kam, war Jack sich nicht mehr sicher, ob er Michael überhaupt vertrauen durfte. Er hatte ihn irgendwie lieb gewonnen, musste jedoch herausfinden, ob er sich voll und ganz auf ihn verlassen konnte, bevor er ihn als Freund gewann. Jack fügte deshalb noch schnell hinzu: „Ich weiß, du verstehst nicht wirklich, worüber ich überhaupt gerade spreche, aber ich kann dir momentan nicht mehr erzählen. Kannst du mit dieser Erklärung erst mal leben?"

Michael schaute Jack wieder mit seinem beruhigenden Lächeln an und antwortete: „Natürlich, Sunshine."

Sie beschlossen, die kommende Nacht zunächst in einem Hostel nahe dem Stadtzentrum zu übernachten und danach zusammen ein paar Tage weiterzuwandern. Alle Unterkünfte waren fast komplett ausgebucht – junge Leute, die mal so richtig Party machen wollten. Eine unchristliche Zeit für Michaels „persönliche Gespräche".

In einem der letzten freien Doppelzimmer fanden die beiden ein wenig Schlaf und nachdem Jack am folgenden Morgen einige Angelegenheiten in der Stadt erledigt hatte, brachen sie zu Fuß auf.

Am Ortsrand kam ihnen der erste Großraumjeep entgegen. Viele solcher Art würden noch folgen, die die Abenteuer suchenden jungen Gäste in die Stadt brachten, nachdem sie den Werbeslogans der Touristeninformation gefolgt waren. *„Feiere die Natur – buche dein Outdoor-Adventure!“* Hostels, Beachpartys, Clubs, Souvenirläden, aber auch Tauchfahrten, Surfschulen und Agenturen für Aktivurlaub, die spezialisiert darauf waren, den Leuten alle nur erdenklichen Outdoor-Sportarten und angeblich unberührte Naturschönheiten zu bieten.

Die kleine Gruppe in dem Allradwagen setzte sich zusammen aus juchzenden jungen Frauen, die endlich die Sau rauslassen wollten.

Unter den gut gelaunten Damen waren auch die besten Freundinnen Jacqueline und Rebecca. Die beiden Noch-Studentinnen befanden sich am Anfang eines von ihnen langersehnten und ihres Erachtens wohlverdienten Urlaubs. Nach ihren letzten Abschlussprüfungen und abgegebener Diplomarbeit ließen sie sich trotz der noch nicht vorliegenden Endresultate nicht davon abhalten, jetzt ihr eigenes Ding zu machen und endlich ihre Backpacker-Träume in die Tat umzusetzen.

Line, wie Jaqueline von Freunden genannt wurde, musste dafür wirklich alles zusammenkratzen, auch ihre eigentlich langfristig angelegten Ersparnisse opfern, da sie von ihren Pflegeeltern nichts erwarten konnte und zudem niemals finanzielle Unterstützung angenommen hätte.

Das war auch der einzige große Unterschied zwischen den beiden, die sich sogar ihre langen glatten Haare, die gerade durch die offenen Fenster des Jeeps im Fahrtwind wehten, in der gleichen Farbe kolorierten.

Backe, wie Rebecca oft genannt wurde, kam aus sehr wohlhabenden Kreisen, die allerdings gar nichts von ihrer Reise hielten und somit sofort klarstellten, dass sie und ihre Freundin aus der Unterschicht dafür finanziell komplett auf sich allein gestellt sein würden. Als Backe nach dieser Ansprache weiterhin von ihren Reiseplänen nicht einen Millimeter abwich, sicherte ihr Vater aus Angst, seine geliebte einzige Tochter würde nicht klarkommen, dann doch die finanzielle Grundlage der Reise für unabsehbare Zeit ab.

Lines Pflegeeltern dagegen fanden, die Reise sei eine tolle Idee, die sie sich mehr als nur verdient hatte.

Am folgenden Abend, während sich Jacqueline und Rebecca in einer hippen Burger-Bar in Newtown darauf einstimmten, später die Clubs unsicher zu machen – erreichten Jack und Michael schließlich nach etlichen Kilometern auf alten Wanderpfaden eine schöne Stelle, um ihr Lager herzurichten.

Es war eine sandige, aber stabile erhöhte Stelle, von der man einen weiten Blick auf die steppenartige Landschaft hatte. Auch einige Felsformationen waren in der Nähe.

Dort fand Jack an einer kleinen Wasserstelle ein Haargummi und grummelte leise: „Ich glaube oder besser, ich bin mir sicher, dass das Haargummi der am meisten verlorene Gegenstand in der Welt ist. Ich habe den Eindruck man findet diese Dinger wirklich überall – zumindest dort, wo schon einmal eine Frau gewesen ist. Auf was tippst du Michael?“

Doch er bekam keine Antwort.

„Michael?“

„Was?“, meinte Michael leicht träumerisch.

„Alles in Ordnung mit dir Michael?“

„Ja, alles klar. Was hattest du gesagt?“

„Was glaubst du, welches ist der weltweit am meisten verlorene Gegenstand“, wiederholte Jack seine Frage. Doch stattdessen fragte ihn Michael, ob er an Gott glaube.

Aus Verwunderung über die Frage antwortete Jack nach einer kurzen Pause selbstbewusst: „Ich glaube an meine Ziele im Leben.“

„Wenn es gute Vorhaben sind, wird *er* dir helfen, diese auch zu erreichen! Sind dir nicht auch schon viele Zufälle in deinem Leben widerfahren? Unerklärliche Ereignisse, die zur perfekten Zeit geschehen sind und die, wenn du ehrlich mit dir selbst bist, nur noch als Schicksal erklärbar sind?“

„Zufälle sind Projektionen eigener Vorstellungen und Wünsche“, murmelte Jack ohne zu überlegen.

„Immer?“

„Weiß ich nicht. Ich weiß sowieso nicht, was ich noch glauben soll. Eigentlich wusste ich das noch nie. Michael, sei mir nicht böse. Ich höre dir immer interessiert zu, aber ich bin Agnostiker und ich befürchte, das wirst auch du nicht ändern können.“

„Eher früher als später, noch in unserer Lebenszeit, wird ein falscher Gott in unserer Dimension erscheinen, manche nennen ihn auch Satan, die Schlange, den Drachen oder bezeichnen ihn einfach als Anti-Christ; denn er wird falschen Frieden und Wohlstand bringen. Nach 150 Tagen werden alle, die ihm bis zum Ende seiner Herrschaft folgten und ihre Sünden nicht bereuten in ihre geistigen Körper übergehen. Danach kann sich der richtige Gott um all die Probleme der Menschheit kümmern. Wir sollten diesen falschen Gott also nicht verehren oder gar anbeten, dann werden auch deine und meine Sorgen gelöst werden, bevor wir und auch alle unsere Nachfahren am Ende als Seelen für die Ewigkeit – und das ist eine sehr lange Zeit – im Paradies verweilen. Die Zeit wird keine Rolle mehr spielen, denn dann werden alle nur der Liebe, Wahrheit und Freude folgen. Gott ist perfekt und wir sollten einfach nur Buße tun, ihm folgen und unser Bestes versuchen, um das Universum, was er für sich und unsere Wonne geschaffen hat zu genießen. Erst dann wird Gott die Erdkugel in ihre ursprüngliche Umlaufbahn zurückbringen sowie die erdmagnetische Achse und mit ihr die Pole justieren. Wir sind auf der Erde nur Engel in Körpergestalt."

„Niemand ist perfekt!", entgegnete Jack lakonisch. „Komm lass uns ein schönes Lagerfeuer machen. Mit Speis und Trank", schlug er vor und Michael bestätigte das als gute Idee.

Er stand auf und begann sofort mit der Suche nach geeignetem Brennmaterial.

Es wurde ein schönes Feuer, mit dem sie auch das Wasser für ihre Tütensuppen erhitzten. „Wie schmeckt dir das Essen in der freien Natur, Jack?“

„Vorzüglich, auch wenn es nur Astronautennahrung ist. Ich hatte lange nicht mehr solchen Appetit und die Vorfreude wurde vollen Genusses erfüllt“, schmunzelte Jack zufrieden.

„Brauchst du zum Nachtisch noch Nervennahrung?“, fragte Michael und präsentierte zur Überraschung seines Gegenübers verschiedene Beeren, die er beim Sammeln des Brennholzes gefunden hatte. Das Dessert nahm Jack gerne an und es mundete vorzüglich.

Nach dem Essen saßen sie noch im Schein des Feuers zusammen. Nur das leise Knistern der Flammen war zu hören. Sie ließen die bereits vertrockneten Äste zu Asche werden.

Zugleich wuchs Jacks Skepsis. Er konnte seine Gedanken nicht länger verdrängen: *Ist Michael wirklich so fanatisch? Ist ihm mehr über mich bekannt als ich denke? Oder sollte ich besser fragen, was weiß er und was nicht? Bewahre ich weiter meine Geheimnisse? Würde er mich verraten? Oder ist er ein potentieller Freund? Wäre es in dem Fall nicht hilfreich, wenn ich ihn einweihe, damit wir zusammenhalten können? Bringe ich mich und sogar ihn damit in Gefahr?*

Die Option, dass Michael ihn verraten würde, verneinte Jack für sich selbst und vertraute dabei auf seine Menschenkenntnis. Er betrachtete ihn eher als neuen Freund und wenn dieser mehr Informationen hätte, würde er sicherlich von ihm damit konfrontiert werden. Dann wäre Leugnen nicht der richtige Weg. Jack beließ es zunächst dabei und brach nach einer Weile die Stille der Nacht.

„Ich liebe die Freiheit, die ich momentan erlebe. Empfindest du auch so, Michael?“

„Ich lasse mich führen und fühle mich frei dabei, Jack.“

„Sich frei zu fühlen und zu leben, soweit die Freiheit eines anderen nicht beeinträchtigt wird. Eine tolle Maxime, an die du dich bestimmt mit deiner Philosophie auch hältst. Doch was ist, wenn die Freiheit vorgegeben wird und einem somit verwehrt bleibt? Behinderte besitzen die gleichen Rechte wie alle anderen. Doch einige Behinderte fühlen sich absurderweise durch die moderne Wissenschaft mit Gentechnik, künstlicher Befruchtung und neuesten Untersuchungsmethoden von Ausrottung bedroht. Klar, jeder Mensch möchte ein gesundes Kind haben und alle werdenden Väter und Mütter warten ständig gespannt auf die nächsten Ultraschallaufnahmen von ihrem Nachwuchs. Doch auch Behinderte, die sich oft durchs Leben kämpfen müssen, erfreuen sich am Leben und möchten vielleicht auch eigene Kinder bekommen. Sie fühlen sich in ihrer Existenz bedroht.“

Michael guckte nachdenklich nach oben in die Baumwipfel oder noch weiter hindurch und meinte nur: „Versuche dich an dem zu erfreuen, was kommt und denk an meine Frage: Wer erscheint als Nächstes?“

„Der Teufel oder wie du ihn immer nennen willst, ich weiß!“, antwortete Jack mittlerweile leicht genervt von Michaels Mission, aber irgendwie empfand er, dass Michaels Nähe und seine Sprache beruhigend wirkten.

Trotzdem konnte er dieses ganze biblische Gerede nicht ernst nehmen und er wagte es, Michael etwas zu fragen, was ihm schon eine ganze Zeit auf der Seele lag: „Wie sieht das eigentlich mit der Sexualität bei Engeln aus, wie kann ich mir das vorstellen?"

„Jack, du nimmst das Ganze nicht ernst genug, denke immer an meine Worte, wenn es soweit ist!", entgegnete Michael mahnend.

Mmh, um ihn zu beleidigen oder aus der Ruhe zu bringen, brauchte es schon Einiges mehr, dachte Jack.

Es wurde dunkel. Im Mondlicht konnte man in der Ferne die Umrisse eines verlassenen Hauses erkennen. Es war eines dieser alten Häuser, die die Menschen zuerst verfallen lassen, bevor sie anfangen, diese alten Gemäuer zu lieben. Jack erinnerte sich wieder an die Vorfälle in jener Nacht, als er als kleiner Junge in dem Haus seiner Großeltern gestöbert hatte und fragte Michael: „Glaubst du als religiöser Pilger denn wenigstens an gute Geister?"

„Wie kommst du denn jetzt darauf?"

„Wenn ich das offensichtlich seit Jahren verlassene und wahrscheinlich von sämtlichen Tieren behauste Gemäuer dort drüben sehe, habe ich wieder vor Augen, wie ich mich das erste Mal ins Dachgeschoss meiner Großeltern gewagt habe. Es war dort still und dunkel. Nur das Knirschen des Dielenbodens hätte meinen Opa aufwecken können, denn seine geliebte Ehefrau schlief eigentlich immer wie ein Murmeltier. Vielleicht schliefen sie auch gar nicht, sondern lauschten gespannt meinen leisen Schritten.

Ich brauchte die verschnörkelte Metallklinke nicht betätigen, da die Tür nur angelehnt war. Allerdings hatte sich in den vielen Jahren wohl so einiges verzogen, denn ich habe die Tür nur mit mühevollem Schieben öffnen können. Wenn damals jemand anderes dieses Geräusch verursacht hätte, wäre ich unten im Gästezimmer sicher vor Angst erstarrt.

Im Innern des staubigen Raums befanden sich so viele Bücher, dass ich mir gar nicht vorstellen konnte, wer das alles gelesen haben sollte. Viele Freunde meiner Großeltern liehen sich damals Bücher von ihnen aus. Nachdem ich die umfangreiche Auswahl gesehen hatte, wusste ich auch warum. Doch ich fragte mich damals, was das überhaupt für Bücher seien? Waren sie witzig oder traurig verfasst? Vermittelten sie eine Botschaft? Unter so vielen Büchern war bestimmt eines, in dem eine Welt beschrieben wurde, wie wir sie heute vorfinden, denkst du nicht auch?"

Michael wirkte nachdenklich und entgegnete: „Was willst du mir eigentlich erzählen Jack?"

„Dort stand ein sehr abgenutzter Schreibtisch, vor hunderten von Jahren aus einem Baum gefertigt, wie du sie nur noch in solchen Häusern findest. Bestimmt aus Eichenholz. Auf dem Tisch wellte sich eine Lederschicht. Eine Schreibmaschine, ein paar Manuskripte daneben und eine riesige Schublade. Ich traute mich erst nicht sie herauszuziehen, aus Angst vor Spinnen. Viele kleine Babyspinnen und deren Mama würde eine Geheimtür in der Wand öffnen und mich mitnehmen."

Michael konnte sich ein Schmunzeln nicht verkneifen.

„Gedanken, die man als phantasievoller Junge so hat“, brachte es Jack auf den Punkt und erzählte weiter.

„Ich würde dir die Geschichte nicht erzählen, hätte ich nicht damals allen Mut zusammengenommen und die Schublade geöffnet. Es kamen mir keine Spinnen entgegen und es öffnete sich natürlich auch keine versteckte Wandtür. Jahrelang hatte ich mich immer gefragt, was hinter der kleinen Tür in der Wand des Gästezimmers war. Doch nie fragte ich oder schaute nach. Warum auch? Ich lebte gut damit, mir vorzustellen, dass dort etwas ganz Schönes war, was mich und meine Eltern beschützen würde, wenn ich dieses Schöne hinter dieser Tür einfach nur in Ruhe lassen würde. Ich muss ungefähr zwölf Jahre gewesen sein und hing mit dem Wachstum hinterher. Ich wünschte mir damals nichts sehnlicher, als schneller erwachsener und vor allem größer zu werden, denn alle meine Mitschüler konnten schon über mich rüber gucken. Na ja, die Mädchen meinten zwar, ich wäre niedlich, allerdings fand ich damals dummerweise Mädchen blöd. Zum Glück hat sich später meine Größe und meine Einstellung zu Frauen dann noch geändert.“ Augenzwinkernd grinste Jack zu Michael hinüber und erzählte weiter:

„Trotzdem war ich damals groß genug, um in die hinterste Ecke der Schublade zu greifen. Da übertraf meine Neugier dann doch meinen Respekt vor dunklen Schubladen. Meine Finger ertasteten eine Mappe aus Leder voll mit vergilbten Blättern. Einige zerknickte Ecken guckten heraus. Ich zog die schwere Mappe langsam aus der Schublade und setzte mich auf einen wackeligen antiken Stuhl, auf dem ich jedoch das

Gleichgewicht verlor. Kennst du das Gefühl, wenn du total in Gedanken schwebst und plötzlich denkst, du würdest fallen? Weißt du, was ich meine?“

„Oh ja!“, bestätigte Michael verständnisvoll.

„Im schummerigen Licht des Dachbodens war die Handschrift auf den vergilbten Seiten nur schwer zu lesen gewesen. Deshalb zündete ich mir einige herumstehende Kerzen an. Ich weiß, das hört sich alles sehr klischeehaft an, aber es war so. Auf jeden Fall sah ich dann vor mir hunderte handschriftlich verfasster Seiten liegen und ich fing an, in dem Manuskript herumzublättern und die unleserliche Schrift zu entziffern. Es war in der Sprache meiner Eltern verfasst, die sie mir zu meinem Glück noch beigebracht hatten, bevor alles vereinheitlicht wurde. Es war zuerst sehr gewöhnungsbedürftig, die Dokumente zu lesen, aber nach ein paar gelesenen Sätzen wurde es schon einfacher, denn in den Texten wiederholten sich natürlich oftmals die Buchstaben und durch den Kontext heraus konnte ich mir den Rest zusammenreimen.“

„Ich finde es wunderbar, dass es so viele verschiedene Sprachen gibt“, meinte Michael.

„Ja, eigentlich nutzte damals jedes Volk eine eigene Sprache, die wiederum mit unterschiedlichen Mundarten und oftmals starkem Jargon Ausprägungen besaß. Durch diverse kulturelle Einflüsse hatten sich einzelne Sprachen später sehr stark gewandelt, bevor sie dann letztlich alle vereinigt wurden“, beschrieb Jack etwas resignierend.

„Was stand denn nun in dem Manuskript?“, fragte Michael ungeduldig.

„Es war das Tagebuch meines Urgroßvaters, in dem er die wichtigen Erlebnisse seines langen glücklichen

Lebens festgehalten hatte. Aber pass auf Michael! Es geht noch weiter, denn beim Durchblättern der losen beschriebenen Seiten in der Mappe ist mir irgendwann aufgefallen, dass sie nicht der richtigen Reihenfolge entsprachen. Ich habe mich richtig erschrocken, als ich beim Sortieren plötzlich ein Vorwort in der Hand hielt:

FÜR MEINEN LIEBEN URENKEL JACK

MÖGEST DU DIE ERDE BEREISEN, BIS DU ES GEFUNDEN HAST

Im Vergleich zu den restlichen Blättern war das Papier nicht so vergilbt und es ist bestimmt kein Zufall gewesen, dass nichts anderes in dem Tagebuch, noch nicht einmal die Überschrift, so leserlich in Großbuchstaben verfasst worden war. Ich bin mir ziemlich sicher, dass diese Sätze nachträglich geschrieben wurden, denn es wäre zudem schon ziemlich unheimlich, wenn mein Uropa in seinem jahrzehntealten Tagebuch mir das Vorwort namentlich gewidmet hätte, bevor ich überhaupt geplant gewesen war. Und als wenn das noch nicht spannend genug für einen damaligen Knirps wie mich gewesen wäre, habe ich danach noch beim Abtasten der Schublade etwas im Innern bemerkt. Dort war etwas eingeritzt. Ich zog die Schublade ganz aus dem Schreibtisch heraus und leuchtete mit einer Kerze. Da sah ich in tiefen Kerben die Zahl: *2012*

Dies war das Jahr, in dem mein Urgroßvater während eines Schiffsunglücks für immer auf See geblieben war und diese Zahl oder Nummer folgt mir nun schon längere Zeit an die unterschiedlichsten Orte. Ich habe zwar eine

Vermutung, was es mit der Bedeutung dieser Ziffernfolge auf sich haben könnte, aber ich muss mir diesbezüglich erst noch volle Sicherheit verschaffen. Vielleicht kannst du mir dabei noch eine große Hilfe sein, Michael. Ich bin mir auf jeden Fall sicher, dass ich mir die Bedeutung der Zahl nicht unbegründet groß rede."

„Wenn du möchtest, helfe ich dir gerne Jack. Aber warum meinst du, wollte dein Uropa, dass gerade du seine Tagebuchaufzeichnungen an dich nimmst? Ich meine, er hätte das Manuskript einfach seinen Kindern oder Enkelkindern hinterlassen können und Geschwister hatte er bestimmt auch", spekulierte Michael.

„Ich finde es unwahrscheinlich, dass meine Großeltern oder auch meine Eltern nichts von der Sache wussten. Vielleicht haben sie das Manuskript sogar in die Mappe getan und sie vor mir oder für mich auf dem Dachboden versteckt. So aufgeregt, wie ich damals über diese Entdeckung gewesen bin, habe ich natürlich umgehend allen Verwandten und Freunden davon erzählt. Die meisten Verwandten reagierten überrascht. Im Vergleich zu mir kannten sie meinen Uropa, der noch vor meiner Geburt verstorben war. Er soll ein nettes Schlitzohr gewesen sein und hatte diesen Charakter meinem Opa vererbt.

Während meiner ersten fünf Lebensjahre war mein Großvater Weihnachten der Mann mit dem weißen Bart, bevor ich, laut meiner Eltern, den Weihnachtsmann danach wie alle anderen Klassenkameraden in meiner Schule als Kinderkram abtat. Jedenfalls sind meine gleichaltrigen Freunde und ich damals begeistert gewesen über die alte Mappe vom Dachboden. Kleine Jungs spielen gerne Sherlock Holmes. Aber möchte nicht jeder an den wichtigen Stationen seines Lebensweges Spuren hinterlassen? Genauso wie man etwas im Leben weitergeben möchte?“, fragte Jack.

Michael nickte zustimmend und fügte hinzu: „Jack, dafür werden wir geboren. Ich mag es, wenn Menschen gefühlvolle Geschichten aus ihren Erinnerungen formen und diese mit Enthusiasmus füllen. Solche Erzählungen können auch die Zukunft der Zuhörer prägen“, flüsterte Michael ihm leise zu, um die anheimelnde Atmosphäre nicht zu zerstören.

In Jack erwachten wieder Erinnerungen an die schönen Lebensabschnitte, die er bisher erlebt hatte, weil er den handschriftlichen Ratschlägen seines Urgroßvaters folgte. Am liebsten hätte er Michael die ganze Nacht von diesen Erfahrungen erzählt. Wie sehr er seinen Uropa gerne einmal kennengelernt hätte. Doch die Müdigkeit hatte Jack endlich eingeholt und er hoffte mit diesen wundervollen Erinnerungen endlich mal wieder gut zu schlafen. Bis vor einiger Zeit glichen seine Nachtfantasien eher einer Eutopie. Naiv wie ein Kind wünschte er sich, dass er sich am nächsten Morgen noch an einen schönen Traum erinnern könnte. Dann würde er Michael davon erzählen.

„Ich hoffe, wir werden noch sehr viel Zeit haben, uns Geschichten aus unserem bisherigen Leben zu erzählen. Ich bin auch auf deine Erfahrungen gespannt. Gute Nacht Michael.“

„Schlaf gut.“

Doch Jack konnte wieder nicht gut schlafen. Ihm schwirrten die verschiedensten Sachen im Kopf herum.

Er vermisste plötzlich seinen Sohn, der erst kurz zuvor Geburtstag gehabt hatte und an dem er nicht bei ihm sein konnte. Als er nachdenklich in den Himmel blickte, erkannte er auch noch dessen Sternzeichen. *Müssen Zufälle es einem so schwer machen?* Michael würde es wieder als Zeichen sehen. Doch wenn es Prädestination gäbe, wären solche Signale Jacks Überzeugungen entsprechend gar nicht notwendig, da der Grund für sie gar nicht erst entstanden wäre. Warum sollte sonst beispielsweise ein angebliches Gottesgeschenk das Licht der heutigen Welt erblicken, um kurze Zeit später dessen Familie mit so viel Kummer zu konfrontieren und einen solch großen Verlust zu bringen? Das verdient niemand.

Er konnte sich noch genau daran erinnern, wie er ihn zum ersten Mal im Arm hielt und der Kleine über seine behaarte Brust tastete. In einer sterilen Umgebung, die nicht viel Menschliches zuließ. Umso mehr muss man jedoch einander festhalten und sich lieben, weil man einander braucht. *Was seine Mutter wohl gerade macht?,* fragte er sich in dem Moment. Die Frau, die er in den letzten Jahren so lieben gelernt hatte.

Während er in die Sterne starrte, fielen Jack dann doch unbemerkt die Augen zu.

Bis zum nächsten Morgen hatte sich der Tau auf die beiden Wanderer gelegt. Die Kälte der Nächte war hier im freien Gelände nicht zu unterschätzen und Jack hatte sich während seiner Träume tief in seinen Mumienschlafsack eingemummelt, dessen Reißverschluss er so weit es ging geschlossen hatte. Es gab nur eine kleine Öffnung zum Luftholen, durch die die körpereigene Wärme etwas entweichen konnte. Im aufsteigenden Nebeldunst des Erdreichs blickte ihn durch sein Guckloch neugierig eine niedliche schwarze Katze an. Sie ließ sich von ihm streicheln und schnurrte dafür.

Plötzlich, als wenn ihn jemand aus einem Traum geholt hätte, fuhr ein Schreck durch Jacks Knochen. „Salut, das Teewasser ist heiß, mein Freund!“

Mit dem Großbild von Michaels Gesicht vor Augen streckte Jack sich noch einmal, robbte aus seiner mobilen Schlafstätte und rannte schnell los, um wie ein Hund den nächsten Busch zu bewässern.

„Bonjour, mein lieber Michael. Zu einem kleinen Espresso würde ich jetzt auch nicht Nein sagen“, zwinkerte er freundschaftlich. War er doch froh, in Gesellschaft und mit einem Heißgetränk in den neuen Tag starten zu können. Er hatte auch schon einen Plan, wo es als Nächstes hingehen sollte. Dabei konnte Michael ihm noch eine größere Hilfe sein als nur Tee zum Wachwerden zu kochen. Jack ließ sich ungewöhnlich viel Zeit beim Schlürfen des wider Erwarten köstlichen Getränks, während Michael bereits die Sachen zusammenräumte.

Beim Ausschütteln fiel aus Jacks Schlafsack ein Brief. Michael hob ihn auf und faltete ihn ohne böse Absichten auseinander. Beim Überfliegen des Schreibens, wurde ihm schnell klar, worum es in dem Schreiben ging und das weckte sofort unschöne Erinnerungen in ihm. Mit solcher Art von Brief hatte Michael erst vor kurzem eine prägende Erfahrung gemacht. Sein Blick fiel unfreiwillig auf das Ende des letzten Satzes: „ ... aber verstecke dich nicht hinter dem Kind!“

Als Jack die Entdeckung bemerkte, faltete Michael den Brief schnell wieder zusammen und suchte sofort eine Entschuldigung.

„Hier, der ist aus deinem Schlafsack gefallen. Ich wollte ihn wirklich nicht lesen“ und reichte Jack den Brief.

„Sie konnte mich durchdringen, ohne mich zu berühren“, säuselte Jack.

„Hast du was gesagt?“

„Nichts Michael.“

„Jack, es tut mir wirklich leid.“

Just for fun

Line und Backe hatten sich für die erste Nacht in Newtown zunächst eine Unterkunft inklusive künstlicher Badelandschaft am Meer ausgesucht. Das war notwendig, denn leider war es an den traumhaften fast schneeweißen natürlichen Sandstränden nicht zu empfehlen, einfach unbeschwert und unvorbereitet Schwimmen zu gehen. Es wimmelte im Wasser nur so von Feuerquallen; eine Berührung und man musste unerträgliche Schmerzen erleiden, von denen man allerdings durch die zahlreichen recht aggressiven Haie schnell erlöst werden würde. Das störte hier in dieser Partystadt aber kaum jemanden. Bei den hiesigen tropischen Temperaturen bot das auf Badewannentemperatur aufgeheizte Meer sowieso keine echte Erfrischung. Zum Surfen war das Gebiet aufgrund fehlender Brandung ungeeignet. Mit Ganzkörperschutz an den Strand zu gehen war auch nur für Taucher eine Option. Die Tauchschulen hatten Hochkonjunktur, da hier in dieser Gegend das Korallenriff nur eine kurze Bootstour entfernt war und die Bestimmungen des Naturschutzes es nicht zuließen, Frischwasserbecken im Meer zu bauen. Es gab Städte, die Gezeiten-Becken mit direktem Zugang zum Meer gebaut hatten. Bei Flut füllen sie sich dann automatisch mit frischem Meerwasser auf und bei Ebbe wird durch die Mauern der Becken das Wasser zurückgehalten. In diesem Gebiet würde das dann bedeuten, die Quallen und Haie wären zusammen mit den Schwimmern gefangen. Nicht zuletzt deshalb rührten die Tauchschulen natürlich ordentlich die Werbetrommel, da die Quallen sich überwiegend im flachen Uferwasser sammelten und die Tauchgänge weiter draußen am schönen Korallenriff stattfanden. Dort tummelten sich auch nur kleine Riffhaie, die eher eine Attraktion als eine Gefahr darstellten. In der Tat gab es hier in diesem Gebiet höchstens ein bis zweimal im Jahr eine Hai-Attacke auf einen Menschen. Zufällig konnten die Leute hier am Strand vor gut einer Woche Zeugen des mittlerweile zweiten Zwischenfalls des Jahres werden. Normalerweise müsste man dann hier jetzt, statistisch gesehen sicher sein vor dieser faszinierenden Tierart.

Nachdem die Freundinnen sich am Abend ihres Ankunftstages kurz einen Überblick über die Bars in der Stadt verschafft hatten, waren sie relativ früh schlafen gegangen. Somit gehörten Line und Backe auch zu den ersten Gästen, die zum Frühstück auf der Terrasse der künstlich angelegten Meerwasser-Badelandschaft saßen. Sie sprachen gerade über den ersten vermerkten Punkt ihrer „must see – must do“ Liste, eine Wanderung bei Vollmond im weit entlegenen Hinterland.

Am Nachmittag wurden sie dafür vom Reiseanbieter abgeholt. Die landschaftlich unspektakuläre Fahrt kam ihnen unendlich lang vor, als sich plötzlich irre Felsformationen vor ihnen auftaten. Der Minibus stoppte und alle wurden auf eine moderate Anhöhe geführt und sahen die tektonischen Klippen, die Jahrtausende vom sandigen Wüstenwind zu faszinierenden Gebilden geformt worden waren und in denen wohl jeder etwas anderes zu erkennen vermochte. Beispielsweise die weichen Körperlinien eines nackten Menschen, Tierköpfe oder Fantasiefiguren individueller Vorstellungskräfte.

Die beiden Abenteurerinnen entfernten sich etwas von der Gruppe und kletterten noch ein Stückchen weiter. Dann setzten sie sich staunend und ließen ihre Beine über einem Felsvorsprung baumeln. Sie hatten den größten Vollmond des Jahres direkt auf ihrer Höhe vor Augen. Für eine kurze Zeit sprach niemand der Gruppe, mit der sie unterwegs waren. Wahrscheinlich waren sie gedanklich gerade alle in ihrem eigentlichen Leben versunken, dachte Backe. Auch in diesem Moment der Stille und Besinnung konnte sie es nicht lassen, immer über andere nachzudenken und nicht wenigstens einmal ausschließlich an sich selbst. Aber so war sie nun mal. Nicht nur, wenn jemand ihr ein Problem anvertraute oder mit einer Bitte zu ihr kam – nein, sie zerbrach sich immer den Kopf über das Leben der Anderen.

Die Fixierung darauf geschah nicht aus Neid oder Stolz bezüglich eigener Lebenserfahrungen und kam auch nicht mit dem Bedürfnis einher, gesehen zu werden oder

Teil einer Gemeinschaft zu sein; das hätte ja wenigstens konstruktiv für sie selbst sein können. Nein, sie behielt einfach gerne die Lebensgewohnheiten von anderen im Blick. Eigentlich konnte es ihr doch völlig egal sein, ob die frisch verliebten Pärchen ihres Freundeskreises perfekt zusammenpassten oder die jeweiligen Partner sich gegenseitig ins Unglück stürzten; ob jemand lieber die Natur genoss und sich für das interessierte, was in der Welt gerade passierte oder die Freizeit komplett mit Videospielen verbrachte. Die neuesten Nachrichten aus Politik, Wirtschaft; Umwelt- und Naturschutz; Bildung und Forschung, regional oder weit entfernt; all das tangierte doch ihr Leben eigentlich nur peripher. Aber sie wollte ein möglichst breites Wissen besitzen und sie interessierte sich für fast alles, verstand sich mit jedem und war darauf auch Stolz. *Machte sie sich da etwas vor? Wollte sie mit ihrem Verhalten nur bei niemandem anecken. Hatte sie Angst, sonst ihre Freunde zu verlieren? War sie für ihre Freunde auch wirklich eine wichtige Person?* Schon wieder machte sie sich darüber Gedanken, was andere wohl über sie dachten.

„Kommt, es wird Zeit, uns einen Schlafplatz zu suchen!“ Mit dieser Ansage riss der junge Reiseleiter die Gruppe aus ihrer kollektiven Träumerei.

„Der sieht wirklich sexy aus“, meinte Line zu ihrer Freundin.

„Ach du wieder“, stupste Backe sie an, fragte jedoch gleich mit einem Lächeln: „Ob der noch auf dem Markt ist?“

„Das hättest du wohl gerne, was?“, entgegnete Line, „komm, wir dürfen den Anschluss an die Gruppe nicht verpassen!“

Ihre Wandergruppe war schon gestartet und somit beeilten sich auch die beiden Mädchen hinterher zukommen. Line warnte: „Pass bloß auf, wo du hintrittst“, und sollte mit ihrem Ratschlag recht behalten. Für Flachländer wie sie, die im Klettern nicht die geringste Erfahrung hatten, war es eine Herausforderung, mit den offensichtlich geübten Bergwanderern vor ihnen Schritt zu halten. Etwas ängstlich und nur mit Mühe und gegenseitiger Hilfe kamen sie von den Felsen wieder hinunter. Im Nachhinein fanden sie es unverantwortlich, Laien mit nur einem vorauseilenden Guide auf solch eine anspruchsvolle Wanderung zu schicken, die nicht in der Tourbeschreibung erwähnt wurde. Zumindest, und da waren sich Line und Backe einig, müsste eine zweite Aufsichtsperson am Ende der Gruppe mitwandern. Denn die beiden Mädchen waren eigentlich nicht die Letzten in der Wandergruppe gewesen. Als sie jedoch unten ankamen, wunderten sie sich schon, dass niemand mehr hinter ihnen war. Als sie das laut anmerkten, witzelten einige noch, das fehlende Pärchen wolle vielleicht in so einer romantischen Vollmondnacht lieber noch ein wenig alleine sein. Doch der plötzlich nervös agierende Reiseleiter fand das gar nicht komisch. Er forderte alle auf, zusammenzubleiben und schon das Schlaflager aufzubauen, denn es würde hier nachts ungewöhnlich frisch werden. Er gab noch einige Anweisungen und joggte dann eilig den Weg zurück, den sie gerade gekommen waren.

Line schob zunächst mit ihren verstaubten Schuhen den von der Sonne aufgewärmten Sand hin und her. Da sah sie plötzlich etwas im Sand. Sie hob es auf und rief begeistert: „Genial, schau mal, was ich gefunden habe – das ist petrified wood!“ und gab es ihrer Freundin in die Hand. Backe hatte so was noch nie gesehen, wusste nicht, was das war und reagierte dementsprechend überrascht: „Wow, sieht echt cool aus. Seltsam, obwohl es nur der Größe meiner Hand entspricht und aussieht wie ein Stück getrocknetes Holz, ist es schwerer als ein entsprechender Stein. Und die Farben schimmern irre im Sonnenlicht.“

„Wie der Name verrät, versteinertes Holz“, erklärte Line.

„Versteck es schnell in deiner Bauchgürteltasche“, riet Backe ihr. „Es ist verboten, aus diesem Nationalpark etwas mitzunehmen.“

Schon kurze Zeit später kam der Reiseleiter mit den beiden Vermissten wieder. Der Rest der Truppe hatte mittlerweile ein Lagerfeuer entfacht, um das später alle einen Sitzkreis bildeten. Dabei erfuhren sie, dass die beiden Kurzzeitvermissten an einer Stelle der Felsen nicht weitergekommen waren und auch den leichteren Hinweg nicht zurückgefunden hatten. Die schlechtesten Kletterer waren Line und Backe dann also doch nicht. Nach kurzen lebhaften obligatorischen Geplauder zum Kennenlernen am wärmenden Feuer verabschiedeten sich dann nach und nach alle für die Nacht und kuschelten sich in die kleinen spartanischen Zelte. Ein Mann regte sich unerwartet darüber auf, dass man für solch einen Reisepreis sogar ein schickes Hotelzimmer in der Stadt bekommen würde. Zu seiner Verwunderung wurde seine Kritik von den restlichen Teilnehmern nur kommentarlos zur Kenntnis genommen. Auch Backe verließ daraufhin leicht kopfschüttelnd das zu einem Haufen Glut zusammengeschrumpfte Feuer, um zu Line ins Zelt zu krabbeln. „Manche sind nie zufrieden“, dachte sie nur.

Als sie am nächsten Tag nach einer weiteren Wanderung und einer langen Rückfahrt ziemlich ermüdet nach Newtown zurückkamen und es sich in ihrem gebuchten Hostelzimmer gemütlich machen wollten, vernahmen sie schon beim Öffnen der Tür zu ihrem 6-Bett-Zimmer von drinnen eine leicht außer Atem klingende männliche Stimme, die sie bat, noch ein paar Minuten draußen zu bleiben. Die beiden Mädels hatten nicht viel Privatsphäre in solchen Unterbringungen erwartet, aber zumindest einen jederzeit ungehinderten Zugang zu ihren bezahlten Betten. Da sie allerdings nicht in ihrem Zimmer erwünscht waren, weil offensichtlich zwei Personen ungestört bleiben wollten, entschlossen sich die beiden Mädels, noch etwas länger abzuwarten und sich in der Hostel-Bar einen Cocktail zu genehmigen. Ihr Gepäck von der Tour schmissen sie dort in eine Ecke.

Allerdings blieb es nicht bei einem Cocktail. Aus der Bar wurden Clubs und aus der Nacht wurde wieder ein neuer Tag. Bei Sonnenaufgang hatten sie immer noch nicht geschlafen. Auf den Tanzflächen störte keinen das Safari-Outfit der jungen hübschen Frauen. Ganz im Gegenteil fanden die beiden auch Tanzpartner in Badelatschen und Bermuda-Shorts und ihre Liste an E-Mail-Adressen, die man sowieso nach einmal Schreiben nie wieder benutzte, wurde immer länger.

Sie entschieden sich, auch noch das Frühstück im Hostel abzuwarten, das in der Übernachtung im Preis inbegriffen war, obwohl man bei den beiden nun eher von Übernächtigungsgästen sprechen musste. Allerdings erwarteten sie nicht mehr als ein trockenes Croissant und wässrigen Kaffee. Zum Glück hatten sie zwei Nächte gebucht, um so zu vermeiden, dass bereits innerhalb der ersten Tage ihr Traum vom angeblich so entspannenden Backpackingurlaub durch das ständige Packen und Umziehen getrübt würde. So konnten sie sich nach dem Frühstück in ihre noch unbenutzten Betten fallen lassen. Jetzt hatten sie das Zimmer für sich alleine. Zumindest bis die Putzfrau kam, wenn es denn eine gab.

Wie sich später herausstellte, stand heute keine Reinigung auf dem Ausgabenzettel der Hostelverwaltung. Dafür waren sie dankbar, denn sie wachten ungestört erst mittags wieder auf und schon gingen ihre nächtlichen Gedanken wieder in Tagträume über, die neue Planungen nach sich zogen. Heute wollten sie einfach nur den Moment genießen und die junge Frauenseele baumeln lassen. Shoppen gehen auf den touristischen Avenues und die Sonne auf der Promenade und den Terrassen genießen. Denn die nächsten Tage stand ein prall gefülltes Programm auf dem Plan. Eine Jeepfahrt durch den Dschungel, inklusive einer Floßfahrt auf einem, bei Krokodilen beliebten Fluss und der Besuch eines Ortes, an dem die vom Regenwald dicht bewachsenen Berge und das einzigartige Korallengebiet nur durch einen scheinbar endlosen Traumstrand voneinander getrennt wurden.

Wo der Dschungel das Riff küsst war der Slogan ihres Reiseorganisators, denn der Trip sollte direkt zum Unterwasserparadis führen. Dazu würde man mit kleinen Boten am Strandufer abgeholt und könne sich danach in einem Schnupperkurs im Gerätetauchen versuchen oder schnorchelnd die letzten weltweit intakten tropischen Korallenriffe erkunden, die dort nur wenige Meter unter dem Meeresspiegel ihre ganze Farbenpracht entfalteten. Zudem war eine Wildwasserfahrt in Raftingbooten und Bungeespringen von Klippen über einem Flusstal geplant. Soviel Auswahl war an einem Tag natürlich nicht möglich, deshalb hatten sich Line und Backe für das Komplettprogramm inklusive zweitägiger Wanderung und Regenwaldübernachtung im Freien entschieden.

In Hängematten zwischen zwei Bäume gespannt, sollte man sicher vor giftigen Spinnen und Schlangen sein. Sie zweifelten an dem Wahrheitsgehalt dieser Aussagen. Sie hatten bereits von anderen Urlaubern gehört, dass sie während ihrer Safari in 4-Bett-Containern untergebracht waren und beim Aufwachen eine handgroße Spinne neben ihrem Bett an der Wand wartete. Aber *no risk, no fun* sagten sich die beiden Mädchen.

Letztlich bereuten sie aber nicht, alles gebucht zu haben, denn sie erlebten viele unvergessliche Momente. Nach diesem erneuten erschöpfenden Erlebnis zurück in der Zivilisation, verbrachten sie die folgende Nacht das letzte Mal in Newtown.

Solche Langzeiturlaube waren immer eine Frage von genügend Geld oder Zeit, beides zusammen war selten. Somit hatten sie sich, vor allem wegen Backes limitierten Budgets, bereits vor ihrer Anreise über die möglichen

Aktivitäten vor Ort informiert. Die hiesige Reiseagentur bestätigte ihnen, dass sie für solch eine kurze Zeit mit ihrem Programm die Highlights ziemlich gut abgedeckt hätten. Sie hatten sich zudem entschieden, für die Zeit nach ihren organisierten Touren rund um Newtown ihre Reise mit einem dort erworbenen Fahrzeug fortzusetzen. Später wollten sie dann das Auto, in dem sie auch schlafen könnten wieder verkaufen und die längeren Strecken mit Fernbussen, vorzugsweise über Nacht zurücklegen. So sparten sie auch gleich die Kosten für eine Unterbringung.

Sie hatten schon von Luckytown gehört, wo es angeblich nichts geben sollte, was man nicht gewinnen kann. Davon schwärmten zumindest die coolen Typen, die Line und Backe in den angesagten Clubs von Newtown getroffen hatten. Doch diese „Männer“, die so taten, als könnten sie die Welt erobern und dabei das Geld von Mami und Papi auf den Kopf hauten, aber in den Hostels noch nicht mal fähig waren, ihr Bett alleine zu beziehen – auf solche Leute konnten sie liebend gerne verzichten. Deshalb planten sie nach Freetown zu fahren.

Beim Anziehen der Jeans, die sie bereits zuvor in den Bars getragen hatte, bemerkte Line dann ein Knistern in ihrer Hosentasche. Darin fand sie einen Zettel mit einer grob gezeichneten kleinen Landkarte. Darunter die kritzeligen Worte: *Nase voll von Newtown? Kommt zum aufregendsten Ort der Welt! Cu*

Auf der Karte war eine Position markiert. Line zeigte Backe den Zettel: „Guck mal, was mir jemand gestern Nacht in die Hose gesteckt hat. Ärgerlich, dass ich die

Aktion nicht bemerkt habe, aber ich kann mir schon denken, wer das gewesen sein könnte."

„Dieser Jemand hat dir ja sogar ein kleines Herz hinter den Satz gemalt!", stellte Backe fest. Als sie daraufhin jedoch die Zeichnung genauer begutachtete, merkte sie an: „Die Karte ist aber nicht sehr exakt und man kann auch nicht jedem trauen. Aber wir könnten die Gegend trotzdem einfach mal auskundschaften, oder? Es liegt zwar nicht wirklich auf dem Weg nach Freetown, aber, wenn der Maßstab stimmt, sieht es nicht sehr weit aus."

„Ich weiß nicht", meinte Line zögerlich.

„Ach komm! Wir haben gemeinsam vor der Reise beschlossen, alles spontan zu entscheiden und dass wir hier unsere persönlichen Abenteuer erleben wollen."

„Na gut. Du hast gewonnen", willigte Line ein.

Mit ihrer von einem suspekten Händler günstig erstandenen Klapperkiste fuhren sie einfach grob in die Richtung des markierten Punkts auf der Karte. Die Besiedelung am Rande der zunächst gut ausgebauten Hauptstraße wurde spärlicher. Als sie dann in ein menschenleeres Gebiet vordrangen, wurde die Straße uneben und die Schlaglöcher nahmen solche Ausmaße an, dass sie diese umfahren mussten. Die Karte stellte sich als totaler Irrtum bezüglich des Maßstabs heraus. Sie waren mittlerweile mehrere Stunden unterwegs und hatten immer noch nicht die Hügel erreicht, die auf der Karte eingezeichnet waren, durch die sich ein Fluss schlängeln sollte. Mit der Zahl der Kilometer wuchs auch die Skepsis der Mädchen, dass die Karte wirklich realistisch war. Sie dachten schon, vielleicht hatte sich einfach jemand einen Spaß erlaubt und sie einfach ins Niemandsland geschickt.

Doch die Hoffnung der beiden auf weitere spannende Ereignisse weilte lang genug, denn irgendwann türmte sich eine begrünte märchenhafte Turmkarst-Landschaft vor ihnen auf und die Vegetation verwandelte sich gleichzeitig in einen subtropischen Traum. Die größte Überraschung für die Mädchen war allerdings, dass ihnen plötzlich inmitten der verlassenen Gegend ein großer vollbeladener Jeep entgegenkam. Auf seinem Dach lagen Schwimmreifen, die riesigen Radschläuchen glichen. Kurz bevor die beiden Fahrzeuge sich passiert hätten, bog der Jeep auf einmal mitten in die Vegetation ab. Die Mädchen konnten noch erkennen, dass sich in den Jeep viele Leute gezwängt hatten. Die meisten trugen Badeklamotten.

Der Wagen verschwand kurz aus ihrem Sichtfeld, doch als sie an die Stelle kamen, an der er abgebogen war, konnten sie ihn wieder sehen. Es war eine kleine Seitenstraße, die schon nach wenigen Metern an einem Flusslauf endete. Backe und Line bogen ebenfalls in die Straße ein und hielten wenige Augenblicke später in unmittelbarer Nähe des Jeeps, um das Szenario zu beobachten.

Die Fahrgäste stiegen aus, nahmen die Schwimmringe vom Dach, gingen damit ins Wasser und setzten sich halb sitzend, halb liegend in die Schläuche. Schon bald trieben sie mit der natürlichen Flussströmung davon. Als der Fahrer der Gruppe wieder in seinen leeren Jeep einsteigen wollte, stiegen die beiden Mädchen aus und erkundigten sich bei dem Mann, was das hier für eine Aktion sei.

Er fragte sie, woher sie denn von diesem Ort wüssten und fügte grinsend hinzu, dass man sich soweit doch gar nicht verfahren könne.

Die beiden zeigten ihm den Zettel mit der Karte und er meinte nur: „Aha, ein heimlicher Verehrer. Na ja, wird schwierig, den hier wiederzufinden. Aber vielleicht habt ihr Glück."

„Vielleicht oder auch nicht, kommt auf den Typen an", meinte Backe selbstbewusst.

Der Mann erklärte ihnen daraufhin das Prinzip des Tubings. Wenn sie wollten, müssten sie einige Kilometer dem Fluss entlangfahren. Irgendwann würden sie dann ein Schild sehen, mit der Aufschrift TUBING. Dort könnten sie ihren Wagen parken und auf Wunsch auch eine Bambushütte als Unterkunft buchen. Den weiteren Vorgang hätten sie ja gerade erst miterleben können. Alles andere bleibt eine Überraschung, falls es sich noch nicht zu ihnen herumgesprochen haben sollte.

Was sie danach erlebten, ließ sie tatsächlich nur noch staunen. Als sie den Anweisungen folgten und später ebenfalls an der Stelle, an der sie zuvor den Mann getroffen hatten, mit ihren überdimensionierten LKW-Schläuchen am Fluss abgesetzt wurden, stiegen sie in ihr Fortbewegungsmittel der nächsten Stunden.

Schon nach kurzer Zeit des langsamen Treibens mit der natürlichen Strömung vernahmen sie im gefühlten Nirgendwo Klänge von House und Trance die immer lauter wurden. Irgendwann sahen sie dann auch die Quelle der Musik. Auf einem, etwas in den Fluss ragenden Holzsteg sahen sie Leute ausgelassen tanzen. Auch eine Cocktailbar konnten sie erkennen.

Auf den folgenden Flusskilometern wiederholte sich dieses Schauspiel. Allerdings wurden die provisorisch aus Holz gefertigten Bauten immer größer und aufwendiger, inklusive Wasserrutschen und Sprungtürmen. Mit zunehmender Anzahl der Theken erhöhte sich dann auch der Alkoholpegel und die Partys wurden wilder.

Von einer Bar aus wurde ihnen ein Strick zugeworfen, den sie festhielten und der sie dann bis zur Anlegestelle führte. Viele der Bars waren thematisch gestaltet und das spiegelte sich auch in den angebotenen Cocktails wider. Das „tropical tree house“ war in die am Ufer stehenden Palmen hineingebaut und die Longdrinks wurden in Kokosnussschalen serviert. Billiges Bier gab es überall, aber die Mädels brauchten sich auch bei den Cocktails keine großen Sorgen bezüglich der Kosten zu machen. Die Bars waren nicht nur alle illegal betrieben, sondern hatten einen großen Konkurrenzkampf und so viele Kunden, dass die Preise prädestiniert für Komasaufen waren.

Die beiden Mädels fanden in einem noch freien, im aufgeschütteten Sand aufgestellten Strandkorb ein gemütliches Plätzchen und bestellten sich bei einem gutgelaunten tanzenden Barkeeper ihre hochprozentig gefüllten Kokosnüsse. Mit dem Getränk kamen leider aber auch Typen, auf die die Mädels gerne verzichtet hätten. Diese waren lästiger als die Stechfliegen vor denen man sie schon zuvor gewarnt hatte. Als die Männer anfingen, die Damen zu umschwirren wie Beute, verzichteten diese auf ihre Drinks und verließen den Ort überstürzt, um ihre Treibfahrt auf dem Fluss in ihren Schwimmschläuchen fortzusetzen.

Auf weiteren Stegen erlebten sie viele Verrückte, die Kopfüber ins Wasser sprangen, obwohl davor gewarnt wurde, weil der Fluss erstens nicht wirklich tief war und am Ufer teilweise Felsen ins Wasser ragten. Zudem konnten Springer auch auf im Wasser treibende Tuber landen und dadurch sich und andere schwer verletzen. Es war folglich nur eine Frage der Zeit, bis ein betrunkener männlicher Partygast an einer Stelle, an der das Wasser tiefer war, von einem provisorisch wirkenden Turm an einem Seil schwang, ins Wasser stürzte und dabei mit seinem Kopf ausgerechnet auf Lines gemütlich im Reifen ausgebreiteten Ellenbogen knallte und sich eine fette Platzwunde zuzog. Geistesgegenwärtig, trotz großem Schreck und noch bevor sie dazu kam, den männlichen Springer zu beschimpfen, sah sie, dass er regungslos im Wasser unterzugehen schien. Die Strömung war an diesem etwas schmaleren Flussabschnitt stärker. Darum ließ Line sich ins Wasser fallen und schwamm zu dem Mann, während ihr Schwimmreifen leider immer schneller flussabwärts trieb, was allerdings niemanden der anderen Tuber interessierte. Sie griff den bewusstlos Treibenden und zog ihn trotz ihres angetrunkenen Zustands intuitiv zum nächsten Steg. Ihre Ausbildung zur Rettungsschwimmerin kam ihr dabei sehr gelegen, denn es war ein muskulöser und nebenbei ausgesprochen attraktiver Unbekannter.

Backe hatte sich während Lines Rettungsaktion in ihrem Reifen sitzend, an einem Baum des Uferrands festgehalten und paddelte nun ebenfalls in Richtung des

Stegs. Auf halber Strecke griff sie dann nach einem Strick, der ihr von einem männlichen Partygast zugeworfen wurde, der sie damit zu sich zog. Er hatte nichts von dem Unfall mitbekommen und dachte, er würde jetzt einen weiblich-attraktiven und möglichst trinkfesten Partygast an Land ziehen. Backe wurde somit zur Bar begleitet, während Line dem verletzten Tuber Gesellschaft leistete, der kurze Zeit später wieder zu sich kam und sogleich einen Macho-Spruch in Richtung seiner Retterin hervorbrachte, wofür er kurzerhand eine Backpfeife von Line zu seinen Kopfschmerzen dazubekam.

Da er sich aber daraufhin sofort recht charmant für sein unangebrachtes Benehmen entschuldigte, entstand ein nettes Gespräch, in das abrupt Backe dazwischenkam und ohne Umschweife ihre Freundin dazu drängte, endlich auf dem Fluss weiterzutreiben, da sie das Ganze hier mittlerweile richtig nervte.

Sie fanden zum Glück einen herrenlos herumliegenden Reifen. Line nahm ihn sich einfach und sie stiegen wieder ins Wasser. Sie fragten sich später noch, ob es überhaupt irgendwelche offiziellen Verantwortlichen gab, die sich für solche oder schlimmere Unfälle als diesen, den sie gerade erlebt hatten, interessierten. Sie dachten auch darüber nach, was wohl nun mit Lines altem Reifen passieren würde. Zu Beginn erklärte man ihnen, dass allein treibende Schläuche oft am Ufer hängen blieben, von wo sie dann regelmäßig von dessen Verleihern an Land gezogen würden, die diese dann zum Anfang zurückbrachten. Spätestens am Ende der Tubing-Strecke würden in einem dafür installierten Netz alle noch im Wasser befindlichen Reifen und eventuell darin sitzende

Personen rechtzeitig vor den gefährlichen Stromschnellen abgefangen. Es schien allerdings niemand zu kümmern, was mit den Gästen passiert war, die zuvor in den nun leer ankommenden Reifen gesessen hatten. Manchmal, so hörten die Freundinnen später, schafften es einige Gummischläuche sogar den gesamten Flusslauf bis ins Meer. Auch für die flussabwärts, am Ufer lebenden Menschen waren es immer wieder tolle Fundstück und man könne dort gelegentlich Kinder damit spielen sehen.

Am Hauptort des Geschehens, an dem sie wie die meisten Touristen in einem Hostel Unterschlupf für die kommende Nacht gefunden hatten, machten die beiden Mädchen es sich abends in einer der zahlreichen Cocktailbars gemütlich. Dort lümmelten sich zahlreiche Backpacker auf den ebenerdigen Futons mit ihren überdimensionierten Kissen bei chilliger Lounge-Musik und Tapas und während Backe sich angewidert über die vielen, ihrer Meinung nach von männlichen Hormonen strotzenden spätpubertären Frühsenilen äußerte, kam der Tuber in ihre Bar, der sich noch vor wenigen Stunden beim Zusammenstoß mit Line verletzt hatte. Als er seine Retterin sah, zwinkerte er ihr zu und setzte sich mit seinen Kumpels auf einen Futon in Sichtweite der Mädchen.

„Da ist der Typ schon wieder! Wahrscheinlich kennst du nicht mal seinen Namen“, meinte Backe abwertend.

Doch ihre Freundin registrierte sie nicht und schaute zu ihm hinüber.

„Hallo, Backe an Line, ist da jemand?“

„Nein, ich weiß eigentlich nichts über ihn, aber das kann sich ja noch ändern“, kam nur als Antwort.

Wohin des Weges?

Die brennende Kerze hatte Philipp auf eine Idee gebracht, wie sie hier herauskommen können. Er erklärte David, dass in dem gesamten Komplex, in dem sie sich befanden, viel Holz verarbeitet war. Leider galt das nicht für ihre unterirdische Höhle, in der sie gerade saßen. Bis auf wenige Gegenstände war der Raum nur schwer in Brand zu stecken. Philipp kannte aber im Gegensatz zu David auch die anderen Teile des Baus. In größeren Gruppenräumen gab es Holzmöbel und provisorische Wände. Die Böden waren zum Teil mit Holzpaletten oder sogar alten Teppichen ausgelegt und es war überall extrem trocken.

„Wir müssen einen Notfall auslösen in der Hoffnung, dass unsere Tür geöffnet wird. Ich weiß, dass in diesem Trakt, wo wir untergebracht sind, anscheinend nur eine Person als Wache verantwortlich ist. Es ist aber recht hellhörig und irgendjemand wird uns bestimmt hören. Ich habe nicht den Eindruck, dass wir den Leuten hier total egal sind, sonst würden sie uns nicht täglich drei Mahlzeiten bringen. Die eingesperrten Kinder haben einen Wert, weil ständig neue Jungs angeschleppt werden und andere wieder verschwinden. Mein Plan ist noch nicht gänzlich ausgereift und recht gefährlich, doch wir sollten das riskieren. Meine Idee ist, ein Feuer zu legen und dann so laut es geht mit Hilferufen und Trommeln an der Tür Aufmerksamkeit zu erregen, damit sie uns hier rauslassen. Hier ist nicht sehr viel Brennbares, deshalb schlage ich vor, mit der Kerze eine Matratze anzustecken, die wird sehr schnell brennen, aber auch sehr starken Rauch entwickeln. Ein großer Teil wird durch das Belüftungsloch in der Decke abziehen, doch wir müssen uns unbedingt ein feuchtes Kleidungsstück als Atemschutzmaske vor Mund und Nase binden und hoffen, dass der Plan funktioniert. Es muss allerdings schnell jemand kommen, um die Tür zu öffnen, ansonsten werden wir ersticken. Falls uns aber niemand hören und befreien sollte, hätten wir zumindest noch die Chance, mit dem Zinkeimer voll Wasser oder mit der anderen Matratze den Brand rechtzeitig zu löschen."

„Hört sich gut an, dein Plan", meinte David.

„Die Sache hat allerdings einen Haken", fuhr Philipp fort. „Wenn sie uns tatsächlich rauslassen, wären wir immer noch nicht frei, da wir uns in dem Fall gegen die Wache durchsetzen müssten, die uns die Tür öffnet und soweit ich das in den Gängen, in denen ich bisher entlanggeführt wurde, überblicken konnte, müssten wir mindestens zwei weitere verschlossene Türen öffnen, bevor wir komplett im Freien wären. Ob draußen dann so etwas wie ein verschlossener Hof ist kann ich nicht sagen, weil sie mir, als sie mich hierherbrachten, vorher die Augen verbunden hatten und ich direkt von einem Fahrzeug in dieses Gebäude gebracht wurde. Konntest du während deines Transports etwas sehen?"

„Nein, aber ich hab da eine Idee", platzte es aus David heraus. „Ich habe gesehen, dass du dir hier vor meiner Ankunft bereits ein Hobby gesucht hast. Du sammelst Steine, oder?"

„Ja, ich kratze sie aus Erdboden und Felswänden. Hab sogar zwei Feuersteine gefunden", erklärte Philipp.

„Kannst du auch gut werfen?“, fragte David.

„Im Basketball bin ich ziemlich gut“, meinte Philipp stolz.

„Warum nehmen wir dann nicht ein paar Steine in die Hand und bewerfen denjenigen, der die Tür während unseres Feueralarms öffnet? Wir müssen nur schnell sein, stark werfen und den Wärter möglichst mit einem guten Wurf umhauen. Falls er womöglich bewusstlos wird oder sich auf der Erde vor Schmerzen krümmt, entreißen wir ihm den Schlüsselbund. Wenn wir Glück haben, hat er alle die für uns notwendigen Schlüssel bei sich. Den Weg nach draußen werden wir dann auch irgendwie alleine finden. Ich denke, einen Versuch ist es wert oder was meinst du zu der Idee, Philipp?“

„Die Idee ist filmreif! Probieren wir es, ich habe zumindest keinen besseren Einfall. Also los, lass uns keine Zeit mehr verlieren. Wir bereiten alles vor. Du musst deine Klamotten wieder anziehen, aber denke daran, dir was vor Mund und Nase zu binden. Denk auch an deine Kamera und an alles Notwendige, was wir draußen für eine längere Flucht benötigen. Wir müssen auch unbedingt eine unbenutzte Kerze mitnehmen, damit wir, wo auch immer wir die nächste Nacht verbringen, zumindest etwas Licht haben. Hier liegt eine leere Flasche herum. Wir füllen sie mit Wasser für unterwegs. Danach stellen wir das Löschwasser bereit.“

Es war eine Weinflasche, die Philipp von der letzten „Männer“-Nacht mitgenommen hatte.

David wollte Philipp erst stolz erzählen, dass er die Matratze mit Philipps Feuersteinen auch ohne Kerze in Brand hätte stecken können. Er war handwerklich zwar nicht sehr begabt, den Trick hatte er allerdings *draußen* von seiner Mutter gelernt. Aber ihm war auch klar, dass jetzt keine Zeit für irgendwelche Abenteuer-Spielereien und Steinzeitexperimente war.

Das Risiko war groß. Wenn den Leuten ihre Hilfeschreie egal wären oder die Männer sich einfach nur selbst in Sicherheit brächten, dann würden sie am lebendigen Leib geröstet. Auf die Gefahr hin, dass ihre Hilferufe niemand hören könnte, beschlossen sie, das Feuer erst zu entfachen, sobald sie jemanden im Gang bemerkten, beispielsweise zur Essensausgabe. Für diesen Moment nahmen die beiden Jungs sich vor, wild auf den Brand aufmerksam zu machen.

Der Plan schien aufzugehen. Sofort nachdem sie hinter der Tür Geräusche vernommen hatten, zündelten sie ein wenig. Schon bald drang der Qualm unter der Tür hervor und die beiden Jungs schlugen lauthals Alarm.

In kürzester Zeit wurde die Tür von einem Mann geöffnet. Philipp erkannte ihn wieder. Er gehörte zu der Truppe, die ihn letzte Nacht zu sich eingeladen hatte. Philipp war für einen Moment wie gelähmt, fing sich jedoch nach wenigen Augenblicken, holte weit aus und warf mit Unterstützung seiner ganzen angestauten Wut dem verblüfften Mann einen handgroßen Granitstein mit voller Wucht zwischen die Beine.

Es wurde ein Volltreffer. Der Mann krümmte sich vor Schmerzen, weshalb auch Davids Stein danach letztlich ein sehr effektives Ziel fand. Mit einem eigentlich recht ungenauen Wurf, der wahrscheinlich irgendwo am Körper der korpulenten Wache abgeprallt wäre, traf

David die Stirn des gebückten Mannes. Der Kerl viel sofort um und blieb bewusstlos am Boden liegen. Ein dünnes Band von Blut rann über sein Gesicht. Philipp schaltete am schnellsten und griff intuitiv nach dem Schlüsselbund, den der Mann praktischerweise neben sich hatte fallen gelassen. Gemeinsam zogen sie die Wache in den Raum und schlossen rasch die Tür ihres ehemaligen Gefängnisses, so dass sich das Feuer nicht so schnell im restlichen Gebäude verbreiten konnte. Sie rannten los. Ihr Raum war am Ende eines Flures, sodass es für sie nur eine einzige Fluchtrichtung gab. Sie folgten dem Gang bis zu einer Treppe, eilten die Stufen hinauf und trafen, oben angelangt, auf eine weitere Tür. Sie war verschlossen.

„Na los, du hast den Bund!", rief David.

Nervös probierte Philipp ein paar Schlüssel, bis er endlich den richtigen fand. Durch die Tür kamen sie in einen weiteren Gang, an dessen Ende – Philipp war vorausgeeilt – sie nun vor einer weiteren Tür standen. Der vorherige Schlüssel passte dort nicht. Während Philipp weitere probierte, schossen Gedanken durch Davids Kopf. *Was war wohl dahinter? Wann würden sie bemerkt werden?* Doch bevor er seine Gedanken aussprechen konnte, hörte er das befreiende Knacken des Schlosses. Philipp drückte die Klinke hinunter, öffnete langsam die schwere Holztür und lugte vorsichtig durch den sonnendurchfluteten Spalt. Sie hatten Glück, es war die Eingangstür.

Als sie ins Freie gelangten, sahen sie bereits, wie einige Männer zu dem Gebäude liefen, dass sie gerade verlassen hatten. Einerseits beruhigte sie der Gedanke, dass diese

Männer im Falle einer unkontrollierten Feuerausbreitung die anderen Jungen frei lassen oder zumindest außer Gefahr bringen würden. Jedoch bestand auch die Gefahr, dass sie nur das Augenmerk auf die Verfolgung der Flüchtigen legten. Zwei der Männer wurden auf sie aufmerksam und näherten sich daraufhin schnellen Schrittes. Die beiden waren aber entweder unsportlich oder nicht sonderlich motiviert, den agilen Jungs lange zu folgen. So hatten die beiden es tatsächlich geschafft zu entkommen.

Lange rannten die Flüchtenden einfach weiter. Als sie ihrer Meinung nach weit genug weg waren, blieben sie außer Atem stehen und drehten sich nochmal in die Richtung um, aus der sie gerade gekommen waren. Sie konnten nicht einmal mehr den Ort erkennen, wo sie eben noch gefangen gewesen waren.

„Yeah, give me five!“, rief Philipp, pustete sich selbst vor Erleichterung ins Gesicht, hob seine Hände und klatschte David ab, der vor Stolz strahlte.

Nach einer kleinen Verschnaufpause durchquerten sie im leichten Trab zunächst ein flaches Gebiet, das unbewohnt schien und mit seiner kargen Vegetation einer Steppe glich. Es war gut zu Fuß passierbar, doch auch sehr einsehbar, falls sie doch jemand suchen sollte.

Schon bald veränderte sich das Gelände jedoch in ein eher klippenartiges Gebiet. Auf sandigem Untergrund wuchsen hier nun ganze Kiefernwälder. Es waren sogar einige Wollemi-Kiefern darunter. Viele der immergrünen Bäume hatten wie durch ein Wunder im kahlen Gestein Wurzeln geschlagen und sich über viele Jahre hinweg schlangenförmig ihren Weg ans Licht gebahnt. Diese

Pflanzen wollten hier einfach wachsen, ob es nun praktisch war oder nicht.

Philipp und David mussten an vielen Stellen klettern, um weiterzukommen. Das Gebiet wirkte wie ein Tiefseeuntergrund nur ohne Wasser. Das Meer hatte hier seine prähistorischen Spuren hinterlassen. Im Gestein fanden sich Muschelschalen. Der feine weiße Sand zwischen den Felsen reflektierte das Sonnenlicht wie an einem tropischen Strand. Was für eine zauberhafte Landschaft. Doch es wurde langsam dunkel, sie waren müde und sie wussten nicht, wo sie überhaupt hinlaufen sollten. Die Wanderung nachts in unwegsamem Gelände fortzusetzen, wäre trotz des Mondlichts zu gefährlich.

Sie fanden eine Höhle in einer der ehemaligen marinen Klippen. Sie mussten sich ausruhen, doch wollten vorher etwas zu Essen und vor allem etwas zu Trinken finden. Die Natur hier war zwar schön, doch sie bot weder Essbares noch ein Rinnsal. Bevor sie den Brand legten, hatten sie sich nur ihre schmutzigen Klamotten angezogen sowie ein Bettlaken – das sie *im Loch* als Decke genutzt hatten, zu einem Beutel umfunktioniert, um darin einen halben Laib Brot, die mit Wasser gefüllte Weinflasche und eine Kerze einzupacken. Es war zum Glück eine Buddel mit Schraubverschluss. Doch das Wasser hatten sie sich nicht gut eingeteilt und das Brot war auch schon in ihren hungrigen Mägen verschwunden.

Somit befanden sich in dem Beutel jetzt nur noch die leere Flasche, die sie vorsichtshalber aufhoben, die Kerze, die Mappe und Davids Kamera, an der er sehr hing. Sie war voller Bilder, die ihm was bedeuteten und die er sich so gerne einmal anschauen würde. Er konnte jedoch keine weiteren Fotos machen, da der eingelegte Film voll war. Trotzdem war die Rolle weiterhin am sichersten in der Kamera vor Beschädigung aufgehoben und David hatte auch keinen neuen Negativfilm mehr dabei. Aber wo sollte er die gemachten Bilder bloß entwickeln? Er konnte das selbst, da der Freund seiner Mutter es ihm in dessen eigener Dunkelkammer beigebracht hatte. Deshalb wusste David, dass eine Höhle dafür lichtarm genug wäre, aber ihm fehlten natürlich die nötigen Materialien. Somit musste die Sichtung seiner Fotos noch warten. Aber bis wann?

Zum Glück hatte Philipp Streichhölzer in seiner Hosentasche. An die hätten sie im Eifer des Gefechts bestimmt nicht gedacht. Er zündete die Kerze an, damit sie in der Höhle zumindest etwas sehen konnten. Ungeziefer oder unliebsame Kleintiere gab es anscheinend nicht. David fing leise an zu weinen. Die ganzen letzten Tage waren einfach zu viel für ihn gewesen. Er fröstelte und Philipp nahm ihn in seine Arme. So schliefen die beiden schließlich irgendwann ein.

Nachdem sie von den ersten Sonnenstrahlen, die begleitet von Vogelgezwitscher in die Höhle drangen, geweckt wurden, rafften sie sich auf und entschieden, zunächst einfach der Sonne entgegenzugehen.

Nicht zuletzt aufgrund geografischer Unerfahrenheit entwickelte sich das Gebiet zur reinsten Überraschung. Von einer Anhöhe sahen sie, dass das Gebiet plötzlich wieder eben wurde und die Bewaldung aufhörte. Soweit das Auge reichte, waren nun Felder zu sehen.

In der Ferne waren zwei Gebäude zu erkennen, die die beiden jungen Wanderer als ihr neues Ziel erklärten. Sie hofften, dass sie bewohnt waren, denn dann müsste es dort auch etwas Essbares geben.

Kleine Bäche durchzogen die Landschaft und sie füllten ihre Flasche in der Hoffnung wieder auf, dass das Wasser nicht verseucht war. Zu trinken hatten sie jedenfalls genug.

Gleichzeitig schwelgten beide in einem Tagtraum von einer friedlichen Familie, die gemeinsam um den gedeckten Tisch saß und auf den Braten wartete, der lecker aus dem Ofen duftete. Schlimmer als ihre letzte Unterkunft konnte es kaum werden und sie brauchten schließlich auch irgendeine Auskunft, wo sie sich überhaupt befanden und wohin sie gehen konnten.

Als sie die Stelle mit den Hütten endlich erreichten, wirkten diese auf sie verlassen. Vor dem kleineren Nebengebäude, das einer Scheune glich, blieben sie stehen. Das Tor stand einen Spalt weit offen. Vorsichtig traten sie ein. Dabei quietschte es so laut, dass David befürchtete, wenn hier jemand wohnen sollte, diese Person sie spätestens jetzt gehört hatte. Doch Philipp ging einfach weiter und zog ihn mit hinein.

Zu ihrer Überraschung fanden sie im Inneren eine komplett eingerichtete Garage vor. Rundherum hingen Werbeschilder, auf denen Frauen abgebildet wurden. Die verblichenen rostigen Bleche wirkten auf die beiden Jungs äußerst unterschiedlich. Während David die Damen auf ihre Art und Weise schön fand, dachte Philipp eher darüber nach, was für eine Person das war, die ihre

Innenräume mit weiblichen Motiven auf Wandschildern zunagelte.

Sie verließen die Garage wieder und gingen weiter zum größeren hochwertig gemauerten Sandsteinhaus, dessen Eingangstür ebenfalls unverschlossen war. Sie kamen in einen Flur. Die Wände waren überall mit ausgestopften Tieren und Fellen dekoriert. Über der Tür hing ein Gewehr. Die Tapeten sahen verraucht aus.

Plötzlich wurde die Tür hinter ihnen zugeschlagen. Ein älterer, aber robust aussehender Mann stand hinter ihnen. „Na, wen haben wir denn da? Das ist ja mal eine Überraschung!“, sagte der unrasierte Unbekannte mit bedrohlicher Stimme.

„Bitte tun Sie uns nichts, wir wollten nicht bei Ihnen einbrechen. Wir wussten nicht, dass dieses Haus bewohnt ist“, rief David eingeschüchtert.

„Ihr seid ja ganz schön schmutzig. Passt mal auf, dass ihr mir nicht im ganzen Haus dreckige Spuren hinterlasst. Wo kommt ihr denn her?“

David wusste so schnell nicht, was er antworten sollte und auch Philipp musste überlegen. *Vielleicht gehörte der Mann auch zu den Kerlen, vor denen sie gerade erst geflohen waren und hatte bisher nur nichts von dem Brand und den möglichen Flüchtlingen mitbekommen?*

„Wir sind auf einem Ausflug gewesen und haben uns verlaufen“, log David selbstsicher.

„Aha, verlaufen habt ihr euch also. Na ja, sehr viele Ausflügler kommen hier normalerweise nicht vorbei. Aber keine Angst. Es interessiert mich eigentlich gar nicht, wo ihr beiden Burschen herkommt. Aber bleiben könnt ihr hier auch nicht und es darf auch niemand wissen, dass ihr hier wart, verstanden? Ich hab schon genug Ärger am Hals."

„Kein Problem, wenn sie wünschen, werden wir sofort wieder abdüsen", meinte Philipp.

„Ja, wir wollen Sie auch nicht länger stören, aber haben Sie vielleicht etwas zu Essen für uns, wir sind am Verhungern", bat David höflich.

Der Mann überlegte kurz und entgegnete plötzlich etwas freundlicher: „Ihr könnt euch gleich ein paar Stullen fertig machen. Ich habe allerdings zudem eine Idee. Ich wollte sowieso noch mit dem Auto los und kann euch zu einem sicheren Ort bringen. Aber so kommt ihr mir nicht in meinen Wagen. Ich habe zufällig noch ein paar saubere Sachen, die meinen Enkeln zu klein geworden sind. Die müssten euch passen. Vorher solltet ihr vielleicht beide eine Dusche nehmen, okay?"

Er ging dabei auf David zu und rubbelte ihm das Haar. „Was macht ein so hübscher Kerl eigentlich hier in der Wildnis?"

Philipp stellte sich beschützend vor David: „Was sind Sie eigentlich für einer? Wir ziehen uns hier doch nicht einfach vor Ihnen aus!"

Der Alte ging einen Schritt zurück, schaute Philipp dabei von unten bis oben an und meinte nur: „Ich weiß nicht, vielleicht bist du allerdings schon ein wenig zu groß."

Philipp blickte David nur fragend an.

„Woher wollen Sie denn überhaupt wissen, dass wir einen sicheren Ort suchen?", fragte David noch schnell.

„Also, ich hab es nicht nötig, mich hier vor euch zu rechtfertigen. Entweder ihr zischt jetzt ab, oder ihr nehmt mein Angebot an. Liegt ganz bei euch. Mir egal. Zieht euch meinetwegen im Bad um. Die linke Tür am Ende des Flurs. Wascht euch zumindest die fettigen Haare. In der Zeit, in der ihr im Bad seid, schaue ich nach den Klamotten. Eure Brote könnt ihr dann entweder auf der Fahrt im Auto essen oder ihr belegt sie euch jetzt und verschwindet“, erklärte der Mann patzig.

Während Philipp noch immer unentschlossen wirkte, flüsterte David ihm zu, dass er dem Mann vertrauen würde. Sie sollten es riskieren und mit ihm fahren.

Philipp nickte kurz und sagte dem Mann mit ernster Miene und direktem Augenkontakt: „In Ordnung, wir kommen mit Ihnen.“

„Ich bringe euch gleich die Sachen“, antwortete der Mann nun viel freundlicher. Plötzlich gut gelaunt ging er pfeifend den Gang entlang und öffnete eine Tür, die augenscheinlich in den Keller führte.

Die Blicke der beiden Jungen folgten ihm, bis er in der Tür verschwand. Danach schauten sie sich an, zuckten beide mit den Schultern und machten das, was man ihnen gesagt hatte. So, wie sie es gewöhnt waren.

Als der Mann schon nach kurzer Zeit im Badezimmer auftauchte, um ihnen die Sachen zum Anziehen zu bringen, sah er David unter der Dusche, der plötzlich aufschrie und unter dem Wasserstrahl hervorsprang. Philipp hatte gerade den Wasserhahn des Waschbeckens aufgedreht, um sich dort seine fettigen staubigen Haare zu waschen und hatte dabei David in dem Moment das warme Wasser abgezapft, der ihn daraufhin nur böse anschaute.

Philipp lachte und wartete, bis David wieder unter die Dusche ging, um danach das Gleiche nochmal mit dem kalten Wasser zu veranstalten. David fand die Aktion allerdings gar nicht komisch.

Als die Jungs fertig waren, durften sie sich in der Küche die versprochenen Brote schmieren. Der Mann drückte ihnen jeweils noch eine Flasche Mineralwasser in die Hand und danach folgten sie ihm, ohne große Fragen, nach draußen zu seinem Wagen.

„Los geht's meine kleinen Freunde!", rief er und startete den Transportwagen. „Ich heiße übrigens Tom und wie soll ich euch nennen?"

„Ich bin Philipp und das ist David. Wohin fahren sie denn jetzt mit uns?"

„Wartet nur ab, ich weiß, wo ihr jetzt gut aufgehoben seid", meinte Tom schmunzelnd.

David wunderte sich, warum Tom wollte, dass sie unbedingt mit sauberen Sachen in seine alte Klapperkiste steigen sollten, aber verkniff sich einen Kommentar.

Toms Wagen hatte eine offene Ladefläche, die links und rechts mit ungepolsterten Holzplanken zum Sitzen ausgestattet war. Zum Schutz vor Regen oder Sonne gab es als Dach eine Abdeckplane, die an den Seiten variabel gespannt werden konnte.

David und Philipp hatten allerdings das Glück, in der Fahrerkabine auf dem breiten Beifahrersitz zusammen Platz zu finden. Die Fahrt war bei Toms Fahrstil kein Vergnügen und auf den durchgesessenen Polstern wurde David bei den vielen Schlaglöchern und der kurvigen

Straße leicht übel. Doch hinten wäre das Fahrgefühl noch viel schlimmer gewesen und er musste nicht im Gedränge der seltsamen fremden Leute sitzen, die während der Fahrt zustiegen, um manchmal ein paar Minuten später schon wieder auszusteigen. Zum Anhalten klopfte immer jemand an die Heckscheibe der Fahrerkabine und Tom stoppte umgehend irgendwo am Straßenrand. Während einer längeren Pinkelpause nutzte David spontan die Gelegenheit, sich seines Mageninhalts zu entledigen.

Zuerst dachte er, warum Tom nun jeden verdammten Menschen, der sich kein Auto leistete, irgendwohin mitnehmen würde. Aber nachdem er eine Zeit lang Philipp beobachtete, wie er durchs Fenster die Fahrgäste stets freundlich begrüßte oder ihnen noch einen schönen Tag wünschte, dachte David: *Warum eigentlich nicht?*

Es drängte sie eigentlich keiner und es waren bestimmt viele nette Personen darunter, denen man damit einen riesigen Gefallen tat. Es kam ein Gefühl von Freiheit ihn ihm auf. Nicht nur nach der Zeit, in der sie Philipp und ihn in diesem suspekten Bau gefangen gehalten hatten. Zum ersten Mal, seit er die Heimat seiner Kindheit verlassen musste, in der es ihm gut ergangen war, gab es niemanden, der ihn hinterher zog oder Befehle erteilte. Doch würde er jemals wieder die Geborgenheit seines Zuhauses wiederfinden oder war er endgültig zu alt dafür? *Mama, wo bist du? Werde ich dich jemals wiedersehen?*

Nachdem sie den restlichen Tag in Toms Wagen verbracht hatten, steuerten sie nun direkt auf ein großes Portal zu, das mit riesigen Comicfiguren gestaltet war. Sie näherten sich anscheinend dem Ziel der Fahrt.

„Philipp! Sieh doch nur! Wow, was ist das denn?“, rief David erstaunt und begeistert zugleich.

Ein paar Meter vor dem Tor stoppte Tom, schaltete den Motor ab und meinte, dass sie jetzt da seien. Sie stiegen alle zusammen aus.

Kurz darauf traten zwei sympathisch wirkende Männer seitlich unter dem Tor aus einem Gebäude und kamen ihnen entgegen.

Die unbekannten Männer betrachteten zuerst intensiv die beiden erstaunten Jungs und warfen danach Tom einen Blick zu.

„Sie werden euch helfen, macht es gut, ich muss weiter“, sagte Tom und strich dabei David nochmal durch die Haare und blinzelte ihm mit einem Auge zu. „Vielleicht sehen wir uns ja schneller als du denkst bald mal wieder, Kleiner“, murmelte er, während er wieder in sein Auto stieg und weiterfuhr.

„Na dann kommt mal mit“, meinte einer der Männer und legte Philipp den Arm um die Schulter. Der andere nahm David an die Hand und die beiden verunsicherten Jungs wurden durch das Tor des riesigen Gebäudes geführt.

Im Dschungel

Sprachlich hakte es hier und da für Jacks ehemaligen Begleiter noch ein wenig, aber viel Reden tat an seinem neuen Wohnort sowieso niemand. Die Mappe mit dem Manuskript, das von ihm eigenhändig auf der Reise mit

Jack ständig aktualisiert worden war, hatte er im Schreibtisch des Baumhauses zurückgelassen, in dem er damals noch mit Jack fast freundschaftlich mit einem Kaltgetränk angestoßen hatte.

Einige Tage, nachdem Jack zu der Zeit weitergezogen war, hatte dessen zurückgebliebener Weggefährte die Verstauchung soweit auskuriert, sodass auch er sich wieder auf den Weg machen konnte – allerdings nur einige Kilometer weiter flussabwärts.

Zunächst stand er Todesangst aus, als die Einwohner des neuen Ortes vor seinen Augen diverse Zutaten aus dem Wald in einen riesigen Kochtopf warfen. Doch daraus wurde bloß eine fleischlose Suppe. Hier ernährten sich viele Menschen vegetarisch und naturverbunden. Es wurden aber auch Fische gefangen und manchmal gab es diverse tierische Delikatessen im Wald, die man als neuer Bewohner erst kennenlernen musste. Doch wie einst die Indianer, pflegten sie eine andere Beziehung zu ihrer Beute.

Mittlerweile fühlte sich der Neuankömmling aus der modernen Welt bei ihnen nach einer Kennenlernphase pudelwohl. Er hätte sich zuvor niemals träumen lassen, dass er irgendwann einmal Cannabis aus eigenem Anbau konsumieren würde. Das forderte einen hohen Tribut von ihm, zumindest hatte er seinen Status als überzeugter Nichtraucher dafür aufgegeben. Er wusste nicht, wie er ansonsten diese Naturschönheiten verarbeiten sollte.

Während es sich für Jack bereits wie eine Ewigkeit anfühlte, seitdem er seine Reise im Regenwald alleine fortgesetzt hatte, verflog die Zeit für seinen damaligen Schreiberling wie im Flug. Er hatte sich dort so schnell eingelebt, dass er bereits jetzt entschlossen war, das Gebiet zu seinem Lebensmittelpunkt werden zu lassen.

Jetzt galt es nur zu verhindern, dass die Freiheit ermöglichende Leere nicht zu einem Vakuum wurde, indem man nicht weiter fähig war, Vernünftiges zustande zu bringen, und Schreiben war schließlich immer seine Leidenschaft gewesen. Er möchte nicht nur frei sein von etwas, sondern auch Freiheit zu etwas ohne Zwang bejahen, ohne zu bedürfen. Deshalb begann er, ein neues Manuskript ohne festes Thema zu verfassen. Im aktuellen Kapitel geht es um Transzendenz durch Pflanzen.

Gerne schaute er sich Kieselsteine am Flussufer an. Einige schöne Exemplare hatte er sich schon eingesteckt, wie junge Kinder, die ständig irgendwelche kleine Steinchen finden oder Blümchen pflücken, weil sie alles sammeln und aufheben wollen, das aber später immer vergessen und ihre Eltern es dann in Hosen- oder Jackentaschen wiederfinden.

Jetzt dokumentiert er vollständig, was in *seinem* Leben passiert. Diesmal in Schönschrift – er hat doch nun Zeit! Er nutzt dazu ein sehr schönes Werkzeug aus Bambus, was ihm die Bewohner hier geschenkt haben. Er liebt Kalligraphie genauso wie Bambus und seine neuen Freunde hier ebenso. Er könnte sich gut vorstellen, hier im Umkreis, ein Leben in einer neuen Gemeinschaft aufzubauen, wie schon einige andere vor ihm.

Ein selbstbestimmtes individuelles Leben war zwar toll, aber eine Verbundenheit ohne Zwänge mit anderen Menschen wäre noch eine Stufe weiter. Diese Erfahrung wolle er in Zukunft auch teilen. Er plante deshalb, bezüglich des humanen Zusammenlebens in seiner von ihm noch zu gründenden neuen Heimat, eine, für alle zukünftig teilnehmenden Bewohner befreiende Situation zu erschaffen.

Freetown

„Das ist ja wirklich ein netter Ort, den du ausgesucht hast, Michael“, war Jacks Fazit, nach einem mehrtägigen Marsch in Richtung Küste.

„Deshalb wollte ich dir dieses kleine Städtchen auch unbedingt zeigen. Ich war bisher nur auf der Durchreise hier, aber ein wenig konnte ich über diesen Ort in Erfahrung bringen. Vor allem sind hier Vertreter aller Religionen willkommen und die individuelle Lebensweise eines jeden Bewohners dieser Region soll möglichst akzeptiert werden. Was nicht toleriert werden soll ist, wenn jemand den öffentlichen Frieden stört. Auch Nicht-Gläubige wie du werden hier gerne gesehen, Jack!“

„Ich habe nie gesagt, dass ich an gar nichts glaube! Ich habe nur auf zu viele für mich persönliche Fragen keine Antwort, die das Leben und die Welt betreffen, zumindest noch nicht!“

„Man benötigt nicht auf jede Frage eine Antwort“, meinte Michael.

„Na ja, auf jeden Fall klingt Freetown sehr verlockend. Es interessiert mich, wie diese sehr freiheitlich ausgelegte Grundordnung des Zusammenlebens hier funktioniert“, sagte Jack.

Tatsächlich sah der Teil, in dem sie die Stadt betreten hatten, sehr sauber und gepflegt aus. Was Jack wunderte war allerdings, dass sie in den Straßen des Gebietes, durch das sie gerade gingen, keiner Person begegneten. Noch nicht einmal ein Auto fuhr hier entlang. Es war ein wirklich ruhiger Außenbezirk der Stadt.

Umso überraschender war es für Jack, als er das Szenario auf einem Kinderspielplatz sah. Dort lungerten mehrere verwahrlost wirkende erwachsene Personen herum. Sie sprachen laut aber lallend miteinander, so dass Jack noch nicht einmal die Sprache verstehen konnte. Auch sah er auf den Bänken einige Personen liegen. Nur Kinder waren nicht zu sehen.

„Was ist denn hier los?“, fragte Jack.

„Das ist leider ein unrühmlicher Nebeneffekt bei der Ausübung der individuellen Freiheiten. Wenn jeder grundsätzlich erst einmal machen darf, was er will, ist die Kontrolle der Grenzen persönlicher Rechte schwierig und aufwendig. Vor allem, ohne die Erlaubnis elektronischer Überwachung. Das sind obdachlose Drogenabhängige und Alkoholiker. Ich bin mir sicher, unfreiwillig, aber solche Menschen suchen ständig nach Plätzen, wo sie keinen stören“, erklärte Michael.

„Und zu diesen Orten gehören Spielplätze? Sollte die Freiheit nicht da aufhören, wo man Anderen schadet? Gibt es dafür keine Ordnungshüter?“, fragte Jack irritiert.

„Tja, das ist leider die Kehrseite der Medaille. In dem Fall schaden diese Leute ja niemandem, und die Kinder bleiben anscheinend einfach weg. Wo kein Kläger, da kein Opfer und die Polizei hat hier an diesem Ort, wie du dir jetzt vielleicht vorstellen kannst, keinen leichten Job“, entgegnete Michael.

„Eine Mammutaufgabe“, meinte Jack.

Sie waren in einem Randbezirk, der ziemlich nah an der Küste lag. Die Brise aus Richtung des Ozeans wurde stärker und sie näherten sich der frischen salzigen Meeresluft und einem schon von Weitem sichtbaren, weißen Leuchtturm mit einer runden Kuppe. Dieser stand auf einer hohen Felsklippe, die weit ins Meer hineinragte. Jack und Michael liefen bis zum Plateau hinauf, auf dem der Leuchtturm stand und stiegen die Stufen hinauf. Oben angekommen lehnten sie sich über eine Mauer und schauten auf das weite Meer. Einige Augenblicke später sprach sie auf freundliche Weise ein noch sehr jung wirkendes Paar an. Sie kamen ins Gespräch und nach ungewöhnlich kurzer Zeit empfahl das Paar ein exquisites Lokal ganz in der Nähe. Da das Erwähnen einer warmen Mahlzeit Jack und Michael vergegenwärtigte, wie sehr ihre Mägen knurrten, entschieden die beiden spontan, das junge Pärchen dorthin zum Mittagessen einzuladen.

In dem Restaurant wurden typisch regionale maritime Spezialitäten serviert.

„Das ist köstlich!“, kommentierte Jack sein Menü.

Er hatte schon ewig keinen Fisch mehr gegessen und das Pärchen fand er nett. Sie sprachen über alles Mögliche, bis er die zunehmende religiöse Richtung der Konversation registrierte. Doch das stellte für ihn kein Problem dar. Er sprach das Problem auf dem Spielplatz an. Darauf erklärten ihm die jungen Leute, dass es hauptsächlich daran liegen würde, dass die überalternde Gesellschaft wie der politische Entscheidungsträger nur an das momentane Wohlergehen denkt. Alle wollen einfach nur ihre Ruhe haben, daher die große Toleranz gegenüber unterschiedlichen Gesellschaftsproblemen.

Jack meinte diesbezüglich, dass man Minderjährige natürlich nicht mit den gleichen Kompetenzen ausstatten könne, somit sei die Vertretung der Rechte von Kindern und Jugendlichen zwangsläufig nicht vergleichbar mit der rechtlichen Situation Erwachsener. Das einheimische Paar nahm diese Meinung freudig zur Kenntnis.

Jack wollte mit seiner Bemerkung verhindern, dass das Gespräch eskalierte. Ihm war schon klar, dass da gerade die Rechte von Kindern mit Füßen getreten wurden. Natürlich war er der Meinung, dass, nur weil Kinder keine Stimme haben und sich nicht beschweren können, es so in Ordnung sei.

Michael bezahlte und als Gegenleistung für das nette Mittagessen wurden er und Jack zu einem abendlichen Fest in der Gemeinde des Paares eingeladen. Während Jack zögerte, erklärte Michael spontan, dass sie bisher keine Pläne für den Abend hätten und versprach, auf jeden Fall kurz bei der Feier vorbeizuschauen. Die jungen Leute blickten Jack an, der ebenfalls lächelnd zustimmte. Somit sagten sich die beiden ungleichen Paare bis zum Abend auf Wiedersehen.

Jack und Michael suchten sich einen Campingplatz. Dies entsprach zwar nicht wirklich ihren eigentlichen Vorstellungen vom Zelten, jedoch wollten auch sie sich mal wieder eine frische Dusche genehmigen, ihre Wäsche waschen und die Annehmlichkeiten einer Stadt in Anspruch nehmen. Es gab einen unweit gelegenen Campingplatz, der ihnen von dem jungen Paar, das sie heute kennengelernt hatten, als nicht so touristisch, aber trotzdem gut organisiert beschrieben worden war. Dadurch hatten sie es auch nicht weit bis zur abendlichen Party.

Am Areal angekommen bereiteten sie auf der ihnen zugewiesenen Fläche ihre Schlafstätte vor. Dabei fiel ihnen sofort ein Mann auf dem benachbarten Stellplatz auf. Im Jogginganzug mit einer Flasche Bier und Zigarette saß er an einem kleinen Campingtisch vor dem Eingang des Vorzelts zu seinem Wohnwagen. Zwei Jugendfahrräder und ein Damenrad waren ans Zelt gelehnt. Der Tisch, an dem er saß, bot allerdings nicht mehr Leuten Platz.

„Das Familienoberhaupt“, dachte Jack nur.

Für Jack wurde es ein verstörender Abend. Nachdem er mit Michael den Saal des Gemeindezentrums als Austragungsort der Party betrat, sah er zuerst die Leinwand über der Bühne, auf der Psalmen einer suspekten Ausgabe der Bibel projiziert wurden.

Ich aber sage euch: Schon wer auf seinen Bruder oder seine Schwester zornig ist, gehört vor Gericht. Wer zu seinem Bruder oder seiner Schwester „Du Idiot“ sagt, gehört vor das oberste Gericht.

Das Zitat wurde langsam abgeblendet und als Jack schon weiterging erschien ein weiterer Satz.

Und wer zu seinem Bruder oder seiner Schwester „Geh zum Teufel“ sagt, gehört ins Feuer der Hölle.

Alle Besucher des Festes diskutierten über religiöse Dinge. Es war für Jack zwar nicht uninteressant über die Gemeinsamkeiten der verschiedenen Religionen etwas zu erfahren. Jedoch erzeugte das Ganze den Eindruck, sich hinter Religion zu verstecken, um persönliche Probleme verarbeiten und rechtfertigen zu können.

Es stellte sich dann auch relativ schnell heraus, dass das Paar, welches sie erst am Mittag kennengelernt hatten, aus zwei jungen Männern bestand. Einer von ihnen gab sich als junges Mädchen. Er hätte einfach Spaß dabei, denn angeblich sei er gar nicht schwul, deshalb würde ihm Gott auch verzeihen, meinte dieser. Jack war überzeugt, dass der junge Mann nur deshalb kein Problem mit verschiedenen Religionsanhängern bekam, weil seine weibliche Seite so stark ausgeprägt war. Er spielte die Rolle überzeugend genug, dass sein wahres Geschlecht kaum jemand registrierte. Jack war dies egal. Er unterhielt sich bei nicht-alkoholischen Getränken mit Anhängern des Buddhismus und des Islams; mit Christen unterschiedlicher Ausprägungen; mit Juden, Hindus und Vertretern der Bahai-Gemeinde. Doch für ihn trog der tolerante Schein.

Irgendwann waren ihm dann die seines Erachtens weichgespülten Konversationen zu viel geworden. Die wie unter Hypnose stehend wirkenden Gesichtsausdrücke der anderen Gäste reichten ihm.

Er sagte Michael Bescheid, dass er schon zu ihrem Zeltplatz gehen würde. Michael war gerade vertieft in eine für ihn anscheinend faszinierende Diskussion und nickte ihm nur flüchtig zu.

Jack entschied sich, gleich die Abkürzung durch den Hinterausgang des Gemeindehauses zu nehmen und machte daraufhin eine Beobachtung, die ihn noch länger beschäftigen sollte. Auf dem Garderobengang öffnete sich plötzlich eine Tür mit dem Schriftzug SAUNA.

Eine kleine schmächtige Person in einem Bademantel kam in Begleitung von zwei stämmigen Männern heraus und rief mit einer hohen jungen Stimme: „Warum darf ich nicht auch nach Wonderland? Ich will nicht nach Luckytown!“

Als Jack sie erblickte, zog sie die viel zu große Kapuze nach hinten, die zuvor das Gesicht verdeckte, und Jack konnte den angsterfüllten Blick eines Kindes erkennen, das ihm etwas zurufen wollte. Einer der Männer ergriff jedoch das Kind, hielt ihm den Mund zu und drängte es in die nächste Tür, die zum Treppenhaus führte.

Jack wollte ihnen folgen, wurde aber von dem anderen bulligen Mann aufgehalten und aufgefordert, jetzt doch bitte umgehend das Gebäude zu verlassen, er hätte hier schließlich nichts verloren.

Als Jack insistierte und sich erkundigte, was hier denn los sei, wurde ihm auf unmissverständliche Art nahe gelegt, dass ihn das nichts anginge. Ihm wurden die Arme auf den Rücken gebogen und anschließend führte der Mann ihn schnurstracks hinaus. Als er darauf hinwies, dass er noch seinem Freund Bescheid sagen müsse, meinte der breitschultrige Herr, dass er das für ihn übernehmen würde.

Verdammt, woher wisst ihr, mit welchem Freund ich hier bin? Doch bevor er diesen Gedanken aussprechen konnte, wurde ihm die Hinterausgangstür vor der Nase zugeschlagen.

Jack beschäftigte das Erlebnis. Aber er fühlte sich machtlos und war zu müde für nächtliche Recherchen. Diese Vorgänge mussten jedoch seiner Ansicht nach überprüft werden und das Polizeirevier befand sich nur unweit der Stelle des Gemeindezentrums. Die Beamten nahmen Jacks Anliegen nicht wirklich ernst, versprachen ihm allerdings, bei der Party vorbeizuschauen, ob alles mit rechten Dingen zuging.

Bei der Rückkehr zum Campingplatz musste Jack feststellen, dass dieser sich während seiner Abwesenheit zur reinsten Hippie-Hochburg entwickelt hatte. Überall saßen Leute vor ihren Zelten beisammen, hörten Reggae, rauchten, lachten und tanzten.

Michael und er hatten tagsüber offensichtlich rein zufällig einen eher ruhigen Teil des Platzes ausgewählt. Als er bei seinem Zelt ankam, sah er den Mann vom Zelt gegenüber. Wieder saß dieser allein an seinem Tisch, die Ellenbogen abgestützt und den Kopf gesenkt. In der Silhouette des Scheins seiner Gaslampe, die neben einer Flasche Whiskey vor ihm stand, konnte man sein plattes Gesicht erkennen. Aus seiner mobilen Behausung hinter ihm drang Geflüster von zwei Kindern.

Kurz nachdem Jack es sich auf der Luftmatratze gemütlich gemacht hatte, fing es an zu nieseln. Die Abstände der größer werdenden Regentropfen wurden schnell kürzer, bis sich ein regelrechter Wolkenbruch über das schützende Zeltdach ergoss. Nach den vielen religiösen Parolen genoss Jack es nun, allein dem Rauschen des Regens zu lauschen und sich in seinen

Schlafsack zu kuscheln. Allerdings konnte oder wollte er noch nicht einschlafen. Die Ereignisse des Abends ließen ihm keine Ruhe.

Er erinnerte sich wieder an das Gespräch mit dem Männerpärchen auf dem Fest, mit dem er und Michael sich bereits mittags über die Rechte von Jugendlichen unterhalten hatten. Sie hatten erwähnt, dass es Gebiete auf der Welt gäbe, in denen kleine Jungs für Sexpartys, organisiert von Militärangehörigen, benutzt würden und es in diesen Regionen keinesfalls als Missbrauch gelte. Andere Regierungen sahen solche Praktiken diplomatisch aufgrund des Eigeninteresses hochrangiger Politiker als Tradition an.

Entstanden auf diese Weise zwischen Jugendlichen und Erwachsenen Parallelgesellschaften? Jack fragte sich, wie es überhaupt heutzutage mit den Rechten der Jugendlichen aussah. Bis diese schweren Gedanken ihn letztlich doch mit ins Reich der Albträume rissen, die ihn ständig wieder aufwachen ließen.

Michael kam diese Nacht nicht wieder und auch am nächsten Morgen war er immer noch nicht aufgetaucht. Dafür traf Jack erneut auf seinen Campingnachbarn, der zur Abwechslung an einer Zigarette zog. Die Fahrräder, die abends am Zelt gelehnt hatten, waren verschwunden. Jack wünschte freundlich einen Guten Morgen, erhielt jedoch keine Reaktion.

Als Jack gerade seinen Gaskocher anzündete, um sich Kaffeewasser zu erhitzen, beobachtete er zum ersten Mal, dass eine Frau aus dem Nachbarvorzelt kam. Sie brachte mit einem eher gespielten Lächeln dem Mann einen Kaffeebecher hinaus und erhielt wie auch alle anderen

Mitmenschen von dem Kerl keine Reaktion. Daraufhin kamen zwei Jungs mit Handtüchern über den Schultern auf ihren Rädern angefahren. Dem Mann keines Blickes würdig, rannten sie direkt in den Wohnwagen.

Kurz darauf kam ein fremder Junge mit seinem Rad vorgefahren und erkundigte sich bei dem Mann nach etwas, das Jack jedoch akustisch nicht verstehen konnte. Der Mann sah den Jungen noch nicht mal an, murmelte nur kurz zu einer Bewegung, die auf nichts anderes deutete, als das er in Ruhe gelassen werden wollte. Der Junge fing nochmal an, freundlich zu fragen: „Aber darf ich –“

„Zisch ab!“ unterbrach ihn der Mann und Jack sah zum ersten Mal, dass er sich überhaupt bewegte und jemanden anschaute.

Philanthropisch war etwas anderes, dachte Jack nur.

Campingplätze waren Charakterstudienorte, was Jack in den letzten Jahren interessiert registriert und nebenbei für sich analysiert hatte.

Demnach existierte eine Kategorie von Leuten, die sich dort nie blicken lassen würden, weil es für sie nur Orte für Urlauber waren, die sich kein Hotel leisten konnten.

Dann gab es die Familien der Mittelschicht, deren Kinder es einfach liebten, sich auf den heutzutage gut ausgestatteten, gepflegten Campingplätzen mit anderen Kindern anzufreunden, sich zu amüsieren und mit ihren eigenen oder ausgeliehenen Fahrrädern das Areal zu entdecken, während ihre Eltern für kurze Zeit die Ruhe ohne sie genießen konnten oder mit ihnen im Auto die

Umgebung erkundeten und an nahe gelegene Strände fuhren.

Was machten engagierte Eltern nicht alles für ihre geliebten Kleinen? Jack beobachtete ständig, wie Stolz gerade die kleineren Kinder mit eigener Kosmetiktasche und Klopapierrolle alleine zu den sanitären Anlagen marschierten.

Und schließlich waren da noch die Enthusiasten. Paare oder Camping-Individualisten, die stark gebräunt zu jeder beliebigen Tageszeit den ganzen Trubel auf ihren gepolsterten Klappstühlen beobachteten.

Sie waren meist im Rentenalter, hatten gefühlt ihren gesamten Haushaltsbestand mit im Urlaub dabei und waren der Meinung, bereits alles erlebt zu haben. Das gaben sie dann auch gerne den anderen Campern kund. Deshalb besuchten sie keine romantischen Buchten, ausgezeichnete Naturschönheiten oder die ihrer Ansicht nach sowieso nur mit Touristen überströmten kulturellen Sehenswürdigkeiten in den nahegelegenen Städten. Vor allem wollten sie die von ihnen verhassten sinnfreien Nicht-Orte wie Flughäfen und Einkaufscenter meiden. Diese Räume bedeuteten für sie nur Durchgangsverkehr und förderten soziale Isolation. Fernreisen hätten ihrer Ansicht nach nur dazu geführt, das in allen Teilen der Welt mittlerweile die gleichen kulturellen Begebenheiten zu finden waren. Weltbürger träten dem kollektiven Identitätsverlust entgegen und blieben einfach zu Hause oder eben auf einem Campingplatz ihrer Region.

Jack war das alles egal, er tolerierte alle Vorstellungen von Urlaub. Persönlich fühlte er sich jedoch zu einer weiteren Gattung hingezogen, den Outdoor-Spezialisten, die Campingplätze als Verletzung der Lebensphilosophie ansahen. Diese Leute wollten mit Lebensmitteltonnen, die zum Schutz vor Bären an Bäumen hochgezogen werden müssen in der Wildnis überleben. Sie waren für individuelle Freiheit aber gegen die Gleichförmigkeit. Allerdings muss man sich das auch leisten können – im zeitlichen wie auch finanziellen Sinn.

Zudem könnten diese Abenteurer in Wirklichkeit ohne die Errungenschaften der modernen Zivilgesellschaft wie High-Tech-Nahrung und wetterfester Wanderausrüstung in der Wildnis gar nicht überleben. Höchstens Angeln mit neuester Ausstattung kam der Selbstverpflegung noch am nächsten.

In Freetown herrschten letztlich neben der Hippie-Kultur und der religiösen Freiheit auch Anarchie, Gewalt und Drogenexzesse vor, die Polizei und Justiz über ihre Belastungsgrenze trieb.

Die Toleranz gegenüber verschiedenen Kulturen, Lebenseinstellungen und Religionen stand hier der Akzeptanz des politischen Staates entgegen. Ein komplett vorurteilsfreies Zusammenleben aller Religionen schien auch hier eine Wunschvorstellung zu bleiben. Es gab weiterhin Probleme mit der Gleichberechtigung zwischen Mann und Frau, den verschiedenen sexuellen Vorlieben, der Selbstverwirklichung von Behinderten sowie mit den Rechten von Kindern und Jugendlichen, auch innerhalb der einzelnen Religionen.

Die Hauptaufgabe für die Legislative bestand einzig und allein darin, alle kulturellen Eigenarten zu tolerieren. Bei allen Verordnungen der Administration sollten auch deren Auswirkungen in anderen Regionen berücksichtigt werden.

Nirgendwo sonst machten sich die Leute so viele Gedanken über das Nicht-Identitätsproblem, also dem Paradox künftiger gesellschaftlicher Teilnehmer, das die Frage aufwirft, in welchem Ausmaß innerhalb politischer Entscheidungen auch Pflichten gegenüber künftigen Generationen bestehen, wenn diese von bestimmten Handlungen indirekt betroffen wären.

Nach dem Frühstück ging Jack auf Erkundungssuche nach Michael, stellte aber schnell fest, dass in Freetown heute Vormittag alles wie ausgestorben wirkte und die Wenigen, die er traf, waren sehr abweisend. Nach einer Weile beschloss er schließlich, alleine nach Wonderland weiter zu reisen.

Währenddessen erreichten Line und Backe nach ihrem Tubing-Ausflug den Hauptstrand von Freetown und das erste, was sie machen wollten, war, eine zu rauchen. Warum? Ganz einfach, weil man das im irdisch-religiösen Wellenreiterparadies angeblich definitiv einmal gemacht haben sollte. Ein Ort, an dem die Wellen jedoch zu hoch und die Strömung zu stark waren, um es mit einem Surfkurs für Anfänger zu probieren. Stattdessen reichte es ihnen, bei einer mit Cannabis gefüllten Zigarette am Strand zu sitzen und die gut gebauten, gebräunten Männer bei ihrem künstlerischen Ritt auf den Wellen zu beobachten. Befriedigung des Nervenkitzels war in dem Fall auf Seite der Sporttreibenden wie auch bei den Zuschauern gegeben. Nach einigen Zügen an ihren, auf einem Spielplatz erworbenen Glimmstängeln, waren sich die beiden Frauen auch einig, dass diesen sportlichen, jungen Männern sogar die fingerdick auf ihren Nasen aufgetragene Sonnenschutzpaste extrem gut stand. Sie wurden jedoch bald schon zu müde, um dem Schauspiel auf dem offenen Meer weiter zu folgen. Das Rauschen des Meeres veränderte sich zunehmend in einen Traum, nahm sie immer mehr in seinen Bann, bis sie mitten am Strand Hand in Hand zu dem Ort wanderten, wo Träume geboren wurden.

Als Line wieder aufwachte, war Backe fort. Sie dachte zunächst, diese hätte sich hockend hinter einer Düne oder einem Gebüsch erleichtert. Aber Backe kam nicht wieder und Line konnte im Morgengrauen auch schon recht weit den Strand überblicken und sie nirgendwo erblicken. Langsam stieg ein nervöses Gefühl in ihr auf und das war keine ihrer gelegentlichen Panikattacken, unter denen sie litt. Nein, sie fühlte sich gut, seitdem sie mit Backe unterwegs war, aber jetzt spürte sie, dass etwas nicht stimmte. Wo war der Fehler? Sie rief nach ihrer Freundin. Bald schrie sie ihren Namen gegen den Wind und dann rannte sie zu ihrer Unterkunft. Vielleicht war Backe kalt geworden und sie wollte für sie beide nur eine Decke holen? Doch die positiven Gedanken tauschten ihren Platz mit den negativen Fantasien schneller, als sie laufen konnte. Vielleicht war ein Mann vorbeigekommen und sie ist mit ihm mitgegangen? Freiwillig oder erzwungen? Sie stellte sich die schlimmsten Szenarien vor, die sich eine junge Frau auf fremdem Terrain so vorstellen konnte.

Mittlerweile war sie an ihrer Unterkunft angekommen, schloss ihre Zimmertür auf. Der darauffolgende Schreck war stärker als ihre innere Angst. Nach dem Anblick ihrer Freundin, die nackt mit dem Tubing-Typen im Bett lag, den Line im Fluss gerettet hatte, schoss es ihr nur so heraus: „Wie konntest du mir so was antun?“, schrie sie ihrer Freundin zu und bevor diese überhaupt realisierte, wo und vor allem mit wem sie sich hier befand, war Line schon verschwunden. In ihrer Wut wusste sie nicht, wohin sie eigentlich laufen sollte. *Nur weg von dieser Verräterin*, dachte sie.

Wieder am Strand angekommen bemerkte Line etwas in ihrer Tasche. Sie holte das petrified wood, was sie auf ihrer Wanderung gefunden hatte heraus und warf es in die Wellen. Vielleicht war es dem Affekt geschuldet und auch nicht wohl überlegt, aber sie wollte sich in dem Moment einfach ihrer Wut entledigen. Danach bereute sie diese Entscheidung ziemlich schnell. Doch als sie nochmal zur Brandung rannte, erkannte sie, dass das Meer gnadenlos alles zu sich nahm.

Silenttown

„Antonia Gonzales ist das richtig?“

„Ja, Sie können mich Tony nennen.“

„Ich bin Jane. Haben Sie eine lange Reise hinter sich?“, fragte die Empfangsdame freundlich.

„Nein, aber ich komme gerade aus einer verschlafenen religiös-alternativen Kleinstadt am Meer und brauche ein wenig mehr kulturelle Urbanität“, erklärte Tony.

Sie schaute durch die riesigen Fenster des Hotels und war irgendwie erleichtert, nicht nur wieder in der Großstadt zu sein, sondern sogar in der Hauptstadt dieser ganz besonderen Region.

Draußen hörte Tony nirgendwo die für sie nervigen sinnlosen Motorräder und Mofas und sah auch keine stinkenden klappernden Kleinwagen vorbeifahren. Das alles gab es hier in dieser Metropole der Zukunft nicht. Geräusche waren so auffallend abwesend, dass sie schon beinahe wieder anwesend waren.

„Na dann, herzlich Willkommen in der wohl leisesten Kommune auf Erden", kommentierte eine unbekannte Dame, die gerade aus dem Fahrstuhl neben der Rezeption stolzierte und das Gespräch mitbekommen hatte. „Hallo, ich bin Lucy", sagte die Frau und gab Tony ihre Hand, die mit langen künstlichen und glänzenden Fingernägeln auffiel. Sowieso wirkte die Dame aus dem Fahrstuhl wie ein einziges mit Edelsteinen bestücktes Kunstwerk „Und Ihr tolles Smartphone können Sie auch gleich ausschalten und ablegen, denn hier wird Sie niemand kontaktieren", fügte Lucy etwas zynisch hinzu.

Tony blickte sie eher ungläubig an und schaute dann auf das Display ihres Handys. Es zeigte tatsächlich kein Empfangssignal.

Daraufhin blickte sie zur Empfangsdame Jane und fragte diese, ob hier ein Funkloch sei. Doch die erklärte ihr, dass es in der gesamten Region keinen Mobilfunk mehr gäbe.

„Wie bitte? Es gibt kein mobiles Internet in dieser technisch fortschrittlichen Region? Wer ist denn dafür verantwortlich?", erkundigte sich Tony erstaunt.

Jane war es gewöhnt, verwunderte Hotelgäste über die besondere Situation in ihrer Stadt zu informieren. Somit fing sie an, routiniert, aber dafür nicht ganz ohne Stolz, Tony diesen recht starken politischen Einschnitt in die Freiheit der Bürger dieser Stadt zu erklären: „So etwas kann in separatistischen Regionen schnell passieren. Die Regionalregierung hat das Nutzungsverbot gerade erst letztes Jahr beschlossen, weil viele Leute ständig die Privatsphäre ihrer Mitmenschen durch Telefongespräche gestört haben. Überall in der Öffentlichkeit haben Passanten scheinbar nur noch mit sich selbst gesprochen und gar nicht mehr auf den Straßenverkehr geachtet. Letztes Jahr passierten die meisten Unfälle durch Passanten, die nur auf ihr Handy starrend über die Straßen rannten. Vor allem, weil man die sich angenehm leise nähernden Elektro-Autos fast gar nicht hört und somit als Fußgänger erst recht auf den Straßenverkehr achten muss.

Hier wurden zuvor alle Fahrzeuge mit Strom aus regenerativen Energien mittels induktivem Ladesystem und einem magnetisierbaren Straßenbelag automatisch geladen. Doch nun wird alles durch Umgebungsenergie angetrieben, die durch die revolutionäre Neutrinovoltaik-Technologie gewonnen wird. Es kam diesbezüglich zu einem regelrechten Wirtschaftsboom, da auch die Produktionsstätten der Technik, die für diese Art der Energiegewinnung benötigt werden, in unserer Region liegen. Es gab zwar kurzzeitig Protest von Naturschützern wegen des Baus der Anlagen, aber dieser wurde schnell leise, als der enorme positive Einfluss im Bereich Klimaschutzes kommuniziert werden konnte.

Zudem kamen nach den, gerade bei Kindern populären Tretrollern massenhaft E-Scooter hinzu, die scheinbar ohne jegliche Regeln kreuz und quer unterwegs sind. Nicht zu verschweigen, dass diese nervigen Dinger jetzt überall ausleihbereit stehengelassen werden. Auch die Autofahrer wurden am Steuer durch Handy-Mitteilungen zunehmend abgelenkt. Spaziergänger in den Parks haben ihre Umwelt nicht mehr wahrgenommen. Irgendwann schafften es die Leute nicht mehr, ihre Geräte stumm zu schalten oder an bestimmten Orten auszustellen, wo es angebracht gewesen wäre. Darum war „Mr. Silence" – wie unser Bürgermeister von vielen genannt wird – der Meinung, die ganzen Probleme auf einmal zu lösen und Telefone in der Öffentlichkeit einfach zu verbieten, hohe Strafen bei Nichtbeachtung des Verbots zu verhängen und das Ganze auch konsequent zu kontrollieren. Als nach Einführung neuer Regelungen trotzdem die meisten Leute so einen Touchscreen in der Tasche hatten, weil man damit natürlich alles Mögliche machen kann, wurden per Verordnung dann letztlich zudem die Mobilfunkbetreiber gezwungen, ihre Netze abzuschalten. Sie wurden dafür finanziell entschädigt.

Jetzt nutzen die Menschen ihre Handys weiterhin, um Musik zu hören, einige auch, um einfache Spiele zu spielen, für die man keinen Internetzugang braucht. Aber mittlerweile sieht man wieder vermehrt MP3-Player und Armbanduhren. Paare gucken sich beim Spaziergehen auch mal wieder in die Augen, Kinder spielen wieder lachend zusammen und Freunde unterhalten sich wieder persönlich in den Kneipen."

„Und das akzeptieren die Bürger einfach so?“ fragte Tony.

„Na ja, so lange her ist das noch nicht, aber es bleibt ihnen ja nichts anderes übrig, zumindest solange man in dieser Stadt wohnen bleiben möchte. Zuerst ist der Aufschrei groß gewesen. Da Handys jedoch nicht die einzige Form der Kommunikation darstellen, ist bereits wenige Wochen nach dem Verbot die Kritik größtenteils verstummt. Ich muss zugeben, es ist wieder wesentlich entspannter als zuvor. Die mobile Generation musste sich zwar zunächst an die wiederbelebten konservativen Verhaltensmuster gewöhnen, aber es ging überraschend schnell“, meinte Jane.

„Aber wie wird das denn genau überwacht?“

„Tja, dank eines Datenschutz-Kompromisses. Denn das Einkaufsverhalten und Gesundheitsbewusstsein ohne Ortung der Handys konnte von den Mobilfunkbetreibern natürlich nicht mehr durchgeführt werden. Es war also eine andere Überwachungsquelle notwendig.

Darum installierte die Kommune eine lückenlose Kameraüberwachung. Die Zahlung per Handy war in Silenttown sowieso nicht möglich, weil Silenttown eine eigene Währung hat. Da wir hier nur wenig Einwohner haben, ist es für die Betreiber und Banken nicht gewinnbringend, die notwendige Zahlungstechnik und entsprechende Plattformen bereitzustellen.

Videoüberwachung, die in anderen Städten wie zum Beispiel Freetown komplett verboten wurde, ist aus Silenttown nicht mehr wegzudenken.

Die Notwendigkeit für diese Praxis begründet die Stadt gegenüber ihren Bürgern mit viel geringerer

Kriminalität und unübersehbarer Sauberkeit. Darum herrscht Ruhe, weil es unter totaler Kontrolle keiner durch Zuwiderhandlungen den Ausschluss aus der Kommune riskieren will."

„Und was haben die Mobilfunkbetreiber davon? Ihren Rückzug haben sie doch nicht freiwillig und kostenlos vollzogen?"

„Dabei wurde eine neue mobile Übertragungstechnik zum Glücksbringer und Ruhestifter des Stadtvaters. Die immer kurzwelliger werdenden Frequenzen bedurften immer mehr Mobilfunksendern, um alle Nutzer erreichen zu können. Nach Eröffnung des neuen Netzstandards mit vielen neuen kleinen Funkstationen an Häusern konnten Umweltschutzverbände überraschend die schädigende Wirkung der Strahlung auf Organismen wissenschaftlich nachweisen.

Nun waren die Betreiber in der Bredouille. Entweder investierten sie in den technischen Rückbau zur alten Sendetechnik oder sie mussten beim Status quo Prozesse wegen bewiesener gesundheitlicher Beeinträchtigungen von Lebewesen führen. Die Konsequenz: sie schalteten einfach alles ab, nicht zuletzt, weil sie die politische Unterstützung für den Mobilfunk sowieso nicht mehr hatten.

Letztlich wurden die Senderpositionen für die neuen Kameras genutzt, woran die Betreiber auch noch etwas verdienten."

„Also gibt es in dieser Stadt keine oder kaum noch elektronische Geräusche?" fragte Tony.

„Ja, zum Glück! Auf jeden Fall kein überflüssiges Gebimmel mehr. Die nervige Krankenwagensirene hört man natürlich trotzdem noch ständig“, fügte Lucy hinzu, die das Gespräch der beiden weiterhin neugierig verfolgt hatte und sich die Chance nicht nehmen lassen wollte, dem Ganzen zumindest einen Kommentar hinzuzufügen.

„Falls die Leute ohne Telefon eine Möglichkeit finden, rechtzeitig die Polizei, den Notarzt oder die Feuerwehr zu rufen“, fügte Tony hinzu.

Lucy guckte plötzlich in ihren Terminkalender, danach auf ihre goldene Uhr mit Brillant-Armband, erklärte, dass sie noch einen wichtigen Termin hätte. Im Rausgehen rief sie noch: „Ach ja, und übrigens hat Mr. Silence einen wunderschönen beleuchteten Mineralstein auf seinem riesigen Bürotisch stehen, auf den werfe ich schon lange ein Auge. Der würde auch auf deinem Anmeldetresen an der Rezeption richtig gut zur Geltung kommen, meinst du nicht, Jane?“

Danach verließ sie zügigen Trippelschrittes in ihren hochhackigen Pumps die Eingangshalle.

Die Rezeptionistin sah Tony zunächst wortlos an und verriet ihr dann, dass die Dame seit Jahren zu den Stammgästen dieses Hotels zählte. Seitdem sie aber kein Handy mehr nutzte, müsse sie anscheinend alle Leute ihre Meinung wissen lassen.

„Na ja, neue Kontakte findet sie mit ihrer Art der Kommunikation bestimmt schnell“, meinte Tony und warf dabei der recht ernsthaft wirkenden Empfangsdame einen ironischen Blick zu, aber um Janes Augen konnte sie ein dezentes Lächeln erkennen.

„Ich hoffe auf jeden Fall, dass Ihre Zimmer hier auch so ruhig sind wie Ihre Stadt, denn ich will versuchen, mich erst einmal von meiner Reise zu erholen. Meine innere Unruhe wird mich allerdings beim Nichtstun in dieser stillen Stadt bestimmt daran hindern“, erklärte Tony.

Jane wusste genau, was ihr Gast damit meinte. Ihr war zwar klar, dass eine gewisse Unruhe schon zu Urzeiten der Begleiter der Menschen war und den Philosophen schon seit Jahrhunderten dichterisches Futter bot. Doch mittlerweile waren die Menschen nicht mehr in der Lage, einfach mal „nichts“ zu machen, ohne gleich gedanklich die Zukunft zu planen. Der ständige Drang zum Erledigen und wegen normalerweise gut gemeinter technischer Hilfen sich praktisch Aktivitäten suchen zu müssen, führte die Menschen direkt zu Gegenmaßnahmen wie Yoga-Übungen, um irgendwie den fleißig antrainierten Tatendrang kompensieren zu können.

Schließlich bedankte sich Tony bei Jane für die umfassende Information.

„Gern geschehen Madame. Ich wünsche ihnen einen schönen Aufenthalt im Crystal Beach Palace“, sagte Jane in der typisch freundlichen Tonart einer Rezeptionistin eines exklusiven Hotels.

Antonia Gonzales ging zum Fahrstuhl. Im Gegensatz zu sonst war sie sehr fein gekleidet und statt einen Rucksack und ihre Gitarre bei sich zu tragen, zog sie einen Rollkoffer hinter sich her.

Was die freundliche Rezeptionistin nicht wusste war, dass Antonia Gonzales bezüglich der Vorgänge in Silenttown nicht so ahnungslos war, wie sie vorgab. Sie war stinksauer, dass viele so taten, als herrsche hier Friede, Freude, Eierkuchen in der Stadt. Oder waren die Frauen in dieser Stadt etwa so naiv, nicht zu merken, was für ein männlicher Chauvinist ihr toller Bürgermeister eigentlich war? Trotz seiner Ausstrahlung, die vom Macho so weit entfernt war wie die Eisbären von den Pinguinen, hatte er es geschafft, eine Form von Misogynie in Silenttown zu etablieren – mit sich als Diktator. Es gab Frauen, die empfanden sexistische Äußerungen als Kompliment. Zu ihnen gehörte auch Lucy, von der Tony an der Rezeption schon einen Vorgeschmack bekommen hatte. Denn sie war nicht nur die Anführerin eines Zickenterrors, sondern agierte zudem als weibliches Objekt der Begierde am professionellsten darin, dem Führer Silenttowns dessen heterosexuelle Abhängigkeit aufzuzeigen.

Der Grund für solch eine totalitäre Glokalisierung – Mr. Silence liebte dieses Wortspiel – war wie so oft, auf die Vision einer Person oder Gruppe zurückzuführen und natürlich deren unermüdlichen Einsatz, diese Vision konsequent auf Teufel komm raus umzusetzen. Natürlich war dafür auch Zufall und Glück notwendig, wovon es genügend in dieser Welt gab.

Man musste aber auch strategisch vorgehen. Billige Taschenspielertricks wurden schnell entlarvt.

Das Spiel begann vor dem Büro eines unbedeutenden Versicherungsvertreters mit der Auto-Alarmanlage, die ohne Fremdeinwirkung ausgelöst wurde und für dessen Abschaltung sich keiner außer dem Ruhe liebenden Makler interessierte. Dieser war zuvor schon von einem Streit mit seiner Frau am Frühstückstisch genervt gewesen, als ihm auf seinem Fußmarsch zu seinem Büro jede verdammte Fußgänger-Ampel in seine müden Ohren gesummt hatte, als wäre er sehbehindert.

Das Hupkonzert der Fahrzeuge des Berufsverkehrs erreichte an jenem Tag ein ungewöhnliches Ausmaß und noch bevor der Ruheliebhaber sich in seinen Bürostuhl setzen konnte, wurde er auf dem Bürgersteig direkt vor seiner Versicherungsagentur beinah von einem hektisch klingelnden Radfahrer umgefahren.

Eines Tages fand dieser Makler dann allein aufgrund eines erneuten Wutausbruchs im Straßenverkehr heraus, dass die Lautstärke der Ampelsummer für Blinde um ein bis zwei Stufen leiser nach unten regulierbar war, indem man nachts einmal kräftig mit dem Hammer auf die kleinen Handdrucksensoren einschlug, die während des roten Ampelmännchens fortlaufend *tock, tock, tock* machten, von dem man nur durch Erleuchten des grünen Signals erlöst wurde. Dabei bekamen wiederum jedes Mal nicht nur alle Passanten, sondern sämtliche Anwohner ein nerviges elektronisches Pfeifkonzert geboten.

Aber nachdem alle akustischen Signalgeber der Stadt irgendwann kurioserweise entweder nur noch leise vor sich hin summten oder ohne jeden Mucks vor sich hin schalteten, gingen keine Beschwerden mehr bei der Stadtverwaltung ein. Es fiel schlichtweg niemandem auf. Das konnte der nach Ruhe gierende Makler jedoch auch wieder nicht auf sich sitzen lassen. Er wollte kein lautloser unbemerkter Held sein.

Auch als in den folgenden Monaten alarmgesicherte Autos mit eingeschlagenen Scheiben, aufgebrochenen Türen oder verbeulten Motorhauben gemeldet wurden, konnte weiterhin niemand einen Bezug zu einer möglichen Geräuschbelästigung herstellen, denn jeder dachte, dass die Notsignale in den Karosserien aufgrund des Vandalismus ausgelöst wurden und nicht umgekehrt. In Wahrheit war es so, dass die Alarmanlagen der Fahrzeuge durch technische Defekte oder belanglose Situationen wie herumlaufende Tiere losgegangen waren und ein bis dahin Unbekannter versucht hatte, durch Vandalismus die Autos zum Verstummen zu bringen.

Zum Vorbild einer großen Bevölkerungsgruppierung avancierte der Versicherungsvertreter erst, als er mehrere Gerichtsprozesse wegen Lärmbelästigung des städtischen Verkehrs gewann.

Nachdem dann immer mehr Ruhe suchende Bürger außergerichtliche Einigungen sogar mit Unternehmen bezüglich derer verursachten Dezibel-Werte erzielen konnten, brachte schließlich ein Versicherungskonzern eine spezielle Police heraus, die exklusiv Lärmbelästigung als Vertragsgegenstand beinhaltete.

Die exklusiven Verkaufsrechte hatte sich dann der erfolgreiche Makler und berühmte Ruhe-Verfechter gesichert. Ruhm macht bekanntlich mächtig und Mr. Silence, wie der Versicherungskaufmann von nun an von jedermann genannt wurde, war nicht mehr zu bändigen.

Seine innovativen Ideen zur leiseren Stadtentwicklung wurden immer spektakulärer und populärer, bis er es schließlich politisch auf den regionalen Thron geschafft hatte.

Ruhm macht auch sexy, sogar wenn man sich als Bürgermeister ausschließlich in Yoga-Hosen präsentiert und der versprühte Charme durchschaubar war, wie die frisch geputzte Lärmschutzscheibe eines Büros.

Mr. Silence hatte einen von innen beleuchteten Mineralstein auf seinem Schreibtisch stehen, der Ruhe im Arbeitszimmer ausstrahlen sollte, aber er fühlte sich mittlerweile wirklich von allem überreizt. Täglich brühte er sich frischen Melissentee mit natürlich beruhigender Wirkung auf. Es gab leise Stimmen, die munkelten, er fühle sich nicht nur gestört – er sei geistesgestört. Was das anging spuckte allerdings in dieser Stadt keiner mehr laute Töne.

Tony lag noch lange in ihrem Hotelbett wach, dafür waren in Silenttown nicht etwa störende Geräusche verantwortlich, denn sogar in der Hotelordnung stand drin, dass das Recht auf Ungestörtheit der anderen Hotelgäste jederzeit, nicht nur nachts, beachtet werden müsste, und Unruhestifter rigoros mit entsprechenden Konsequenzen zu rechnen hätten. Die Matratze war, soweit sich Tony erinnern konnte, die bequemste, auf der sie jemals gelegen hatte.

Doch sie musste an Jack denken. An jene Nacht nach der Bootsfahrt, in der sie ihm einen Brief geschrieben hatte. Eine emotionale Nachricht, wie sie nur von einer Frau verfasst werden konnte – das warf sie sich zumindest jetzt selbst gedanklich vor. Sie hasste sich dafür, Schwäche gezeigt zu haben, aber sie konnte einfach nicht gegen ihre Gefühle ankämpfen oder zumindest diesen Kampf nicht gewinnen. Für sie kam so etwas einer gegenseitigen Liebe auf den ersten Blick gleich. Davon war sie zumindest in Tassies Hostel überzeugt gewesen. In ihrem Brief stand, dass sie ihn wiedersehen wolle. Aber Jack meinte, das letzte Mal, als er sich auf eine Frau eingelassen hatte, hätte er diese entsetzlich enttäuscht und ihr einen seelischen Stich ins Herz verpasst, weil er Angst hatte vor einer erneuten Vaterrolle. Das wäre das

Ende seiner Freiheit gewesen. Er hatte zu der Zeit zwar keine weiteren individuellen Lebenspläne gehabt und seine Rastlosigkeit war sein größter Feind, aber nach Beendigung der Beziehung fühlte er sich allein auf einmal sehr unerfüllt.

Was gibt es denn Schöneres, als seine Jugend mit einem Sohn nochmal wieder aufleben zu lassen? Darüber war er mit sich nach wie vor nicht im Reinen.

Eigentlich wollte er, nachdem seine leibliche Tochter nun erwachsen war, einen eigenen Sohn bekommen. Vor allem, weil er sich Vorwürfe machte, sich nie richtig um seine Tochter gekümmert zu haben, zumindest nachdem deren Mutter, Jacks Ehefrau zusammen mit seinem Sohn bei der Geburt starb.

Aber was wäre, wenn es nie mehr dazu kommen würde? Und für den Fall, dass es wirklich klappen sollte? Wäre das Baby gesund? Wie würde es sich entwickeln? Und wäre er noch am Leben, wenn das Kind in das Alter käme, mit ihm Fußball zu spielen? Vielleicht passierte dem Kind vorher etwas?

Das Risiko bestehe auch, wenn man sich ein, mithilfe künstlicher Befruchtung vermeintlich perfektes Baby schaffen würde. Auch in einer vollkommenen Welt, in der alle gleich sind und man sich sein Kind den Vorstellungen entsprechend aussucht, kann etwas schiefgehen.

Jack hatte Tony in seinem Brief nicht nur davon erzählt, als er seine Freundin aus der letzten Beziehung mit ihrem kleinen Sohn sitzengelassen hatte, sondern auch erwähnt, den Jungen, den er am Bahnsteig gesehen hatte, auffinden zu müssen. Er wäre in Gefahr, das würde er fühlen.

Darauf basierte Tonys Aussage, die sie Jack in einem Schreiben hinterlassen hatte, aus dem Michael damals am Lagerfeuer zum Glück nur den einen Satz erhaschen konnte. Zu dem Zeitpunkt ahnte er nicht, von wem die Nachricht überhaupt stammte, denn dann wäre er informiert gewesen, dass zwischen Tony und Jack mehr war als nur eine gemeinsame Bootsfahrt. Zudem hätte er um jeden Preis versucht, noch mehr zu lesen und dann wären auch Tonys weitere Pläne bekannt geworden.

Tony hatte bereits vor ihrer Ankunft in Silenttown von einigen gescheiterten Versuchen erfahren, Mr. Silence für immer ruhig zu stellen. Vor allem wusste sie aus Insiderkreisen, dass ein für Männer möglicherweise tödliches Virus durch einen Unfall beim Transport innerhalb der Wonderland-Region in unkontrollierten Umlauf geraten war. Dabei wollte sie es exklusiv Mr. Silence und seinen, wie Tony sie nannte, administrativen Arschkriecher-Herren in den Melissentee rühren. Dann hätte der Rest der Bevölkerung in der Region seine Ruhe vor ihnen gehabt. Es hieß, das Virus sei zudem noch nicht ausreichend getestet gewesen.

Bisher hatte der selbsternannte Führer Silenttowns alle politischen Gegner aus ihrer beruflichen Laufbahn beziehungsweise direkt von der Karriereleiter werfen können. Es gab im relativ kurzen geschichtlichen Aufstieg des Mr. Silence ungewöhnlich wenige Klagen gegen ihn. Vielleicht akzeptierten die meisten diesen Masochismus. Wer nicht hinter dem Stadtkonzept stand, besuchte Silenttown gar nicht erst oder verließ die Stadt schnell wieder nach der Ankunft und die ansässigen Bürger konnten umziehen, wenn es ihnen hier nicht mehr gefiel.

Es wurde wie bei dem berühmten Beispiel der Lemminge gewöhnlich einfach nur der Mehrheit gefolgt. Sich dagegen zur Wehr zu setzen, lohnte sich kurzfristig nicht und langfristig war es für einen Kampf eh zu spät. Es war zudem nicht wirklich schwer, Alternativen zu finden.

Wie auch immer, Jack wusste von Tonys Plänen in Silenttown. Er fand sie falsch, aber letztlich war es ihre Entscheidung – *ihre Aufgabe.*

Trotz ihres intimen Interesses für das weibliche Geschlecht empfand Tony mehr als zwischenmenschliche Gefühle für Jack. Seit sie ihn während ihres Aufenthaltes in Tassies Hostel getroffen hatte, war ihr emotionales Gleichgewicht gestört. Ihre weiblichen sowie männlichen Hormone spielten verrückt. Normal pflegte sie gleichviel klischeehafter positiver wie negativer Eigenschaften beider Geschlechter. Ihre Gefühle zu Jack bestanden allerdings aus ganz viel heterosexueller Liebe und diese konnte sie in Silenttown gerade nicht gebrauchen. Dafür hasste sie sich regelrecht und fand es dagegen berührend, wie sehr sich Jack um den Jungen sorgte, den er bei seiner Ankunft am Bahnsteig mit der Frau gesehen hatte. Jack hatte Tony erzählt, was Babsi ihm am Bahnhof ins Ohr geflüstert hatte. David war nämlich bei Babsis Familie untergebracht worden, solange seine Mutter allein einen Auftrag zu erfüllen hatte. Jedoch verschwand sie plötzlich spurlos und ohne Erklärung. David hatte dann für einige Zeit zusammen mit Babsis Familie gelebt und war vor Ort auch zur Schule gegangen, bis offiziell vermeldet wurde, dass seine Mama eines natürlichen Todes gestorben sei. Es wurde dann schleunigst eine einsatzbereite Pflegemutter gefunden; diejenige, die ihn bei Jacks Ankunft am Bahnsteig abholte. Sie sollte ihn in Sicherheit bringen.

Ich werde Jack wiedersehen, schon bald werde ich ihn wiedersehen. Das war das Einzige, an das Tony gerade dachte.

Namenlose Steine

Michael wünschte sich, dass Jack Freetown, diesen seiner Ansicht sündigen Ort, so schnell es ging wieder verließ. Zudem wimmelte es dort absurderweise nur so von Kreationisten, die es mit den biblischen Worten ziemlich genau nahmen. Es war Michael allerdings ein persönliches Anliegen gewesen, Jack die Stadt einfach nur zu zeigen. Letzte Nacht hatte Michael jedoch wieder einmal nicht länger auf seine Bedürfnisse verzichten können, wollte aber seine *reine* Beziehung zu Jack nicht damit belasten. Er fühlte sich schon wieder schuldig. Es war kein Ort für seinen Freund, da war er sich sicher.

Er hat mich und die vielen hübschen Männer auf der Party nie auf diese bestimmte Art angeschaut, dachte Michael.

So wie die Kerle, mit denen sich Michael noch weit in die Nacht vergnügt hatte, als Jack schon längst tief und fest in seinem Zelt schlief.

Michael hatte sich, als es draußen schon wieder hell wurde, nach den Festlichkeiten für ein paar Stunden mit jemandem am Strand schlafen gelegt. Er wurde von den

Stimmen der ersten Surfer geweckt, die die Wellen des neuen Tages genießen wollten.

Er zog daraufhin vorsichtig seinen Arm unter dem Kopf seines Partners für die Nacht hervor und stand auf. Er ging den Strand entlang, einfach nur weg von den Leuten. Seine Schuhe hatte er einfach zurückgelassen. Er wollte seine Hände frei haben, beim Laufen den feinen Sand zwischen seinen Zehen und den frischen Wind in seinen Haaren spüren. Er hörte dabei wie in Trance nur dem Rauschen des Meeres zu. Erst in der nächsten Ortschaft mit seinen Luxusvillen direkt am Strand machte er plötzlich halt. Er nahm einen orangen Bernstein aus dem Sand auf und steckte ihn in eine Hosentasche seiner leinenfarbenen Buntfaltenhose, die er sich hochgekrempelt hatte, damit er auch die am Strand brandenden Wellen über seine Füße fließen lassen konnte.

Als er später zum Camping Municipal zurückkehrte, waren Jack und das Zelt bereits verschwunden. Michael wusste in dem Moment nicht, ob er nun enttäuscht oder erleichtert sein sollte. Aber er hatte es im Prinzip so erwartet. Jetzt war er also wieder allein. Er widerte sich selbst an, fühlte sich unrein. Nun erst kam in ihm ein Gefühl der Traurigkeit auf. Es war schließlich nicht das erste Mal, dass er durch seine Eskapaden einen potenziellen Freund verloren hatte.

Beim Platzwart fragte er nach, wann der Zeltplatz mit seiner Nummer geräumt worden war. Dieser meinte, dass sein Freund schon vor einem ganzen Weilchen abgereist sei, aber er habe bei ihm sein Gepäck mitsamt Bibel hinterlegt.

„Er war vielleicht mein Freund, aber ich nicht seiner, ich bin eigentlich gar nichts!", entgegnete Michael.

„Null Problemo, Mann! Immer positiv denken! Ich hole dir dann jetzt deine Sachen aus meinem Büro", versuchte der Platzwart ihn aufzumuntern.

Als er wiederkam und Michael die Bibel überreichte, fiel ein Brief heraus und der Platzwart hob ihn sofort wieder auf. Hektisch nahm Michael ihm den kleinen Zettel aus der Hand. Der Camping-Mitarbeiter schätzte die Situation sofort richtig ein. Er entschuldigte sich zugleich und versicherte Michael, dass er nichts von der Existenz des Briefes gewusst hätte. Wortlos verließ Michael das Gelände. Er kannte den Inhalt des Schreibens auswendig und wie so oft tanzten ihm dessen Worte im Kopf herum.

... ich habe immer Verständnis dafür gezeigt, wenn Du wieder tagelang in Deine Gotteswelt eintauchtest. Aber auch danach zeigtest du mir selten DEINE Liebe. Auch nach Außen hin standest Du nie hinter unserer Beziehung. Bin ich Dir peinlich? Entscheide Dich endlich! Ich oder er!

Mit aufgewühltem Geist lief Michael zum Friedhof der Namenlosen am Fuße des Leuchtturms. Das Meer hatte aus unterschiedlichen Gründen schon viele Menschen zu sich genommen, bis es die Überreste wieder an den Stränden angespült hatte. Böse Zungen munkelten: So wie die Leute lebten, so starben sie auch – anonym. Doch das wurde den Toten nicht gerecht. Natürlich waren viele von ihnen Einzelgänger, vielleicht sogar obwohl sie Familie zu Hause hatten. Doch viele mussten monatelang

Strapazen in Übersee auf sich nehmen. Verunglückt, ermordet oder ein aus Verzweiflung und Einsamkeit heraus gewählter Freitod. Diejenigen Überreste, die das Meer irgendwann wieder freigab, waren nicht mehr identifizierbar und wurden dann hier begraben. Nur mit Zahlen auf einfachen kleinen Steinen versehen. Dies waren die Zahlen der Jahre, in denen sie gefunden wurden. Die Gräber waren alle schon sehr alt und verfallen.

Michael verweilte vor dem Grab auf dessen Stein *„2012“* eingemeißelt war. Falls dies das Jahr des Leichenfundes darstellte, war es schon eine lange Zeit her. Michael überlegte. *War das nicht auch die in eine Baumwurzel eingeritzte Zahl, die Jack in seiner Geschichte aus dem Urwald erwähnt hatte und zudem das Jahr, in dem Jacks Urgroßvater während eines Schiffsunglücks für immer verschwunden war?*

Dieses Grab befand sich zudem kurios innerhalb eines Rechtecks aus zwölf namenlosen Grabsteinen.

Eine Gruppe Jugendlicher auf Fahrrädern beobachtete Michael im Vorbeifahren. Sie hielten auf der Straße an und riefen: „Hey, Alter, was geht? Erwartest du deine Wiedergeburt?“

Während sie sich noch über ihren Spruch amüsierten, brodelte in Michael seine ganze angestaute Wut auf sich selbst und die restliche Welt. Er erkannte sich selbst nicht wieder, als er die von ihm nie gesprochene Sätze zurief: „Ihr Idioten, geht doch zum Teufel!“

Die Jugendlichen wirkten entsetzt über die Worte. Sie redeten kurz etwas miteinander und fuhren dann einfach weiter. Im gleichen Moment wusste Michael, dass er nun mit Sicherheit nicht mehr wiedergeboren werde. Er griff nach dem orangen Bernstein in seiner Hosentasche und hielt diesen dann gen Himmel, der ebenfalls genau in diesem Moment begann, sich leuchtend orange zu verfärben.

Die Dämmerung hatte wieder eingesetzt und bald würde eine neue Nacht anbrechen. Michael beschloss seinen Gefühlen, wenn auch voller Scham, an diesem freien Ort noch einmal ungehemmten Lauf zu lassen, bevor er zukünftig endgültig in strenger Askese leben und weiterziehen wolle, um sich wieder vollständig seiner Mission zu widmen. Für seine Sünden büßen müsse er sowieso irgendwann.

Er möchte gar nicht von allen geliebt werden, wenn diese es nicht wollten, aber seine Mission war es eben, jeden Menschen so zu lieben, wie es Jesus tat, und sie zu überzeugen, es ihm gleich zu tun, weil personifizierte zwischenmenschliche Beziehungen heute so schwierig geworden waren. Darum galt es zukünftig, Ökumenen der Freundschaft miteinander zu verbinden. *Bedingungslose Zellen der Liebe.*

Doch wie konnte er die Bildung von Gemeinschaften fordern, wenn er doch derjenige war, der ständig ohne Ziel weiterzog. Sollte er wirklich immer davonrennen oder sich endlich auch seinen eigenen Problemen stellen?

Ganz in seiner Gedankenwelt versunken erschrak er plötzlich, als ihn der seltene Klang seines Mobiltelefons in die Realität zurückholte. Überrascht, aber auch gespannt, wer das sein mochte, nahm er das Gespräch spontan entgegen. Die Stimme, die er daraufhin hörte, ließ ihn für einen Moment schockiert innehalten. Wie hypnotisiert verließ er den Friedhof und ging an einen für ihn noch unbekannten Ort.

Manuskript „Moh“

„Immer weiter fuhr die alte kleine Bimmelbahn durch die taubedeckten Tannen in Schlangenlinien die Berge hinauf. Ich dachte, wenn das so weiter ginge, dass bei jeder kleinen Station, an der der Zug hielt wieder jemand ausstieg, wäre ich in Kürze der einzige Fahrgast.

An der nächsten Haltestelle trat genau dieses Szenario ein – die letzte Familie stieg aus. Beim darauffolgenden Stopp wollte auch ich die Bahn verlassen. Ich schaute gespannt aus dem Fenster. *Wie würde der Ort wohl aussehen?*

Der Zug setzte seine einsame Fahrt fort. Während es wieder abwärts ging und sich die jüngeren höheren Berge in seit tausenden von Jahren abgetragene uralte Hügel verwandelten, drang die Dampflok in übriggebliebene Nebelbänke der letzten Nacht ein, um dann endlich anzuhalten. Ich stieg aus und betrat einen verlassenen Bahnsteig im gefühlten Nirgendwo. Ich blieb stehen und stellte meinen Koffer ab. Für einen Moment war es ganz still. Da kam auch schon schnellen Schrittes eine etwas dickliche Frau in rotem Kleid und unpassenden leuchtend blauen Pumps die Anhöhe hinuntergelaufen.

Der Unterricht sollte planmäßig erst in einer Woche beginnen, aber ich war früher angereist, um mich schon ein wenig einzugewöhnen. Ich hatte mich vorübergehend für einige Tage in einer Ferienwohnung einquartiert. Die Vermieterin, die mit ihrer Familie im selben Haus wohnte, wollte mich vom Bahnhof abholen. Das musste sie also sein.“

Seitdem war nun bereits ein Vierteljahr vergangen und Moh erzählte diese Geschichte gerade einem alten Fischer in Süddorf, seiner letzten Zwischenstation auf seiner Reise nach Southtown – einige Tagesreisen entfernt von dem Bahnhof, an dem alles begann und wo Babsi ihn damals willkommen hieß.

„Lernen kommt angeblich vor dem Vergessen. Das war zumindest die Meinung vieler Schüler“, meinte Moh, obwohl die Aussage für einige zu intellektuell wirkte.

Der Fischer sagte daraufhin: „Bestimmt hat sich dort inzwischen vieles verändert, seitdem ich dort meinen Weg begann. Geben denn heute alle Leute vorübergehend ihre Kinder dort ab?“

„Nein“, betonte Moh, „einige nehmen sie auch mit auf ihren Weg, denn passieren kann im Prinzip überall etwas. Die Vorabgespräche mit dem dortigen Schuldirektor über das Lehrkonzept und die Schüler, aber auch bezüglich meiner zukünftigen Kollegen waren sehr interessant. Er hatte den größten Trinkbecher aus Keramik auf seinem Schreibtisch stehen, den ich je gesehen habe. Ständig aufgefüllt mit frischem dampfenden Tee. Und er hatte so einen runden Bauch, aufgrund dessen er auf natürliche Weise einen gewissen Sitzabstand von der Tischplatte einhalten musste. Ein freundlicher vollbärtiger Urtyp, dem auch ich sofort sympathisch war, als ich erzählte, dass ich gegen ungekochtes Obst und Gemüse allergische Reaktionen im Mund- und Rachenraum oder auf der

Haut bekommen würde. Das wäre eine Kreuzreaktion mit den Schimmelpilzen und Pollen im Wald, fügte ich hinzu. Er fühlte sich daraufhin erst recht darin bestätigt, dass er das Rohkost von seinem Speiseplan verschwinden lassen hatte. Das hätte ihm den Magen komplett ruiniert und er müsse deshalb den ganzen Tag Kräutertee trinken. Als ich ihm beichtete, dass ich auch kein Schweinefleisch essen würde, meinte er nur, dass das kein Drama wäre. Es gäbe noch genug andere Tierarten auf weiter Flur, da bräuchte ich mich nur im Sommer auf den angrenzenden Weiden umzuschauen oder an den Lichtungen des Waldes auf die Lauer zu legen. Nachdem er dann noch hinzufügte, dass er auch den hiesigen Förster ganz gut kennen würde, fragte er mich tatsächlich, ob das mit dem Schweinefleisch denn auch für Wildschweine gelten würde.“

Als Moh dabei ganz in seinem Erzählelement vertieft zum Fischer hinüberblickte, musste der nur grinsen. Er schaute weiterhin aufs Meer hinaus und gab Moh den Rat: „Fisch ist sowieso viel gesünder, allerdings wird er bei uns langsam knapp.“

Süddorf lag in einem, wie Moh fand, wunderschönen Meeresarm und dort sah es in jeder Stunde des Tages ein bisschen anders aus. Es war eine Aneinanderreihung von kleinen größtenteils unübersichtlichen Buchten. Dieses landschaftliche Bild mit grünen Schafweiden, die auf den ins Wasser ragenden Klippen mit ihren von rauen Wellen umspülten Felsen lagen, wurde ergänzt durch kleine weiße Sandstrände und Ufer mit rund geschliffenen Steinen. Diese Kiesel wurden je nach örtlich bedingter Strömung an den diversen Küstenabschnitten in unterschiedlicher Größe vom Wasser angespült – in sämtlichen Farben, die die Welt des Quarzes zu bieten hatte.

Dieses Wechselspiel für die Augen des Betrachters setzte sich mit den Auswirkungen der Anziehungskraft des Mondes fort. In wiederkehrender Regelmäßigkeit verwandelte der Herr der Gezeiten die Buchten in Ruhe ausstrahlendes mit Prielen durchzogenem Wattenmeer, in dem gestrandete Fischerboote lagen. Mithilfe der Fluten des rauen Ozeans entstand jedoch gelegentlich auch stürmische See. Zusammen mit den verschiedenen Meeresströmungen machte dies die Schifffahrt so knifflig. Nur erfahrene Fischer wie der, neben dem Moh gerade im Kutterhafen auf der Kaimauer saß, konnten ihre immer weniger werdenden Fänge an Land holen.

Moh fand es faszinierend, wie sich die Seeschwalben in der Bucht bei Flut die nahe über der Oberfläche des Ozeans fliegenden Insekten schnappten. Zwischendurch machten sie einen Spaziergang über die angrenzenden Salzwiesen, wo sie von April bis Juli auch brüteten oder sie ruhten sich auf dem Deich aus und warteten das ablaufende Wasser ab. Bei Ebbe pickten sie dann aus nur einem Quadratzentimeter Meeresboden rund einhundert winzige Wattschnecken heraus – ein ornithologischer Leckerbissen. Im Frühjahr und Herbst war das hier wiederum die Hauptstation für Zugvögel, die sich an der Wattenmeerküste für ihre Reise zwischen den arktischen Gebieten im Süden und tropischen Regionen im Norden stärkten.

Der alte Griesgram, wie der Fischer hier von vielen nur genannt wurde, lud den nicht seetüchtigen Moh in seinen

Strandkorb ein, auf dem sogar *Ty Griesgram* geschrieben stand. Dort auf dem Vordeich beobachteten sie das Treiben mit dem Fernglas, während der Seemann seinem Gast lakonisch etwas über sich selbst erzählte. Der Alte strengte sich dabei an, nicht allzu sehr in dem regionalen Dialekt zu sprechen, weil er wusste, dass man ihn sonst nicht verstehen würde. Trotzdem verwendete er oft ausgediente Wörter, die Moh in seinem eigentlich recht großen Wortschatz nicht finden konnte. Er fragte dann immer interessiert nach, was dieser oder jener Begriff denn hieße. Der Greis wiederum war immer wieder verwundert, wie es angehen konnte, dass einige Wörter im heutigen Sprachgebrauch keine Verwendung mehr fanden und auch keine Synonyme für seine Wörter existierten: öddelich – plärren –fickerich – Döspaddel – Dahlschlag. Alle diese Begriffe gehörten für Moh zur *Omasprache* und wenn dann der alte Fischer sie noch zu erklären versuchte, fingen beide regelmäßig herzhaft an zu lachen. Sie mochten sich spontan und genossen ihr Beisammensein. Moh hörte interessante Sachen aus der guten alten Zeit, wie der Alte es immer zu sagen pflegte. Dabei erfuhr Moh auch, dass Norddorf damals der älteste offizielle Ort der Neuen Welt war, jedoch aufgrund des Einwohnerschwunds irgendwann eingemeindet wurde in Süddorf.

„Warst du eigentlich beim Haus für dein persönliches Manuskript?“, fragte der Fischer plötzlich.

„Nein, kein Interesse, ich will die Vergangenheit hinter mir lassen“, wiegte Moh ab.

„Tja, deine Entscheidung. Das kann spannend und bewegend zugleich sein, aber natürlich setzt man sich in der Tat automatisch wieder mit der zurückliegenden Zeit auseinander. Ich hatte etwas wirklich Persönliches von meinem Großvater in der Schublade, aber es interessiert nicht sonderlich viele. Darf ich es dir vielleicht vorlesen, bevor du gehst?“

„Klar, leg los! Ich hoffe, ich trete dir nicht zu nahe, wenn ich annehme, dass es sich dabei um eine historische Erzählung handeln muss, wenn sie von deinem Großvater stammt?“

In der Zwischenzeit kramte der Alte schon in einem Schrank herum, drehte sich zu Moh um und fragte ihn mit ernster Miene: „Willst du die Geschichte nun hören?“

„Ja, ja, natürlich!“, antwortete Moh hektisch.

„Hier hab ich es! Okay, dann hör mal zu.“

Der Fischer setzte sich wieder, nahm seine Lesebrille und begann, das vergilbte Manuskript vorzulesen:

Die Weihnachtskreuzfahrt

Meine diensttuenden Kameraden fingen alle an zu lachen, als ich meine Schuhe von den Füßen zog; nicht mehr willens und fähig, noch einen weiteren Schritt zu tun, so abgekämpft war ich, denn meine verwöhnten Gäste hatten mich sehr in Anspruch genommen. Wir richteten noch den Speisesaal ordnungsgemäß wieder her, säuberten unsere Stationen und deckten die Tische für das Frühstück neu. Um 8 Uhr morgens sollte unser Schiff bereits in Madeira festmachen.

Danach ging ich in meine Kabine, die ich mir mit sieben Kollegen teilte und legte mich aufs Ohr.

Doch alle auf dem Schiff – nicht nur die Passagiere, die sich entschlossen hatten, im Festsaal der „Lakonia“

ein frohes Weihnachtsfest in den warmen Gewässern des Atlantiks zu erleben, wurden am Abend des 22. Dezember beim Tanzen zu den musikalischen Klängen der Schiffsfete aus ihren Träumen gerissen. Die Alarmanlage wurde um ca. 23:15 Uhr Bordzeit in Tätigkeit gesetzt.

In Unterhemden rannten wir sofort aus unserer Kabine in Richtung Oberdeck, von wo uns schon andere Kameraden entgegenkamen und sagten, daß dicke Qualmwolken aus dem Herren-Friseur-Salon schlügen. Somit beorderten wir die Passagiere, in den hinteren Speisesaal zu gehen und dort weitere Anweisungen abzuwarten.

Eine Engländerin flehte uns an, wir möchten doch bitte ihren kleinen Sohn aus ihrer Kabine holen. Mein Freund Ralf und ich versuchten, durch den dicken schwarzen Rauch zu kommen, aber das war von Steuerbord aus unmöglich. Erst später hörten wir, daß ein Grieche von der Besatzung, mit Maske versehen, das Kind retten konnte.

Mit nassen Handtüchern vors Gesicht gedrückt, setzten mein Freund und ich mit einem Wasserschlauch das Deck unter Wasser, um den Brandherd einzudämmen. Doch man sah nichts als dichten Qualm, der uns immer weiter zurück zum achteren Speisesaal drängte. Wir wurden von den dort versammelten Passagieren gefragt, wie weit das Feuer schon wäre. Doch um keine Panik entstehen zu lassen, sagten wir: „Das Feuer ist bereits eingedämmt!“

Als offizielle Vorsichtsmaßnahme veranlassten wir, daß alle ans Bootsdeck gehen sollten.

Dort schaute alles gespannt aufs weite Meer hinaus, ob irgendwelche Retter auftauchten und nach geraumer Zeit konnte man Lichtpunkte ausmachen, die von anderen Schiffen kamen. Sie wurden immer größer und es war der Schrei „Schiffe in Sicht!" zu hören.

Damit begannen die allgemeinen Rufe unter den Passagieren und Besatzungen, denn jeder hoffte jetzt in Sicherheit zu sein, aber viele wurden später dennoch enttäuscht und mußten auf See bleiben, denn das Meer hatte entschieden, sie zu sich zu nehmen.

Endlich kam der Befehl „Boote zu Wasser!"

Nun sollte sich zeigen, was es heißt, ein Rettungsboot zu wassern. Es ging recht und schlecht, da die Matrosen, deren Aufgabe es gewesen wäre, beim Bootsmanöver die Boote herunter zu lassen, noch alle beim Löschen waren. Kurz darauf fuhren die ersten Boote, verschiedentlich mit Besatzung und Passagieren besetzt, zu den Rettern, die im Abstand von 3 bis 4 Seemeilen ihr Schiff auf Kurs hielten. Diese Bilder sehe ich noch heute genau vor meinen Augen.

Ich stieg in das letzte runter gefierte Rettungsboot, welches noch friedlich in den Davits hing, um unseren Kleinen und den Frauen beim Einsteigen behilflich zu sein. Als der kleine Kahn voll war, schrie ich: „Fier weg!"

Im nächsten Augenblick schlugen wir bereits auf der Meeresoberfläche auf, doch meine Kollegen bekamen nicht so schnell den Block los, der das Rettungsboot hielt. Es lief daraufhin schnell voll Wasser und Panik breitete sich aus. Alle hielten Ausschau nach einem Halt. Ich bekam einen Tampen in die Hand, der oben befestigt war, aber das Boot ging unter meinen Füßen weg. So wurde ich einige Meter hinausgeschleudert und prallte mit dem Rücken gegen die Bordwand der Lakonia.

Nebenbei bemerkt, wir Besatzungsmitglieder hatten vordem unsere Schwimmwesten an Frauen abgegeben.

So landete ich dann in den Fluten und hörte das Rauschen der See in meinen Ohren. Es ist mir ein Rätsel, wie ich das Kunststück vollbrachte, wieder an das brennende Schiff zurückzukommen. Dort bekam ich die Jakobsleiter zu fassen. Aber ich war nicht mehr in der Lage, sie zu erklimmen und fing an um Hilfe zu rufen. Die Passagiere standen jedoch an der Reling und machten keine Anstalten, mich zu retten, bis schließlich zwei Stewards mich samt Leiter hochzogen.

Während ich auf Deck lag, pumpte mir jemand das Wasser aus meinen Lungen. Anschließend bekam ich aus einer Kabine der Passagiere eine neue Garderobe. Die bestand aus Unterhose, Oberhemd, heller Flanellhose und ein paar Schuhen, die mir 4 Nummern zu groß waren. Ich kam mir vor wie ein Circus-Clown. Nach einer Stunde ohne Schwimmweste im Wasser wurde ich - immer noch zitternd - mit steifen Gliedern von Kollegen in die hintere Bar gebracht, wo ich einen doppelten Whisky bekam.

Ich wußte nicht, was sich alles in der Zwischenzeit auf dem Schiff abgespielt hatte und wie weit das Feuer war. Man erzählte mir, es wäre 4 Uhr morgens, als ich in eine Decke gehüllt ans Achterdeck lief.

Viele glaubten natürlich, es müßten gleich bestimmt einige Rettungsboote kommen. Diesbezüglich wurden wir jedoch enttäuscht. Von keinem der herbeigeeilten Schiffe wurden Rettungsboote entsandt und dabei mußte es für jeden klar sein, daß wir nicht mehr länger auf dem Schiff ausharren konnten, da das Feuer sich bereits nach außen sichtbar bis zur Veranda durchgefressen hatte. Einige waren noch damit beschäftigt, Wasser in die Flammen zu schütten und sie mit Feuerlöschern in Schach zu halten. Viel Zweck hatte dies natürlich nicht. Meiner Ansicht nach hatten wir durch die Löscharbeiten jedoch ein längeres Verbleiben auf dem Schiff erreicht. Ich hatte zu diesem Zeitpunkt noch immer keine Schwimmweste und lief zur Reling. Dort sah ich dann eine Kinderweste im Speigatt und band sie mir um.

Da es keine weiteren einsatzfähigen Rettungsbote gab, hatten einige Besatzungsmitglieder in der Zwischenzeit Rettungsflöße vom Oberdeck ins Wasser geschafft. Ich kletterte eine Leiter hinunter.

Unten angekommen, sah ich nun erst das dichte Knäuel von Menschen, die einen umhertreibenden Gegenstand zu erwischen versuchten.

Ungefähr morgens um halb fünf stieg ich in den eiskalten Atlantik. Einige sind direkt vom Deck ins Meer gesprungen, was natürlich nicht ratsam war, denn man kann nie wissen, was im Wasser auf einen wartete. Diese Unvorsichtigkeit hat manch einer mit seinem Leben bezahlt. In letzter Minute erwischte ich mit einigen Kollegen und Passagieren eines der Rettungsflöße, mit dem wir trotz Gegenströmung verhältnismäßig gut vorankamen. Bemüht, im Fall einer Explosion auf der Lakonia außer Gefahr zu sein. Später konnten wir vom Dampfer heftige Detonationen vernehmen und es waren noch Menschen an Bord!

Es war inzwischen hell geworden, als wir schließlich das Tuckern eines Motors hörten. Ich kann nicht schildern, was für ein Gefühl es ist, kurz vor dem bereits sicher geglaubten Tod gerettet zu werden. Nachdem ich ich vom Floß gefischt wurde, lag ich wie ein Hering in einem vollbesetzten Rettungsboot. Wir pickten schwimmende Leute auf, bis unser Kahn voll war. Danach brachten die Matrosen des kleinen Bootes alle Geretteten an Bord des Tankers „Montcalm", der, wie alle anderen herbeigeeilten Schiffe, in sicherer Entfernung zur explosionsgefährdeten Lakonia trieb. Alles ging sehr schnell vonstatten. Wir wurden sofort in Unterkünfte gebracht und unserer nassen Kleidung entledigt. Hier haben sich einmal die richtigen Seeleute gezeigt, wie sie in Büchern und Filmen beschrieben werden. Ich denke hierbei vor allem an Storekeeper Tony, mit welch liebevoller Hingabe er uns betreut hat. Wir wollten uns dafür bedanken, aber Tony meinte auf Englisch: „If we are in the situation like you, I hope we will find all the same."

Gegen 22 Uhr erreichten wir am Heiligen Abend das Festland. Die Regierung hatte bereits ihr Katastrophen-Kommando geschickt, um alle Geretteten zu unterstützen, indem man für Kleidung und dergleichen sorgte. Wir wurden alle in einem Hotel untergebracht und umsorgt.

Am zweiten Weihnachtstag gegen 18 Uhr landeten wir dann mit einer Chartermaschine in unseren jeweiligen Regionen und bekamen von einem Vertreter der Reederei ein wenig Handgeld, womit nun ein jeder seine Heimreise in Hausschuhen und einem dünnen

Mantel antrat. Kurz nach Mitternacht war ich dann endlich in meiner Heimatstadt und fuhr per Taxe nach Hause.

Ich habe zweimal an einem Tag die See kennen gelernt und bin dem lieben Gott dankbar, daß er mich meiner Frau und meinen drei Kindern erhalten hat.

„Ende!“, meinte der Fischer. Er setzte seine Lesebrille ab und packte das Manuskript dorthin zurück, wo er es hergeholt hatte.

Moh schaute ihm nachdenklich hinterher und fragte dann bedächtig: „Warum meinst du, hast du den Brief bekommen?“

„Für den letzten Satz“, erklärte der Alte. „Du musst wissen, dass mein Vater eigentlich nie wirklich zu Hause war. Er war immer unterwegs, schrieb kaum Nachrichten an seine Familie. Manchmal sendete er Geld, damit wir über die Runden kamen. Nie ein Sterbenswörtchen, dass er mich lieb hat. Im Gegenteil, seine Seefahrerei und auch andere Menschen waren im oft wichtiger. Sogar bei dem Schiffsunglück hatte er mehr darüber nachgedacht, den Passagieren das Leben zu retten und sein eigenes dafür aufs Spiel zu setzen. Dabei hatte er sicherlich nicht an uns gedacht – darüber, wie er im Text schreibt, uns erhalten zu bleiben. Übrigens heißt es, dass einige menschliche Überreste der Lakonia auf dem Friedhof der Namenlosen in Freetown begraben wurden.“

„Sicherlich ist die Seefahrt kein familienfreundlicher Beruf, aber urteilst du jetzt nicht ein wenig zu hart? Ich meine, die meisten würden doch in solch einer Situation versuchen, vor allem Kindern zu helfen, oder?“

„Ja, da magst du recht haben. Trotzdem war die Zeit prägend für mich. Ich habe mich auch in die Fischerei verliebt und bewusst keine Familie gegründet. Aber genug von mir. Jetzt geh du deines Weges und suche dein Glück."

„Ja, ich muss in der Tat wirklich langsam los", meinte Moh.

Der Fischer hatte ihm viele Informationen über die Region erzählt.

Bei Ebbe wurde zum Beispiel sogar die Mündung des Flusses, an der Süddorf lag, zu einem Rinnsal. Southtown zweigte das Wasser direkt vor den Toren des Ortes zur Trinkwasserversorgung ab, um den Durst der Großstadt zu stillen. Dann lagen die Kutter idyllisch im Schlick des Süddorfer Vorhafens und man sah deutlich die im Matsch steckenden Pricken, die den Weg der Fahrrinne in die Wattenbucht wiesen. Durch die Monopolisierung der Trinkwassergewinnung stiegen dann für die Süddorfer die Wasserpreise.

Im Gegenzug hatte Moh vieles aus der Neuen Welt gekonnt zu berichten gewusst. Vieles davon hatte den alten Mann verstört und sogar Moh wurde während seiner Erzählungen oft erst bewusst, wie schnell sich die Welt veränderte. Jedoch konnten sie beide diese Entwicklung nicht länger zusammen verfolgen. Moh war hier nicht erwünscht und beide wussten, dass er weiterziehen musste, um sein Lebensglück zu finden. Am Schluss hatte der Fischer noch etwas aus der Seitentasche seines Strandkorbs genommen. Moh war beeindruckt, wie groß die Perle war. Der Fischer erzählte ihm, dass er diese vor einigen Tagen in einer Muschel gefunden hatte und dass die Perle jetzt sein Glücksstein sein sollte.

Nun war es Zeit zu gehen. „Hab herzlichen Dank für die tollen Gespräche. Ich werde dich auf jeden Fall in Erinnerung behalten“, verabschiedete sich Moh.

Der freundliche Charakter des Fischers war ein Einzelfall im Dorf. Die Einwohnerschaft der überwiegend noch erhaltenen Fachwerkhäuser war ansonsten meist abweisend und wehrte sich gegen alles Neue, das den idyllischen Dorfcharakter in Gefahr bringen könnte. Dies hatte weder rassistische noch christlich-religiöse Gründe, sondern die dort überalternde und immer kleiner werdende Bevölkerung konnte mit Veränderungen und Neuem einfach nichts anfangen. Manche waren so frustriert, dass sie jeden Morgen über einen weiteren Tag fluchten, den sie auf dieser Welt verbringen mussten.

Das Problem war hausgemacht, weil eigentlich alle Neuankömmlinge, potentiellen Geschäftstreibenden und Leute aus ganz anderen weit entfernten Kulturen mit dieser Eigenart zu kämpfen hatten. Höchstens touristisch wäre der Ort weiterhin interessant gewesen – auf der Durchreise sozusagen, genauso wie für Moh.

Aber vernünftige Unterkünfte waren hier aufgrund der fehlenden Gastfreundschaft Mangelware.

Moh schlenderte ein letztes Mal durch das Dorf. Dabei fiel ihm auf, das in einigen historischen, zum Teil verlassenen Häusern ein Buch auf dem Fenstersims lag; bei einigen war der alte Einband schon von der Sonne vergilbt. Es war immer der gleiche Roman: *Eine geheime Geschichte*.

Weniger geheimnisvoll empfand Moh die Abneigung der Bewohner gegenüber Southtown. Von Anbeginn war Süddorf eine prosperierende idyllische Kleinstadt gewesen, ohne Konkurrenz. Kein Wunder, es existierte auch Norddorf, der damals älteste Ort der Neuen Welt, und es bestand eine freundschaftliche Beziehung zwischen den beiden Städten, denn Norddorf wurde von unerfahrenen Leuten an einer geografisch ungeeigneten Stelle gegründet. Es gab dort eigentlich landschaftlich wie auch wirtschaftlich nichts, worauf man hätte aufbauen können. Jemand hatte irgendwann die nicht nachhaltige Idee gehabt, eine Kommune in einem von allen Seiten mit Hügeln umringten Tal zu gründen. Dadurch war der Ort nicht erweiterungsfähig.

Irgendwann war die Selbstadministration nicht mehr tragfähig und es wurde in beidseitigem Einvernehmen beschlossen, trotz geologischer Trennung der Orte eine Eingemeindung mittels gemeinsamer Verwaltung in Süddorf durchzuführen, um so wenigstens die wenigen verbliebenen, lokalpolitisch unzufriedenen Norddorfer an ihrem Wohnsitz halten zu können. Teilweise war dies auch gelungen, aber dennoch war die Fluktuation hoch. Oft wird es heute nur noch als Ausflugsziel für Schulklassen und Wandergruppen genutzt, die sich dann in die vielen frei verfügbaren Häuser aufteilen.

Das Verhältnis zwischen Süddorf und Southtown war dagegen sehr angespannt. Southtown wurde auf dem Reißbrett viel zu nah an Süddorf geplant und in kürzester Zeit charakterlos hochgezogen. Die Folgen für Süddorf waren Einwohnerschwund, Wirtschaftskraftverlust und die daraus resultierende Arbeitslosigkeit, eine immer stärker werdende Verkehrsbelastung, nicht zuletzt, weil Süddorf direkt auf der Route des Pendelverkehrs zwischen Southtown und Freetown lag. Dazu kamen einseitig von Southtown geplante und mit Süddorf unabgestimmte Projekte, die einzig dem Vorteil der großen neuen Nachbarstadt dienten.

Die Erweiterung des Containerterminals im Norden von Southtown war exemplarisch dafür. Das Terminal reichte danach bis zur Stadtgrenze Süddorfs. Es wurden dabei alle Lärmschutzauflagen eingehalten und auch die anfänglichen Gebietsstreitigkeiten waren danach geklärt. Jedoch mussten für das vergrößerte Terminal adäquate naturschutzrechtliche Ausgleichsmaßnahmen geschaffen werden, denen wiederum empfindliche Feuchtwiesen zum Opfer fielen, die zuvor praktisch ein natürliches Überschwemmungsgebiet waren. Sie boten ursprünglich eine einzigartige Flora und Fauna für die erneut ein Ersatz gefunden werden musste.

Aber da im Süden von Southtown die Granitfelsküste anfing, waren dort keine Ausgleichsmaßnahmen möglich. Darum wurde auf Süddorfer Grund und Boden mit dem Rückbau des vorgelagerten Sommerdeichs weites ebenes Terrain wieder für das Meer geöffnet. Dadurch entstand ein neues Überschwemmungsgebiet.

Das Problem war nun allerdings der zu kleine und alte Hauptdeich Süddorfs. Durch den Klimawandel stieg der Meeresspiegel und die herbstlichen Sturmfluten wurden gefühlt stärker. Bald kämen auch die Menschen erneut in Gefahr. Naturschutz bedeutete nicht zwangsläufig auch Küstenschutz.

Genauso wie Umweltschutzmaßnahmen nicht immer zur Erhaltung der Natur dienten. Mit Windkraftanlagen wurden ganze Landstriche besetzt, in denen nun die Tierwelt und das von vielen geliebte ländliche Leben beeinträchtigt waren.

Für Neugründungen von Nationalparks mussten in der Vergangenheit mancherorts die seit Generationen dort lebenden Menschen oder gar indigenen Völker umsiedeln. Sie waren dem Naturschutz im Weg.

Für Moh waren auf jeden Fall die Grenzen der Glaubwürdigkeit im Umweltbereich wie auch im sozialen Engagement unübersichtlich geworden. Seiner Meinung nach hatte der Raubtierkapitalismus mittlerweile überall Einzug gehalten.

Der Durst der zunehmenden Bevölkerung Southtowns konnte jedoch langsam nicht mehr gestillt werden. Deshalb wurde unter der alleinigen Regie der Stadt eine Entsalzungsanlage für Meerwasser geplant, für die es allerdings nicht ausreichend Flächen direkt nördlich und südlich von Southtown gab.

Daher kam ein Gebiet nördlich von Süddorf ins Spiel, mit dem Vorteil, dass es innerhalb des Ortsgebiets liegt. Man kann somit von den anfallenden Steuereinnahmen profitieren und zusätzlich den Druck erhöhen, die Wasserpreise wieder zu reduzieren. Zusätzlich bestehen Angebote seitens Southtowns zur Verbesserung des Küstenschutzes und weitergehende Pläne zur Lösung des prognostizierten Mehrverkehrs mittels eines Tunnels.

Die Vorvereinbarungen über die Entsalzungsanlage beinhalteten, dem Fluss weniger Wasser zu entnehmen und dadurch einer Monopolstellung entgegenzuwirken, die Southtown ansonsten zukünftig bei der Gewinnung von Trinkwasser hätte.

Das zukünftige Plateau der Anlage wird jedoch weit ins Meer hineinragen und dadurch die Wasserströmungen verändern. Laut Untersuchungen hätte das eine weitere Verschlickung des Süddorfer Hafens zur Folge.

Für viele Bewohner stellte dies zwar kein direktes Problem dar. Aber es war ein enormer Nachteil für die Fischkutter des kleinen Hafens, dessen Fahrrinne ständig ausgebaggert werden müsste.

Trinkwassergewinnung ist überlebenswichtig, dachten viele, und wenn es Southtown finanziell gut ginge, hätte das für die ganze Region Vorrang. Mit einem fairen Abkommen bezüglich der neuen Entsalzungsanlage gäbe es eine Win-Win-Situation für praktisch alle Beteiligten. Der Durchfluss würde steigen, die Wasserpreise fallen, die Politiker bekämen bei einem Erfolg mit der Entsalzungsanlage Wählerstimmen und es entstünden neue Arbeitsplätze. Einer Normalisierung der Beziehung der beiden Städte stand also nicht mehr viel im Wege. Wenn Southtown auch noch die komplette Finanzierung übernehmen würde, käme das dem klammen Süddorf sehr gelegen. Wiederum gäbe es natürlich auch weniger Mitspracherecht.

Multilaterale Zusammenarbeit erfordert Geduld und ist kompliziert, scheint aber oftmals für alle hilfreich.

Die Süddorfer verhielten sich also verständlicherweise abweisend gegenüber Moh, wenn er ihnen erzählte, dass er in Southtown gerne als Lehrer seine Zukunft suchen wolle. Aber das konnte er nicht ändern? Die Distanz der Bewohner war eher undramatisch, denn Verschlossenheit gegenüber Fremden existierte überall.

Er hatte vor kurzem eine vielversprechende Stelle in Southtown ergattert. Zunächst auf Probe, aber was sollte denn schon groß schiefgehen?

Nach Southtown musste er einfach nur dem Süddorfer Siel flussaufwärts folgen und das tat er auch. In dem Moment, als er Süddorf verließ, drehte er sich nochmal zu dem Ortschild um. *Tschüss Sössaarep*, dachte er nur und ging dann seines Weges.

Moh freute sich auf seinen neuen Lebensmittelpunkt. Ein guter Lehrer konnte seine Berufung überall ausüben. Er dachte immer positiv, so auch über diesen ihm noch unbekannten Ort. Southtown, offiziell Hauptstadt der Nordland-Südland-Region, war bekannt für fulminante Widersprüche, mit denen die Bürger lebten und die sie angeblich lieben gelernt hatten. *Brachte das nicht mehr Abwechslung ins Leben?*

Er freute sich auf die Kontraste, die der Ort und seine Region um ihn herum boten. Zumindest hatte er viel davon gehört: feuchter Regenwald und trockene Steppe; kalte und warme Meeresströmungen; brütende Pinguine an weißen Sandstränden und Seelöwen auf Sandbänken im Meer; Delfine, die freundlich kleinen Booten folgten und Besuche von Walen, die ihre Wasserfontänen wie Grüße zum Himmel pusteten.

Die Temperaturveränderungen von gelegentlich über 30 Grad Celsius innerhalb von 30 Minuten sollen oft zu innovativen spontanen Lebenserfahrungen führen. Das qualitativ hochwertige kommunale Kulturangebot und vor allem ein hochintellektueller Anspruch der Bürger des Oberzentrums prägten den Lebensstil innerhalb der gesamten Region. Die Bevölkerung hier fühlte sich als etwas Besseres. So hörte man es zumindest aus den anderen Regionen.

Das war zwar nicht ganz nach Mohs Geschmack, aber er musste auch langsam einmal an sich selbst denken. Vielen Menschen hatte er in der Vergangenheit bereits geholfen. Doch nach all den Erlebnissen der letzten Monate, wollte er es sich auch endlich mal gut gehen lassen.

Bei seinem ersten Spaziergang durch Southtown sah Moh kaum Menschen auf den Straßen. Die Stadt sah beinahe leblos aus, so wie der Mann, der mit dem Rücken an der Hauswand eines großen modernen Bürogebäudes lehnend auf dem Bürgersteig saß. Auf Moh wirkte er nicht wie ein Stadtstreicher. Dafür war dieser zu gut gekleidet und angeblich existierte in Southtown keine Armut, zumindest keine Obdachlosigkeit. Frustriert wie Moh sich fühlte überquerte er schnurstracks die Straße in Richtung des Unbekannten und erwog zunächst, den Mann zu fragen, ob es ihm gut ginge, setzte sich dann jedoch neben ihn, um zusammen zu schweigen.

Nach einiger Zeit brach die Person die Stille und fragte: „Woher kommst du?“

Eigentlich hätte Moh verwundert sein müssen über den plötzlichen Gesprächsbeginn und dessen Form, doch er antwortete: „Ich bin heute aus Süddorf gekommen.“

„Und davor?“

„Die letzten Tage immer entlang der Küste weiter gen Süden gereist. Zuerst war ich einige Zeit ganz oben im Norden als Lehrer tätig.“

„Ach, dann biste noch gar nicht lange auf der Reise? Als ich am Anfang mit dem Zug den Bahnhof in dem kleinen Bergdörfchen erreichte, fühlte ich sofort die beruhigende Einsamkeit – verlassen von allen, aber frei!“, erzählte der Mann.

„Bist du auch erst mal dort geblieben? Kennst du die Schule dort? Hast du auch eine Frau namens Babsi kennengelernt?“

„Die Schule habe ich nicht gesehen, solange war ich nicht vor Ort, aber Babsi kennt doch jeder, oder? Warum biste denn fort gegangen, wenn du einen Job hattest? Gefiel es dir nicht mehr?“

„Doch, ich fand es wunderschön“, erklärte Moh und erzählte dem Mann von den Vorabgesprächen mit dem Schuldirektor, von seinen aufregendsten Erlebnissen, wie er die besinnliche Natur genossen hatte und von seiner interessanten Arbeit mit den Jugendlichen, die eigentlich nicht dort sein wollten, aber die er wenigstens etwas motivieren konnte, um ihnen den Alltag so angenehm wie möglich zu gestalten.

„Aber?“, unterbrach ihn der Mann.

„Doch es war ein ewiges Kommen und Gehen und irgendwann habe ich mich wieder allein gefühlt. Ich spürte die Sehnsucht nach mehr Kultur und Menschen, deren Gesellschaft man sich richtig zugehörig fühlen kann. Ich habe genug von einem Leben als Außenseiter, der ich immer war. Ich litt zunächst unbewusst und von anderen unerkannt schon als Kind und Jugendlicher unter meiner Außenseiterrolle.

Für viele Betroffene ist das unbefriedigend, was in gekränktem Stolz endet. Unentdecktes Talent und Intelligenz fördern Minderwertigkeitskomplexe. Diese führen unfreiwillig zu Wunschdenken, Pedantismus, Besserwisserei sowie willkürlicher Frustration und enden letztlich in Neid auf andere und in ungerechtfertigt launische Art gegenüber denen, die der betreffenden Person am nächsten stehen. Das Ganze kann auch ganz schnell in Hass und Brutalität münden. Bei Schwächeren oder Familienmitgliedern habe ich persönlich meine spontanen Aggressionsausbrüche immer noch unter Kontrolle halten können. So einer bin ich nicht! Aber bezüglich der Leute, die es in meinen Augen in bestimmten Augenblicken verdient hatten, die haben meine Launen richtig zu spüren gekriegt. Egoistische Aktionen, die meistens negative Auswirkungen für mich bedeuteten. So verliert man schließlich sogar die letzten Freunde.“

Moh kam sich fast so vor, als halte er eine Predigt und hielt kurz inne, bis er mit der eigentlichen Antwort fortfuhr: „Na ja, ich entschloss mich schweren Herzens, weiterzusuchen. Leicht fiel mir die Trennung von der liebgewonnenen Gastfamilie nicht. Danach reiste ich weiter nach Newtown, aber mir wurde schnell klar, dass ich für solch einen Ort schon zu alt bin. Aber was machst du denn überhaupt, warum sitzt du hier?“

„Ich beobachte die Leute und halte Ausschau nach interessanten Gesprächspartnern, denn ich bevorzuge anspruchsvolle Konversationen.“

„Und sonst nichts?“, fragte Moh herausfordernd.

„Reicht dir das nicht? Ich merke schon, du bist einer von den engagierten Enthusiasten, die denken, sie könnten mit Bildung die Welt zum Besseren wenden. Dann philosophiere doch mit mir.“

„Ich habe vom Brett schon zweimal etwas abgesägt, doch es ist immer noch zu kurz!“, konterte Moh fast schon genervt.

„Ja, Ironie, gib mir mehr davon!“

„Nein danke, keine Lust! Welche Verantwortung hast du übernommen, bevor du angefangen hast, hier wie ein Penner herumzusitzen?“, fragte Moh.

„Schau, viele sind mal an dem Punkt gewesen, wie du jetzt, mit unterschiedlichem Ausgang. Sieh mich an, ich bin das beste Beispiel. Ich wollte als Workaholic im großen Business kürzertreten, mehr Freizeit genießen, und habe mich kurz danach fast zu Tode gelangweilt. Statt Burn-out zu verhindern, begann ich ironischerweise mehr am Bore-out-Syndrom zu leiden. Die Entscheidung, ob wir neu anfangen müssen zu denken, um ein neues Leben zu beginnen, liegt ganz bei uns.“

„Was ist hier eigentlich los? Wo sind die ganzen Bürger dieser Stadt, von der ich gehört habe, dass sie so eine hohe Lebensqualität haben soll?“, wollte Moh jetzt konkreter wissen.

„Southtown ist die südlichste Stadt der Neuen Welt. Es existieren keine einnehmenden gesellschaftspolitischen Religionseinflüsse, aber dafür gleichzeitig auch weniger sinnstiftende, emotional-menschliche, gemeinschaftlich-soziale Gruppenzugehörigkeiten. Doch im Gegensatz zur Polykultur der Naturschönheiten und Wetterphänomene sowie dem friedlichen Zusammenleben unterschiedlicher Meerestiere hat sich der Ethnopluralismus in den Köpfen der menschlichen Bewohner dieser Stadt fortentwickelt. Sie wurden über Jahre mit den positiven Aspekten dieser politischen Lebensform indoktriniert. Ich kann dir nur raten, dir eine andere Stadt für deinen weltoffenen Lehrerenthusiasmus zu suchen. Vielleicht sieht das für dich hier nach Friede, Freude, Eierkuchen aus. Doch das ganze Problem ist hinter Mauern und Zäunen verborgen. Hier ist es egal, welcher Religion du angehörst oder welche Abstammung deine Familie hat oder woher deine Urgroßeltern stammen. Entscheidend ist, dass du die hiesige Lebenskultur lebst und die ist geprägt durch Kommunitarismus. Wenn du da Bock drauf hast, bitteschön. Aber um dann letztlich voll akzeptiert zu werden musst du im Prinzip von hier sein. Heimat ist dort, wo du geboren bist. Zuhause ist an dem Ort, den dein Herz begehrt – geh am besten dorthin zurück. Und falls du noch kein Zuhause hast oder ein neues finden musst, such es woanders, hier wirst du es nicht finden. Das ist der Ratschlag, den ich dir geben kann."

„Und woher sollen Leute, die mich gar nicht kennen wissen, dass ich nicht aus dieser Region stamme?", fragte Moh zweifelnd.

„Das musst du selbst herausfinden, junger Krieger. Aber beachte, dass es einen Unterschied macht, ob eine Region nur nicht jeden reinlässt oder auch nicht mehr jeden wieder rauslässt, also sei vorsichtig."

„Aber kann es denn Verbannung geben, wenn sich die Kommunen ihre neuen Bewohner selbst aussuchen?", hakte Moh nach.

„Nein, es ist ein Kommen und Gehen, fragt sich nur wohin?“

Moh überlegte, wollte aber immer noch wissen: „Wo sind denn nun eigentlich die vielen Menschen hier? Man sieht kaum jemanden auf der Straße. Die werden ja nicht alle nur arbeiten oder zur Schule gehen, oder?“

„Sie leben abgeschottet, wie Hikikomoris. So werden die bezeichnet, die sich zwanghaft in ihrem Zimmer einschließen, sich komplett von ihrer Außenwelt isolieren und mit niemanden sprechen wollen. Diese Erscheinung ist hier stark verbreitet, aber auch verpönt. Deshalb ist es kaum bekannt und es wird auch nicht großartig diskutiert. Es sind sowieso alles Leute, die am Rollenspiel nicht aktiv teilnehmen.“

„Du pennst lieber hier auf der Straße“, provozierte Moh den Dialog weiter.

„Besser als in völliger Anonymität zu wohnen. Ich will zumindest nicht zu einem Hikikomori verkommen. Zum Glück kann in unserer Welt jeder selbst wählen, wo es ihn hinzieht. Die gesamte Stadt, wie du sie siehst, besteht aus der gleichen Architektur und nur die, die bezahlen, können auch entscheiden. So funktionieren die freien privaten Städte. Letztlich muss jeder selbst wissen, ob es ihm gefällt. Es gibt die neu geschaffenen Zufluchtsorte in den internationalen Gewässern. Auch dort müssen die Bewohner die Art und Weise der Aufrechterhaltung der Lebensbedingungen akzeptieren, die ihnen von den Neureichen, von manchen auch Gutbürger genannt, diktiert werden. Das Konzept der Umstrukturierung hin zu immer größer werdenden Wohnresidenzen hat mittlerweile dazu geführt, dass einige kleinere Häuser der

Stadtplanung weichen mussten und die Residenzen aus Platzmangel vor allem in die Höhe gebaut wurden. Sprachlich setzte sich der Purismus ebenfalls in den dazugehörigen religiösen Ghettos fort. Ein Kampf der Kulturen bleibt aus, da die Leute größtenteils unter sich bleiben. In Southtown zählt Kontrolle zur Tagesordnung. Gesichts- und Fingerabdrucksensoren an Eingängen zu öffentlichen Gebäuden sind keine Ausnahme mehr und stellen datenschutzrechtlich kein Problem dar. Aber in Wirklichkeit ist halt nicht jeder gleich. Die Menschen sind aus ihren Ursprungsgemeinschaften herausgerissen; sie wohnen in ihren Parallelgesellschaften. Southtown ist ein Konglomerat von einzelnen kleinen unabhängigen Kommunen. Gemeinschaftlich wird innenpolitisch nur etwas entschieden, wenn die Entscheidung für alle etwas bringt und die Außenwirkung den Status der Stadt mit der höchsten Lebensqualität wahrt. Somit könne angeblich ein Sozialgefälle gar nicht erst entstehen – ein gehobener Status der Einwohner natürlich vorausgesetzt. Undenkbar wäre eine Doktrin, wie sie beispielsweise in Freetown Gültigkeit besitzt, nach der Entscheidungen der Politik nur demokratisch seien, wenn sie auch Rücksicht auf die Bewohner, Kultur und Politik anderer Regionen oder Länder nähmen beziehungsweise und diese nicht benachteiligten. Was die einzelnen Geschäftszentren der ansonsten autonomen Kommunen zur florierenden Wirtschaft beitragen, bleibt der übrigen Welt verborgen. Eigenen Staatsmedien und Steueroasen sei Dank! Kriminelle Milieus sind nicht bekannt. In Oberschichten mit gleichem kulturellem Hintergrund gibt es natürlich keine Verbrechen. Physisch fühlen sich die Bürger so sicherer, aber psychisch sind sie angeschlagen. Was hinter den Mauern von Residenz-Familien passiert bleibt hinter verschlossenen Türen. Und wenn dann unerwartet doch Unstimmigkeiten herrschen, gehen Menschen auch schon mal freiwillig fort oder die Gemeinschaft hilft etwas nach. Die Atmosphäre gründet sich hier darauf, ob man sich zugehörig fühlt. Aber eine Gemeinschaft basiert auf Respekt, Toleranz, Offenheit und Hilfsbereitschaft. Individuen müssen auch Schwächen haben dürfen. Da die Stadt weiterwächst, sind die Ansprechpartner für die meisten Angelegenheiten die kleinen Stadtteile, dies ist natürlich bürgernah, aber eben auch sehr anfällig für Korruption und Erpressung von außerhalb."

Diese Konversation brachte Moh ins Grübeln.

Der Mann sprach weiter und fragte: „Weißt du, warum ich hier oft sitze? Das ist so eine Art Yoga für mich. Ich leide seit meiner Kindheit unter dem ADS-Syndrom. Hier auf der Straße finde ich den notwendigen beruhigenden Ausgleich. Zumindest besser als allein in einem dieser neumodischen Käfige für Menschen zu hausen, die sich Wohnungen nennen. Doch noch habe ich das innere Gleichgewicht nicht gefunden. Wenn ich will, kann ich in kürzester Zeit Aufgaben erledigen und Ziele erreichen, die mich interessieren. Aber in Ruhephasen kehren weiterhin gelegentlich Zwangsgedanken zurück, die sich immer wiederholen und mich nicht nur über unwichtige Details nachdenken lassen, sondern die im Einzelfall auch zu körperliche Zwangshandlungen führen können. Aber keine Sorge, ich werde nicht gewalttätig. Hast du schon gesehen, dass der Bürgersteig ab dieser Stelle irgendwann neue Steine bekommen haben muss? Sie schimmern in den gleichen Granit-Farben wie alle Kopfsteinpflaster, aber sie haben eine andere Form, sind kleiner und haben eine leicht geänderte Anordnung. Einen Originalstein hab ich mir gesichert. Er war schon länger locker und da habe ich ihn einfach genommen. Seitdem ist ein kleines Loch im Bürgersteig. Hast du das schon gesehen?“

„Nein, habe ich nicht. Aber ich hänge hier auch nicht den ganzen Tag ab und mache mir autistische Gedanken! Was willst du mir eigentlich sagen?“, fragte Moh etwas verwirrt, weil der Mann einfach das Thema abgewürgt hatte.

„Ich brauche niemandem mehr etwas zu beweisen“, meinte die für Moh nach wie vor mysteriöse Person.

„Also wenn du sonst keine Probleme hast? Das ist mir jetzt echt zu blöd!“, entgegnete Moh etwas angepisst, stand auf und ging ohne sich zu verabschieden.

Der Mann rief ihm nur nach: „Willst du es nicht sehen? Ich spiele keine Rolle mehr für die Gemeinschaft. Ich wollte einfach nur an einem ruhigen Ort weiterleben. In einem gegenseitigen Resonanzverhältnis zwischen der Natur und den Menschen, und zwar allen, nicht nur engagierten Bürgern und Regierenden. Aber die Welt wirkt auf mich nur noch entfremdet und versteinert. Meine Mappe habe ich über mehrere Perioden bei mir geführt und fleißig weitergeschrieben. Es wurde als Buch herausgebracht und fand großen Zuspruch. Vor allem in Süddorf hatte es eine Zeit lang jeder bei sich zu Hause stehen. Dadurch bekommt es regelmäßig neue Besitzer, gerät aber natürlich immer wieder in Vergessenheit.“

Moh drehte sich nochmal kurz zu ihm um, schüttelte mit dem Kopf, ließ den Mann grußlos zurück und ging ziellos weiter. Er lief so lange, dass er nach einer Weile die gesamte Stadt durchquert hatte. Doch er setzte seinen Weg fort bis zu dem Punkt, an dem es zu Fuß nicht mehr weiterging. Erst jetzt merkte er, wie weit ihn seine Beine getragen hatten, setzte sich und genoss jene Aussicht, für die diese Gegend so berühmt war. Die hiesige Felsküste glich einer geologischen Lehrstunde. Wenn man ihr folgte, kam man von Kreidefelsen, über Sandsteinklippen zu verschiedenen Farben von Granit.

Moh hob einen besonders schönen rot schimmernden Stein auf und steckte ihn in seine Hosentasche. Die Unterhaltung mit dem verrückten Stadtstreicher stimmte ihn auf einmal nachdenklich und Moh erinnerte sich an das Buch, das er in einigen Fenstern Süddorfs gesehen hatte. *Waren das etwa die Aufzeichnungen desselben Mannes, mit dem er eben noch diskutiert hatte, und vor allem in heutzutage selten vorkommender gebundener Form?*

Er fand dies alles sehr suspekt. Der Mann strahlte keinerlei Motivation aus, war aber Mohs Ansicht nach auch nicht depressiv, sondern auf seine Art irgendwie zufrieden. Die Geschichte erinnerte ihn gerade stark an eine andere Person, die er ganz ungezwungen aus einer schwierigen Situation befreien konnte. Moh hatte damals den kurzen aber intensiven Zeitabschnitt seines Lebens in vollen Zügen genossen.

Es begann mit der Lehrerausbildung. Moh erinnerte sich, als wäre es gestern gewesen.

Sein Loft war noch nicht ganz fertig modernisiert, aber er kam dem Umzugsunternehmen zuvor. Seine ganzen Habseligkeiten befanden sich mittlerweile zwar alle schon im LKW, doch sie hatten eine lange Fahrt vor sich, die Moh bereits zurückgelegt hatte, denn er musste schon früher bei seiner neuen Arbeitsstelle vorsprechen und übernachtete dann vor Ort übers Wochenende in der Jugendherberge. So wenig Privatsphäre man dort auch hatte, die Aussicht vom Hang, auf dem sich die Herberge in einer alten Burg befand, war einzigartig. Man blickte auf eine Stelle hinab, an der sich drei Flüsse und die unterschiedlichen Wasserfärbungen vermischten.

Als er dann nach dem Wochenende endlich zum ersten Mal den großen modernen Appartement-Komplex, in dem er die folgenden zwei Jahre wohnen sollte, betrat, war ihm mulmig zu Mute. Er ging in sein neues kleines vom Vormieter verwohntes Appartement unterm Dach und er bekam ein Gefühl der Einsamkeit. Hunderte Kilometer entfernt von Freunden und Verwandten. Er kannte auch keine Menschenseele in der mittelalterlichen Studentenstadt, die ansonsten sehr sympathisch wirkte und ab jetzt sein neues Zuhause sein sollte.

„Ach, Sie sind bestimmt der neue Mieter im Haus!“, wurde Moh damals unerwartet von einer Stimme begrüßt. In der offenstehenden Tür stand ein Mann, der gerne Neuankömmlingen auflauerte.

Er wäre der Hausmeister und wohne direkt unter ihm, stellte der untersetzte ältere Unbekannte sich vor. „Wie ich sehe, haben sie hier wohl noch eine Menge zu tun. Ich wollte Sie auch gar nicht aufhalten. Ich hatte Sie nur zufällig durchs Fenster ankommen gesehen. Herzlich willkommen!“

„Das ist sehr freundlich von Ihnen“, antwortete Moh. „Wir werden uns in Zukunft dann sicherlich öfter über den Weg laufen.“

„Gut möglich, ich bin hier schließlich auch der Einzige, der sich immer und überall um alles kümmert. Also dann, bis bald und wenn ich Ihnen noch einen Tipp geben darf: Gehen Sie dem Mieter in Zimmer Nr. 5 am besten aus dem Weg. Ein unausstehlicher Kerl. Der beschwert sich über alles und will jedem ein Gespräch aufzwängen, weil er seiner Meinung nach bereits alles erlebt hat und daher auch alles besser weiß. Ein ganz seltsamer Typ. Also, wenn er plötzlich bei Ihnen vor der Tür steht und sie vollquatschen will, wimmeln sie ihn einfach ab. Nach ein paar Wochen gibt er bei allen Neuankömmlingen Ruhe, wenn diese ihm aus dem Weg gehen und die Gespräche kurzhalten.“

Moh bedankte sich noch für den Tipp und danach war der inoffizielle Kümmerer des Hauses so schnell wie er vor der Türschwelle gestanden hatte auch schon wieder verschwunden.

Während der folgenden Wochen, in denen Moh sich in seiner Wohnung nach eigenem Geschmack eingerichtet und eingelebt hatte, war ihm der vom selbsternannten Hausmeister angekündigte suspekte Nachbar nicht nur einmal rein zufällig über den Weg gelaufen. Er war neugierig, Mohs Wohnung anzuschauen, wollte ihm aber auch bei sich unbedingt seine gepriesene Musikanlage vorführen – mit neuesten Abspielgeräten und Mehr-Wege-Lautsprechern, verbunden mit vergoldeten Kabeln.

Moh brachte es nicht übers Herz, ihn einfach abzuschütteln, wie der Hausmeister es ihm geraten hatte. Eigentlich kannte er den Mann zwar nicht, aber er wollte sich lieber selbst ein Bild von ihm machen und irgendwann konnte er nicht anders und folgte ihm in dessen Wohnung. Es roch nach kaltem Rauch, obwohl Heinrich, wie der alte Mann hieß, ihm versicherte, immer nur auf dem Balkon zu rauchen. Es stellte sich heraus, dass der allein lebende Pensionär hoch penibel war, was Körperhygiene und Sauberkeit der Wohnung anging und alle Tage hatten bei Heinrich immer den gleichen geregelten Ablauf. Ihn plagte eine starke Arthritis oder Rheuma im gesamten Körper. Er schob das immer auf seine Zeit als Fallschirmspringer für das Militär und die ewig falschen Medikamente, die ihn ständig träge werden ließen.

Moh hatte von einem Studenten im Haus gehört, dass dieser einmal eine Radtour mit Heinrich unternommen hatte. Heinrich war dem Studenten allerdings zu langsam gewesen und er würde auch immer wieder die gleichen Geschichten erzählen, wenn man ihn traf. „Der ist sowieso sehr suspekt, vielleicht steht er ja auf junge Männer und hat jetzt auch ein Auge auf dich geworfen, dann wäre ich den endlich los“, meinte der Student recht unfreundlich gegenüber Moh, als dieser ihm mögliche gemeinsame Aktivitäten, wie Kneipen- oder Filmabende vorschlug. Der Student lehnte das Angebot jedoch ab und meinte, er würde sich ausschließlich aufs Studium konzentrieren wollen und es darum vermeiden, unnötig Freundschaften zu schließen, da er in ein paar Monaten sowieso von hier wegzöge.

Als Moh im Beisein von Heinrich unbedacht ansprach, dass er gerade Probleme mit seinem Fahrrad hätte, wurde der selbsternannte Fahrradexperte sofort hellhörig und bot Moh seine Hilfe an, wenn er im Gegenzug mit ihm eine Radtour unternehmen würde, er kenne nämlich eine tolle Route.

Diese unternahmen die beiden gleich am folgenden Wochenende und da die anderen Studenten anscheinend bevorzugten, anonym in ihren Zimmern zu hocken, konnte Moh stattdessen Heinrich gelegentlich für eine Aktivität begeistern, um ihn öfter aus der einsamen Welt seines Appartements zu entführen. Nachdem es später dann auch noch zu einer Kanutour kam, machte das Moh endgültig stutzig. So schlimm konnten doch seine Schmerzen gar nicht sein, wenn Heinrich, vor allem für sein Alter, noch so fit war.

Heinrich hatte keinen Telefon- und Internetanschluss. Er meinte, er wüsste sowieso niemanden, den er anrufen könnte und Internet bräuchte er nicht. Eines Tages kam er jedoch mit einem Handy nach Hause, er hätte sich ausführlich beraten lassen und mit der Prepaid-Karte würden keine weiteren Kosten für ihn entstehen. Für ihn reiche das aus und er wäre trotzdem jederzeit erreichbar, erzählte er Moh und wollte dann auch sofort dessen Mobilfunknummer in seiner technischen Errungenschaft speichern.

Eines Abends war Moh auf Heinrichs Einladung hin bei ihm auf ein Glas Rotwein zu Gast. Er erzählte stolz von seinen militärischen Fallschirmeinsätzen für sein Land. Moh war es in dem Moment etwas unangenehm, da er nicht der gleichen Nationalität und Religion angehörte. Doch wie so viele andere in dieser Gesellschaft hatte Heinrich dagegen anscheinend keinerlei Vorurteile und erzählte Moh, dass er schon lange keine Nachrichten mehr verfolgte. Er würde heutzutage das Geld nicht für eine Zeitung aus dem Fenster werfen und im Fernsehen und Radio schaltete er die aktuelle Berichterstattung konsequent weg. Seit Jahren werde seiner Ansicht nach immer wieder das Gleiche berichtet und historisch wiederhole sich die Politik auf lange Sicht. Er habe das schon alles erlebt.

Nachdem sie schon einige Gläser vom guten alten Rebensaft intus hatten, meinte Heinrich plötzlich, dass er jetzt probieren werde, seinen Sohn zu erreichen.

„Du hast einen Sohn?“, fragte Moh überrascht.

Heinrich antwortete nicht, kramte einen Zettel hervor und tippte eine Nummer in sein neues Telefon und stellte auf Lautsprecher. Moh wusste in dem Moment nicht, was er sagen sollte und beobachtete gespannt, was passierte. Doch es erklang daraufhin die Durchsage: „Die von ihnen gewählte Rufnummer ist nicht vergeben.“

Zunächst kam von Heinrich keine Reaktion, doch Moh bemerkte die Enttäuschung in dessen Gesicht. Der Zettel, von dem Heinrich zuvor die Rufnummer abgelesen hatte, lag auf dem kleinen Couchtisch vor ihnen. Moh konnte kurz einen Vornamen erkennen. Er spekulierte weiter in seinen Gedanken, dass Heinrichs Sohn mit großer Wahrscheinlichkeit wohl den gleichen Nachnamen wie sein Vater trug. In dem Augenblick fiel Moh zum ersten Mal auf, dass er Heinrichs Nachnamen gar nicht kannte. Die Wohnungstüren auf den Gängen waren anonym nummeriert. Am nächsten Tag schaute Moh als erstes auf die Briefkästen und Klingelschilder am Haupteingang und ordnete Heinrichs Appartement den richtigen Namen zu. Moh recherchierte daraufhin in den Sozialen Medien. Dort gab es mit dieser Namenskonstellation zu viele und sie waren ohne bestätigte Freundschaftsanfrage auch nur schlecht kontaktierbar. Doch gemessen an Heinrichs fortgeschrittenem Alter müsste sein Sohn der Generation angehören, die noch einen Festnetzanschluss besaß. Es gab zwei passende Einträge im örtlichen Verzeichnis in der Region. Moh notierte die Nummern und übergab diese am nächsten Abend. Heinrich wusste selbst nicht, wo sein Sohn jetzt wohnte. Aber er fasste nochmal seinen ganzen Mut zusammen und versuchte es mit der ersten Nummer. Es kam ein Freizeichen in der Leitung, das war zunächst ein gutes Zeichen. Doch nach 20-mal klingeln legte er auf.

„Nicht aufgeben! Die zweite Nummer!“, forderte Moh.

Plötzlich geriet Heinrich in einen Gewissenskonflikt: „Was ist, wenn er mich gar nicht sprechen will? Vielleicht hat er gerade eben extra nicht abgenommen?“

Doch Moh überzeugte ihn, dass sein Sohn unmöglich die Nummer des Prepaid-Handys kennen konnte und ermutigte Heinrich, es jetzt mit der anderen Nummer zu probieren.

Er traute sich, und nach wenigen Sekunden veränderte sich der Freiton, woran man erkennen konnte, dass das Gespräch automatisch umgeleitet worden war und dann nahm jemand das Gespräch entgegen.

Heinrich verstummte, als er die Stimme am anderen Ende hörte. Moh stupste ihn leicht gegen die Schulter.

Heinrich nickte ihm zu und sprach endlich die jahrelang nicht getätigten Worte aus: „Hallo, Michael!"

Moh ließ seinem Nachbarn daraufhin die nötige Privatsphäre und zog sich diskret in seine Wohnung zurück. Auf das Telefongespräch kamen sie nie wieder zu sprechen, aber beim nächsten Aufeinandertreffen der beiden wirkte Heinrich erleichtert.

Nach Beendigung seiner Lehrerausbildung war dann schließlich irgendwann auch für Moh der Tag gekommen, einen neuen Ort aufzusuchen und sich bei Heinrich zu verabschieden. Er hatte ihn zu dem Zeitpunkt schon eine ganze Weile nicht mehr getroffen. Entweder öffnete er bewusst nie seine Tür oder er war wirklich so selten zu Hause. Vielleicht besuchte er seinen Sohn, dachte Moh nur, machte sich aber schon langsam Sorgen.

Am späten Nachmittag trafen die beiden sich dann doch noch zufällig auf dem Gang.

„Da bist du ja, wo treibst du dich denn die ganzen Tage rum?" fragte Moh.

„Ehrlich gesagt, ich habe Angst, mich von dir zu verabschieden. Das fällt mir wirklich schwer."

„Ach Heinrich" murmelte Moh ergriffen und umarmte seinen Nachbarn ein letztes Mal. Danach verabschiedete er sich überraschenderweise in einer anderen Sprache: „Au revoir, mon ami."

Doch Heinrich entgegnete: „Sagen wir besser 'Adieu'. Du bist ein guter Junge und fast wie ein Sohn für mich geworden, aber wir wissen beide, dass wir uns nie wieder sehen werden. Und das ist gut so. Ich bin es gewöhnt, dass alle nach ein paar Jahren wieder ihrer Wege gehen.

Allerdings denke ich, dass du der erste sein wirst, den ich vermissen werde.“

Moh sah ihn wirklich nicht wieder, aber eine Zeit lang hatten die beiden sich noch gelegentlich zu besonderen Anlässen Textnachrichten geschrieben, die Heinrich dann bestimmt stolz den neuen Mitbewohnern des Appartementkomplexes regelmäßig zeigte.

Moh erwachte aus seinen intensiven Gedanken und trotz der negativen Eindrücke, die Southtown mit sich brachte, hatte er seine Entscheidung schon lange vorher gefällt und dabei blieb er auch. Dieser Ort sollte sein neues Zuhause werden. Weiter südlich kam man sowieso nicht. Da war nur noch die Klippe, auf der Moh gerade stand, und das weite blaue Meer.

Die finale rote Granitküste leuchtete im Untergang der Sonne so intensiv, dass eigentlich jeder automatisch gezwungen war, hier zu verweilen und sich in diesen magischen Ort zu verlieben. Im ständigen Wechselspiel von Regen und Sonne betrachtete Moh fasziniert den Regenbogen, bis dieser irgendwann wieder verschwand.

Genauso wie einige Leute, die in diese Region kamen und nach kurzer Zeit nie wieder gesehen wurden.

Wonderland

Müde nach der langen Fahrt standen Philipp und David nun splitterfasernackt und ängstlich da, während ihre zitternden Körper von zwei Männern intensiv betrachtet wurden.

Direkt nach ihrer Ankunft waren die von dem riesigen menschenleeren Areal beeindruckten Jungs direkt in ein Untersuchungszimmer geführt worden. Dort hatte man sie aufgefordert, sich auszuziehen.

Zunächst hatte sich Philipp geweigert. Erst auf Davids Nachfrage, warum sie das denn tun sollten und warum sie überhaupt hierhergebracht worden waren, hatten die Männer verstanden, dass die beiden über die aktuellen Vorkommnisse in der Region anscheinend noch nichts erfahren hatten und somit gar nicht wissen konnten, wo sie sich überhaupt gerade befanden.

„Entschuldigt Jungs, ich dachte, ihr wüsstet Bescheid und hättet euch selbst entschieden, hier Zuflucht zu suchen“, hatte der ältere der beiden Männer beruhigend angefangen zu erklären, während sich die Jungs ohne Reaktion nur skeptisch anschauten.

„Ihr habt anscheinend wirklich noch nichts davon mitbekommen. Es werden überall in dieser Region Kinder entführt, weil eine sehr ansteckende Krankheit ausgebrochen ist. Diese Seuche befällt nur Jungs und sie ist tödlich, wenn die Betroffenen nicht schnellstmöglich von Experten behandelt werden. Seitdem sich aber herausgestellt hat, dass die Sache außer Kontrolle gerät, wird die Situation von dubiosen Gruppierungen schamlos professionell ausgenutzt. Oft sind es normale Bürger, die aus reiner Angst vor einer weiteren Verbreitung der Krankheit denken, Zivilcourage leisten zu müssen und Jungs raus aus der Öffentlichkeit zu schaffen. Immer mehr Kinder verschwinden und werden irgendwo festgehalten. Wir haben gehört, dass dies wohl in einigen Fällen als Möglichkeit genutzt wird, Kinderhandel zu betreiben oder die Hilflosigkeit dieser Kinder für andere Zwecke auszunutzen."

David und Philipp hatten sich nach der Geschichte nur sprachlos angeschaut. Doch das war für sie letztlich plausibel genug gewesen und erklärte gleichzeitig ihre letzte Zwangsunterkunft.

Nachdem ihnen erklärt worden war, dass es notwendig sei, sie gründlich auf bestimmte Hautflecken abzusuchen, bevor sie hier bleiben könnten, hatten sich Philipp und David langsam und weiterhin eingeschüchtert vor den Fremden ihrer Kleidung entledigt.

Nun standen sie dort fröstelnd und David schaute diskret zu Philipp rüber, der mit den Händen schamhaft versuchte seinen Unterleib zu bedecken.

Nachdem keine Merkmale an ihren Körpern gefunden wurden, durften sie ihre Sachen wieder anziehen, die sie gerade erst heute von Tom erhalten hatten.

Der andere Mann im Untersuchungszimmer, der die ganze Zeit am Schreibtisch saß und sich Notizen machte, meinte schließlich: „Ihr habt wirklich Glück gehabt, dass ihr auf Tom gestoßen seid. Er war bei der Realisierung von Wonderland von Anfang an mit dabei, bis er leider aufgrund unzüchtigen Verhaltens aufgefallen war und er sich in die Einöde zurückgezogen hat."

Nach einer kurzen Pause seufzte der Mann und fügte hinzu: „Sehr schade, er ist eigentlich ein feiner Kerl. Ich denke, er braucht einfach nur die richtige Frau fürs Leben."

Die beiden Jungs schauten sich wieder fragend an.

„Eine kleine Gruppe von Leuten hat die Idee gehabt, gesunde Jungen vor Ansteckung zu schützen, aber ihnen trotzdem nicht das Gefühl zu geben, zukünftig in einem Gefängnis zu leben und wie Aussätzige behandelt zu werden. Vor allem, weil sie ja die Gesunden sind, die überleben müssen. Die Krankheit befällt nur Jungen bis zu einem bestimmten Alter, das wir leider nicht genau kennen, aber junge Erwachsene werden anscheinend irgendwann immun gegen die Seuche. Seltsamerweise tritt es bisher überwiegend nur in unserer Region auf. Uns liegen zumindest keine Meldungen bezüglich Probleme aus anderen Regionen vor. Deshalb wird allen Jungs derzeit die Ausreise verboten. Wie ihr ja wahrscheinlich wisst, grenzt unser Gebiet zu einem Drittel an den Ozean und hat nur Landesgrenzen zu zwei anderen Regionen. An einer finden aufgrund kleinlicher Gebietsstreitigkeiten seit geraumer Zeit verstärkte Kontrollen an dem einzigen Grenzübergang zu uns statt. Von der zweiten Region trennt uns Berge. Die bisher offenen Gebirgspässe werden nun ebenfalls bewacht. Grenzschützer sind angewiesen, keine Jungs mehr außer Landes zu lassen. Da wir nicht wissen, ob in Zukunft genug gesunde männliche Babys auf die Welt kommen werden, geht es nicht nur darum, möglichst viele Jungs vor einer tödlichen Ansteckung zu bewahren, sondern tatsächlich um nichts weniger als die Rettung der Bevölkerung. Deshalb haben wir auch die volle politische Rückendeckung für dieses Projekt bekommen. Aber auch mithilfe von Unternehmensspenden und der nicht ganz uneigennützigen Unterstützung wohlhabender Eltern, die ihre Söhne bei uns in besten Händen wissen, konnte dieser leerstehende Vergnügungspark, in dem ihr euch jetzt befindet, in eine neue Art Internat umfunktioniert werden. Wir haben sogar einen technischen Inspekteur beauftragt, um die Karussells funktionstüchtig zu halten. Somit können zukünftig Attraktionen von Zeit zu Zeit wieder angestellt werden, obwohl die Instandhaltung für die meisten größeren Anlagen natürlich finanziell nicht tragbar ist.“

Der Mann blickte in die müden Gesichter seiner beiden neuen Gäste.

„Ich weiß gar nicht, ob ihr das alles versteht oder ob es euch überhaupt interessiert. Aber für die Geisterbahn haben wir gerade ein Schülerprojekt. Da kann sich jeder neue Ideen zum Erschrecken ausdenken. Super, oder? Na, wie findet ihr das? Wollt ihr eine Weile bei uns bleiben?“, fragte der Mann fast euphorisch.

David nickte und ein schüchternes Lächeln war um die Augen zu erkennen.

Es wurden ihnen noch einige Fragen gestellt. Über ihre Vergangenheit, ihre Interessen und was sie sich für ihre Zukunft vorstellen könnten. Doch das kam jetzt alles ein wenig plötzlich. Die Jungs waren überfordert von den ganzen Infos sowie den vielen Fragen.

Die Parkmitarbeiter hatten schnell bemerkt, dass die beiden nichts darüber wussten, was eigentlich passiert war und auch keinen Plan für die Zukunft besaßen. Deshalb entschieden sie, die Kinder erst einmal in Ruhe zu lassen. Ihnen wurde jedoch nochmals versichert, dass sie hier wirklich gut aufgehoben seien.

Die Neuankömmlinge waren etwas beruhigter als man sie zu einem futuristischen Gebäude führte. Es wirkte wie eine Art hypermodernes Märchenschloss.

Dort wurden sie vorübergehend für die Nacht in einem Zimmer untergebracht, das normalerweise dem Personal als Übernachtungsmöglichkeit vorbehalten war. Zu solch einer späten Stunde hätten sie die anderen Jugendlichen in ihren Schlafräumen gestört, erklärte man ihnen.

Eine nette junge Frau hatte sie zu ihrer Unterkunft geführt, ihnen saubere Schlafanzüge gebracht ein Tablett mit Abendessen und ein zusätzliches Klappbett in das Zimmer gestellt. Alles weitere würden sie morgen erfahren, wenn sie ausgeschlafen hätten, erklärte ihnen die Frau und wünschte ihnen eine gute Nacht. Es beruhigte die beiden Jungs, dass ihre Zimmertür nicht abgeschlossen wurde. Sie dachten, dass dann die anderen Kinder, die sie allerdings noch gar nicht kennengelernt hatten, wohl freiwillig hier waren.

Doch David, der in dem Klappbett lag, konnte trotzdem nicht einschlafen. Auch wenn er immer stets versuchte selbstbewusst zu sein, so machte sich nun doch sein Alter von erst zwölf Jahren bemerkbar. Diese ganze Sache war einfach zu viel für ihn. Er war verängstigt, stieg aus seinem Bett und tapste zu Philipp hinüber.

„Hey, Philipp, schläfst du schon?“

Philipp räusperte sich. „Jetzt nicht mehr. Was ist denn Kleiner?“

„Darf ich diese Nacht bei dir im Bett schlafen?“

„Na klar, schlüpf mit unter die Decke, Davie!“

Da zuckte David kurz zusammen. *Davie – so hatte meine Mama mich immer gerufen,* dachte er sofort. *Ob sie auch so nach ihm gerufen hatte, nachdem sie sich verloren hatten?*

Philipp nahm ihn in den Arm und schon wenige Augenblicke später schlief David ein. Tiefe Träume erfassten ihn im Wonderland. *Davie, Davie! Wo bist du mein Schatz? „Hier!“,* rief er im Tiefschlaf. Doch weder ihn noch Philipp konnte diese Nacht noch irgendetwas aufwecken.

Erst am späten nächsten Morgen wurden sie von einer drallen älteren Frau in die Realität zurückgeholt.

„Guten Morgen ihr Schlafmützen, ich bin Marie. Jetzt müsst ihr aber auch langsam mal aufstehen. Die anderen sind schon alle beim Frühstück. Ihr braucht euch heute nicht beeilen, für euch geht die Schule erst morgen los, aber ich will euch noch schnell alles zeigen“, erklärte die Frau mit einer rauen ungewöhnlich tiefen und tragenden Stimme.

„Schule, was für eine Schule?“, fragte Philipp entsetzt.

Die Dame gab ein kurzes herzhaftes Lachen von sich und führte sie zu ihrem zukünftigen Schlafraum, in dem sich fünf Etagenbetten befanden. Der Raum war groß genug für zehn Personen und Gepäck zum Verstauen hatten sie sowieso keins dabei. Während es Philipp total egal war, wie der Raum aussah und wo er schlafen sollte, war David ganz aufgeregt und bettelte: „Darf ich das letzte obere Bett nehmen, was noch frei ist, Philipp? Biiitte!“

Philipp nickte mit einem verständnislosen Blick.

Ihnen wurde erklärt, dass falls sie sich verkleiden wollten, sich draußen auf dem Gang Schränke mit den verschiedensten Kostümen befanden. Vom Ritter bis zum Cowboy wäre alles dabei.

Die Frau, die mit ihrer Kleidung und ihrer herzlichen Art fast wie eine Nonne wirkte, zeigte ihnen dann den Wohntrakt und meinte, dass sie sich Zeit lassen sollten und später runter in den Frühstückssaal kommen könnten. Sie müssten sich einfach direkt in der Küche melden, um einen Brunch zu bekommen.

Es war nicht kalt in den Räumlichkeiten. Als die Frau weg war, zogen sie ihre Schlafanzüge aus, wickelten sich Handtücher um die Hüften und machten sich auf den Weg zu den verwaisten Gemeinschaftsduschräumen, die in das ehemalige Märchenschloss des Parks nachträglich installiert worden waren.

David hatte gestern Abend bei den Untersuchungen zu Phillip hinübergeschielt und bemerkt, dass dessen Penis anders aussah – viel größer als seiner und umgeben von krausen Haaren, die auf seiner hellen Haut besonders auffielen. Jetzt sah er Philipp beim Waschen etwas auf seiner Eichel vor- und zurückziehen.

Philipp bemerkte, dass David ihn beobachtete und es war ihm etwas unangenehm.

„Was guckst du denn Kleiner, hast du noch nie einen anderen Jungen nackt gesehen?“

„Doch, das ist es nicht, aber ...“, druckste David und guckte an sich hinunter, „bei mir sieht das anders aus.“

„Keine Sorge, dir werden nicht nur auf deiner blanken Hühnerbrust früh genug Haare wachsen, sondern einen längeren Schwanz und dickere Eier in der Unterhose wirst du auch noch bekommen“, spaßte Philipp.

„Aber ich habe nicht so eine Haut wie du dort vorne, hier schau doch."

Tatsächlich fehlte Davids pubertären Glied die kleine Vorhaut.

„Ist doch egal, mach dir nichts draus, dann haste eben keine, ist sowieso nur im Weg."

„Das sieht aber lustig aus, darf ich die bei dir auch mal zurückziehen?", fragte David ganz ungeniert.

Darauf packte Philipp David an den Schultern, beugte sich etwas zu ihm runter und schaute ihm ins Gesicht: „Hör mal David, man fasst an der Stelle keine fremden Männer an und du solltest dich dort auch niemals von Anderen befummeln lassen, wenn du es nicht möchtest. Außer ein Arzt untersucht dich dort. Versprichst du mir das?"

„Aber Philipp, was meinst du denn? Warum? Ich meine, du bist doch mein Freund – oder nicht?"

„Weil es falsch ist, okay? Natürlich bin ich dein Freund, aber es gibt Leute, die erzählen dir auch, dass sie dein Freund sein wollen oder fragen dich, ob du deinen Vater vermisst oder was auch immer für Dreck. Aber das sind keine netten Leute. Die wollen nur die Unschuld von Kindern ausnutzen. Ich erzähle dir jetzt mal was. Im Höhlensystem, wo wir zusammen eingesperrt waren. Da vergnügten sich die Erwachsenen mit den Jungs, die dort unten versteckt wurden. Auch mich hatten sie geholt, bevor wir beide uns kennenlernten. Vielleicht war ich den Männern zu alt und pickelig und sie mochten es noch ein wenig jünger. Doch es gab auch Frauen dort, die sich wahrscheinlich mit den Herren vergnügen wollten und mein Alter scheinbar nicht störte, bis ich feststellte, dass sie das nur machten, wenn sie sich betranken. Mir gaben sie auch Alkohol. Einmal sollte ich es mit einer machen. Die sah super aus, wie in den Zeitschriften mit den nackten Frauen drin. Hast du die schon mal gesehen?“

David schüttelte den Kopf.

„Mein erstes Mal, wenn du weißt, was ich meine. So eine erwachsene Frau hätte ich sonst niemals angefasst. Ich hätte mich im Leben nie getraut, die auch nur anzusprechen – so schön war sie. Na ja, ich, natürlich voll nervös, hatte ein wenig Angst. Alles ging echt schnell, aber es fühlte sich schön an! Nachdem ich ihr erklärte, wie es mit ihr gewesen war und ich sie mögen würde, lachte sie nur und machte sofort mit dem Nächsten rum – einem der anderen Männer, die zugeschaut hatten. Ich fühlte mich danach schmutzig und ausgenutzt. Aber ich komme damit klar. Ich bin noch jung und muss noch ein wenig üben. Es gibt aber auch Männer, die auf kleine niedliche Jungs wie dich stehen und die machen dann ganz schlimme Sachen mit dir. Ekelige Sachen. Sie könnten dir auch ganz doll wehtun.“

David schaute geschockt nach unten.

„Also pass bitte auf, was hier vor sich geht und wenn du dich von jemandem bedrängt fühlst, egal ob Frau oder Mann oder ein älterer Jugendlicher, dann komm zu mir. Du brauchst dich nicht schämen oder ein schlechtes Gewissen deswegen zu haben. Und schon gar nicht darfst du Angst zeigen. In der Not haust du so einem Typen in seine Eier oder einer Frau halt zwischen die Beine. Ich werde versuchen, auf dich aufzupassen, aber das geht vielleicht nicht immer. Also darfst du niemandem vertrauen! Verstehst du, Davie? Versprichst du mir das, Kleiner?“

David nickte und versprach es.

„In Ordnung, bist du jetzt fertig? Schnell abtrocknen und dann lass uns endlich nach unten in die Kantine“, schlug Philipp vor.

„Ja, und dann denken wir uns was für die Geisterbahn aus. Wir werden die anderen das Gruseln lehren, oder?“, fragte David aufgeregt.

„Klaro“, meinte Philipp nur und schmunzelte innerlich über die kindliche Aufregung. Er spürte Davids Vertrauen ihm gegenüber und die Verantwortung, die er dadurch trug. Diese Rolle weckte ein Gefühl von brüderlichem Stolz in ihm.

Später kamen die beiden Neuankömmlinge als Mönch und Zauberer verkleidet, in den leeren Rittersaal, der als Kantine umfunktioniert wurde. Sie hatten Mordshunger.

Obwohl sie sich in den kommenden Tagen super in ihrer neuen Atmosphäre eingewöhnten, begann David schon wieder nachdenklich zu werden. Alle anderen Kinder fühlten sich pudelwohl hier. Eigentlich kein Wunder bei dem Freizeitangebot. Auch Philipp machte sich nach kürzester Zeit keine Gedanken mehr, wie es weitergehen sollte.

Nur David konnte wie immer nicht die Gegenwart genießen. Er schwebte mit seinen Überlegungen ständig in die Zukunft, doch dies ließ seinen Körper meist in Lethargie zurück. Wenn man ihn fragte, wie ihm das Spiel gefallen würde, fragte er sich schon, was sie als nächstes spielen würden, obwohl er gar nicht richtig bei der Sache war und wenn Kinder in ein Spiel nicht richtig involviert sind, werden sie von den anderen auch dementsprechend ausgegrenzt. Doch er merkte das gar nicht und wunderte sich, dass andere ihn regelmäßig fragten, was denn mit ihm los sei. Er wusste darauf nie eine Antwort, allerdings war ihm das ziemlich egal. Philipp konnte dafür seine ganze negative Vergangenheit für ein paar Stunden des Tages vergessen. Er hatte sich immer vorgestellt, wie viel Spaß sie unter anderen Umständen zusammen haben könnten. Schönes Wetter, eine grüne Wiese oder auch nur ein sandiger Innenhof, um mit ein paar anderen Jungs Fußball zu spielen. So etwas hatten die beiden nie kennengelernt. Sie wurden in einer Zeit geboren, in der das nicht mehr möglich war. Was man nicht kennt, kann man eigentlich nicht vermissen, doch Fantasie und Instinkte von Kindern sind grenzenlos.

Der Unterricht in Wonderland unterschied sich nicht groß von dem Unterricht den Philipp und David aus ihren vorherigen Schulen kannten. Im Gegensatz zu David hatte Philipp allerdings schon Ewigkeiten keine Schule mehr von innen gesehen und auch seine Anwesenheit in Zeiten, wo er noch unfreiwillig den Monologen der von ihm gehassten Lehrer folgen musste, war physischer Natur gewesen. Entweder hatte er von spannenden Abenteuern mit seinen Kumpels geträumt oder er konnte dem Unterricht nicht folgen, weil er nicht wirklich viel verstanden hatte. *War er wirklich so dumm?* Mit der Zeit eignete er sich die Fähigkeit an, mit offenen Augen zu schlafen und sofort wach zu sein, um improvisierte Antworten zu geben, wenn der Lehrer ihn etwas fragte.

Die Tage vergingen. Philipp freundete sich schnell mit den anderen Jungen in ihrer Schule an und damit wurde David, quasi als sein kleiner Bruder, trotz seines Verhaltens akzeptiert. Die beiden fühlten sich hier wohl. Vormittags war Unterricht. Danach stand Wonderland zur freien Verfügung. Sie halfen mit, den Freizeitpark in Schuss zu halten und konnten so nach einer reparierten Attraktion davon profitieren, diese auch zu nutzen. Doch genauso schnell, wie sie sich mit schon länger hier anwesenden Kindern anfreundeten, erfuhren sie mehr und mehr über die andere Seite der pädagogischen Medaille. Das war auch der eigentliche Grund, warum alle Jugendlichen hier stets versuchten, möglichst brav und hilfsbereit zu sein.

Irgendwas hatten sich die Verantwortlichen natürlich überlegen müssen, wenn man nicht genug Mitarbeiter bezahlen kann, um eine Institution am Laufen zu halten; oder sollte man besser von einer Firma sprechen? Das Mitarbeiterproblem löste man mit dem Ehrenamt. Doch Freiwillige waren nicht genügend in der Region zu motivieren. Also wurden auch einige Leute zusätzlich gegen Lohn engagiert, zumindest für Arbeiten, die sonst keiner machen will. Das war eine zusätzliche Motivation für die kompetenten ehrenamtlichen Mitarbeiter, da sie somit praktisch die leitenden Funktionen innehatten. Das heißt, der Koch in Rente konnte seine unerfahrenen Tellerwäscher so richtig herumscheuchen, wenn er mal frustriert war.

Sexuelle Übergriffe von männlichen wie auch weiblichen Beschäftigten gab es in Wonderland keine. Dieses Thema wurde konsequent verfolgt, damit unter den zahlenden Eltern erst gar keine Gerüchte über Pädophilie die Runde machten. Allerdings wurden die Verantwortlichen der Institution von profitorientierten Unternehmen unter Druck gesetzt und im Zweifelsfall sogar erpresst, nichts über das System der Verteilung der Kinder und die Vorkommnisse in der Region an die Öffentlichkeit dringen zu lassen. Es gab überhaupt nur einen engen Kreis Verantwortlicher, der in die Praktiken Wonderlands und Luckytowns eingeweiht war, und der hielt dicht, um das ganze Projekt nicht zu gefährden.

Um die immer größer werdende Horde von Kindern im Zaum zu halten, wurden gelegentlich aber auch von netten Mitarbeitern strengere Maßnahmen ergriffen. Als David und Philipp sich einmal bockig an keinen der Punkte der Tagesordnung hielten, für die sie eingetragen waren, zu denen beispielsweise von Zeit zu Zeit auch der Küchendienst gehörte, wurde ihnen für zwei Tage das Abendbrot gestrichen und sie konnten vor Hunger kaum schlafen. Für alle Bewohner galt, ihre Schlafbereiche ordentlich zu hinterlassen, was aufgrund der drohenden Sanktionen auch funktionierte.

Mit einigen Kindern hatte David enorme Probleme, sie hänselten oder mieden ihn, weil er angeblich keiner von ihnen sei oder nicht so wäre wie sie. Philipp wusste, worum es dabei ging, doch er schwieg dazu.

Der Auslöser erneuter Fluchtgedanken war, als Philipp eines Tages einen Vorgang beobachtete, der ihn sofort mit Angst und Schrecken erfüllte. Er erkannte den Typen genau, der eine Lieferung, die nichts mit Lebensmitteln zu tun hatte, nach Wonderland brachte. Er war der

Wächter, der ihn damals aus seiner Gefängnis-Höhle zu der Orgien-Feier gebracht hatte.

Das entfachte Philipps Misstrauen, er konnte es im gesamten Körper spüren. Aber die Situation brachte ihn gleichzeitig auf eine Idee. Er ging sofort auf die Suche nach David. Der hatte gerade mal wieder Zimmerarrest, hielt sich dort allerdings nicht auf. Philipp zählte eins und eins zusammen, so dumm war er anscheinend doch nicht. Die Gedanken ratterten förmlich durch seinen Kopf und er erinnerte sich an den Spruch von Tom, dem Fahrer, der sie nach Wonderland gefahren hatte. Dieser hatte sich von David mit den Worten verabschiedet, dass sie sich vielleicht bald mal wiedersehen würden. Nun geriet Philipp in Kurzschlusspanik und hatte in dem Moment das schlimmste Szenario bezüglich des Lieferwagens im Kopf.

Er rannte intuitiv zum Büro der Parkleitung. Stürmte in die Tür, ohne die für alle gültige Regel des Anklopfens zu beachten. Doch was er zu seiner Überraschung sah, ließ ihn Aufatmen und eine schwere Last fiel von ihm. Er sah David, wie er gerade mit dem Direktor sprach, der viel zu überrascht über Philipps Auftritt war, um ihn bezüglich der Hausregeln zu ermahnen. Er sagte nur freundlich: „Guten Tag, Herr Philipp. Schön, Sie zu sehen. Haben sie Ihren besten Kumpel schon vermisst?“

Danach wandte er sich wieder zu David: „Das wäre es auch schon. Vielleicht merkst du dir mal endlich, was ich dir gerade erklärt habe und jetzt raus, alle beide. Macht die Tür von außen zu!“

Das ließen die beiden sich nicht zweimal sagen. Sie waren gerade erst draußen, da begann Philipp auch schon, David von seiner Beobachtung, seinem Fazit daraus und seiner Idee zu erzählen, die ihm dazu eingefallen war.

Sie wussten durch ihren Küchendienst, wann genau es innerhalb der Woche zu Lebensmittellieferungen aus Freetown kam. Sie spekulierten mit großer Hoffnung, dass die Lieferanten nach ihrer Tour in der Wonderland-Region wieder nach Freetown zurückkehren würden. Dazu mussten sie die Grenze und die dahinter liegende Bergregion überqueren.

Bereits am nächsten Tag saßen sie nun im leeren Laderaum eines Kleintransporters, der bereits, wie es sich Philipp für seinen Fluchtplan gedacht hatte, auf dem direktem Wege in Richtung Grenzstation unterwegs war.

Eine Mitarbeiterin der Kantine stellte später beim Mittagessen das Fehlen der Freunde fest. Spätestens, nachdem die Suche des Aufsichtspersonals keine Spur ans Tageslicht gebracht hatte, spekulierte das Direktorat von Wonderland, dass die beiden tatsächlich abgehauen waren.

Der umfunktionierte Freizeitpark war nicht direkt ein Gefängnis, jedoch wurde schon dafür gesorgt, dass die Kinder nicht einfach so verschwinden konnten, da die Eltern nicht gerade wenig Geld für die Rettung ihrer Sprösslinge vor der in der Region ausgebrochenen Seuche investierten. Es war das beste Konzept, die Kinder hier zu isolieren, zu betreuen und somit zu beschützen. Nur im Fall von Philipp und David waren keine zahlenden Familienmitglieder bekannt. Trotz alledem wollte die Direktion unbedingt herausfinden, wie die Jungs das verriegelte Areal unbemerkt verlassen konnten und spekulierte auf eine der wenigen und naheliegenden Möglichkeiten.

Sie riefen den ahnungslosen Fahrer des Lieferwagens genau im Moment der Grenzeinfahrt an. Dieser hörte den Anruf und sah auf dem Display des Bordcomputers, wer ihn versuchte zu erreichen. Jedoch wollte er jetzt zunächst die Grenzkontrolle passieren und danach zurückrufen.

Als der Direktor von Wonderland den Lieferanten nicht sofort erreichte, wollte er den Grenzposten informieren, hatte aber die Nummer nicht zur Hand. Es war schließlich nicht so, dass er jeden Tag mit dem Grenzposten telefonierte. In der Zeitspanne, in der er die Nummer heraussuchte, fuhr das Fahrzeug, vor dem Lieferwagen weiter und somit war nun das fahrende Versteck der beiden Flüchtlinge an der Reihe.

Generell wurde bei Lieferwagen schon etwas genauer hingeschaut. Nachdem die Papiere kontrolliert waren, wollte der Grenzbeamte noch hinten in den Laderaum schauen, als ihn sein Kollege ins Wachhäuschen rief, weil, gerade ein wichtiges Telefonat reingekommen sei. Nur deshalb wurde der Lieferant unkontrolliert durchgewinkt.

Die Jungen atmeten jetzt kräftig durch. Sie hatten sich zwar Decken mitgenommen, unter denen sie im Inneren des Laderaums kauerten, aber gerade darunter zu schauen war für einen Kontrolleur normal besonders interessant. Nachdem der Lieferant einen Moment weitergefahren war, hielt er am Straßenrand, um den Direktor von Wonderland zurückzurufen.

In der Zeit öffneten die beiden Jungs vorsichtig die Hintertür des Laderaums und während der Fahrer erfuhr, dass er eventuell zwei blinde Passagiere mit an Bord haben könnte und hinten nachschauen sollte, waren die beiden Jungs bereits im nahen Dickicht entlang der Straße verschwunden.

Da die Tür hinten offenstand und er die Decken auf der Ladefläche liegen sah, war dem Fahrer sofort klar, dass er tatsächlich gerade unfreiwillig Waisenkindern bei ihrer Flucht geholfen und ihnen zudem einen illegalen Grenzübertritt ermöglicht hatte. Am Telefon schilderte er seinem Gesprächspartner kurz den Vorgang, der sich an der Grenze zugetragen hatte. Daraufhin war nur ein lautes Seufzen am Ende der Leitung zu vernehmen. Aus Angst, wegen Beihilfe beschuldigt zu werden, fragte der Fahrer mit unsicherer Stimme: „Wie soll ich mich jetzt verhalten. Soll ich die Grenzbeamten informieren?“

Doch der Leiter von Wonderland, der auf Diskretion über die ganze Sache bedacht war, bat ihn darum, niemanden von dem Vorgang zu erzählen und einfach weiter seines Weges zu fahren. Er würde sich persönlich des Falls annehmen und versicherte dem Fahrer, dass dieser keinen Ärger bekäme. Es wäre schließlich nicht seine Schuld gewesen.

Der Direktor verständigte sofort einen Vertrauten bei der Polizei, der wiederum weitere Kollegen in der Nachbarregion informierte. Allerdings schilderte er dabei eine etwas veränderte Sachlage. Denn die Polizei der Wonderland-Region hatte keine Befugnisse in der Nachbarregion und auch die Zusammenarbeit war nicht besonders gut ausgeprägt. Die Kollegen hinter der Grenze hätten sich, ohne die Warnung, dass die Jungen ein gefährliches Virus in sich trugen, niemals für sie interessiert. Diese Meldung sorgte bei der nur wenig ausgelasteten Polizei sofort für Aufregung und sie entsendeten einen Suchtrupp mit so vielen Leuten, wie sie gerade dafür abstellen konnten. Sogar Spürhunde wurden mit zu der Stelle gebracht, wo die Jungs aus dem Wagen in die bewaldete Bergregion geflüchtet waren. Der Direktor von Wonderland war nun ebenfalls vor Ort und hatte getragene T-Shirts der beiden Jungs dabei, um die Spürhunde Witterung aufnehmen zu lassen.

Indessen war Jack entschlossen, mehr über den Park herauszufinden und hatte vor, sich darum ein eigenes Bild von Wonderland zu machen. Deshalb wollte er sich dort für den ehrenamtlichen Job eines Lehrers bewerben. Er konnte sich vorstellen, dass dort immer jemand gebraucht werden würde und es war ein erstklassiger Vorwand, die Institution genauer unter die Lupe zu nehmen.

Bei dem ganzen Tohuwabohu ließ man ihn rein und vor der Verwaltung warten, denn dort gab es derzeit keinen verantwortlichen Ansprechpartner für ihn und unter der restlichen Belegschaft herrschte Aufregung. Keinen interessierte, dass er die Kaffeeecke der Direktion verließ, um das Areal des ehemaligen Vergnügungsparks in aller Ruhe auszukundschaften.

Nachdem er in den Verwaltungstrakt zurückkehrte, kam kurz darauf auch der Direktor wieder zurück in sein Büro. Jack stellte sich kurz freundlich vor und obwohl der Direktor momentan andere Sorgen hatte, als ein Bewerbungsgespräch zu führen, sprach dieser mit Jack. Er brauchte jeden Mann und wenn sich ein potentieller

Mitarbeiter mit exzellenten Referenzen hier bewarb, war das Letzte was er tun wollte, diesem Bewerber einen unorganisierten Eindruck seiner Institution zu vermitteln und ihn somit gleich wieder zu vergraulen. Zu oft hatte er sich in der Vergangenheit bei Bewerbungsgesprächen den Spruch anhören müssen: *Ich muss mir das nochmal genau überlegen und melde mich dann bei Ihnen.*

Sie meldeten sich nie wieder. Das war der große Unterschied zu großen kommerziellen Firmen. Dort standen Bewerber Schlange und es waren die Bosse, die solche Sätze äußerten. Während des Gesprächs mit dem Direktor schaute sich Jack interessiert eine auf dem Schreibtisch des Direktors ausgebreitete Landkarte an, auf der detailliert der Wonderland-Bezirk und die Nachbarregionen inklusive des Gebirgszuges verzeichnet waren. Er stieß dabei auf einen Berg, der mit einer Höhe von 2012 Metern angegeben war. Dem Direktor wurde in diesem Moment bewusst, dass auch einer der geflohenen Jungs diese Karte einen Tag zuvor im Kartenhalter neben der Bürotür entdeckt und ein Exemplar mitgenommen haben könnte.

Jack bemerkte die Irritation des Direktors und fragte, ob alles in Ordnung sei. In seiner Verzweiflung erzählte der Schulleiter dem recht vertrauenswürdig wirkenden Jack, dass seit gestern zwei Schüler vermisst wurden, die in einem Lieferwagen Richtung Gebirgsregion abgehauen seien und er sich nun ziemliche Sorgen machte, dass den beiden etwas Ernsthaftes zustoßen könnte.

Er zeigte Jack die Fotos aus den Personalakten und dabei traute Jack seinen Augen nicht, denn er erkannte einen der beiden Jungen als denjenigen, den er damals auf dem Bahnsteig gesehen hatte. Da war er sich ganz sicher.

Zu alledem verplapperte sich der Schulleiter dann auch noch, dass er überrascht darüber sei, dass die beiden Jungs nichts aus ihrem Zimmer entwendet hatten, aber trotz der Eile, in der sie Pläne schmieden mussten, offensichtlich die Kamera und eine Art Mappe dabei haben. Die Sachen waren zumindest nicht mehr da. Dem Kleinerem der beiden seien diese zwei Dinge sehr wichtig gewesen, meinte der Direktor, der mit dem ganzen Durcheinander überfordert wirkte und absurderweise Jack sogar verriet, dass er Gelegenheit hatte, Einblick in das Manuskript zu nehmen – natürlich nur mit guten Hintergedanken, um dem Jungen zu helfen.

In der sonderlichen Geschichte ginge es hauptsächlich um die Wanderung zweier Männer, erzählte der Direktor. Am Anfang käme auch einer seiner Ausreißer vor, der von den beiden Leuten am Bahnsteig beobachtet wurde.

Jack konnte diese Information kaum fassen. *Was für eine unglaubliche Geschichte,* dachte er und ging im gleichen Augenblick stark davon aus, dass auch die Jungs gerade im Besitz einer dieser Karten waren, die im Büro des Direktors auslagen. Wenn nicht, traute er David zu, so clever zu sein, die oder eine andere ähnliche Karte bis ins Detail studiert zu haben. Jack war davon überzeugt, dass der Junge, weil er kurioserweise im Besitz der Aufzeichnungen von Jacks ehemaligem Begleiter war, nun auch von der Zahl 2012 wusste.

Auch wenn es selbst Jack bizarr erschien, aber er war davon überzeugt, den Weg, den die Kinder mithilfe der Landkarte nun eingeschlagen hatten, nachkonstruieren zu können. Er würde die Jungs finden. Er spürte es einfach.

Für ihn war auf jeden Fall klar, was jetzt zu tun war. Er sprach ein wenig überstürzt sein Bedauern aus und meinte: „Ich muss mir das nochmal genau überlegen und melde mich dann bei Ihnen."

Worauf der Direktor nur noch resigniert seufzte.

Jack verließ Wonderland. In Gedanken war er bereits bei seinem Bruder. Denn falls *2012* wirklich dieser Berg sein sollte, dann würde das Gebiet wahrscheinlich das Versteck der Rebellengruppe seines Bruders beheimaten und der wäre aufgrund der Flucht der beiden Jungs in großer Gefahr, entdeckt zu werden. Deshalb hatte Jack auch dem Direktor gegenüber seine Vermutung nicht preisgegeben.

Räuber und Gendarm

Jack musste unbedingt vor den Suchtrupps dort ankommen. Das war nicht so unwahrscheinlich, wie man vermuten würde, denn die Suchtrupps hatten keinen Anhaltspunkt, in welche Richtung die Jungen in die umliegende Bergregion geflüchtet waren und wo ihr Ziel lag. Jack schätzte, dass die Polizei davon ausging, die Kinder würden möglichst schnell eine nächstgelegene Ortschaft erreichen wollen. Aber wenn Philipp und David gewieft waren, würden sie diesen Punkt überdenken. *Kinder sollten bei solchen Überlegungen nie unterschätzt werden*, dachte Jack und erinnerte sich dabei an Spiele wie Räuber und Gendarm, worin einige Kinder oft unschlagbar und unauffindbar waren.

In der Tat lag Jack mit seinen Vermutungen richtig. Die beiden Jungs waren wirklich auf dem Weg zu dem von ihm vermuteten Ziel.

Immer wieder mussten sie sich stolpernd eine neue Route suchen, da ständig unüberwindbare Hindernisse in Form von Felsspornen, Dornengestrüpp oder Schotter auftauchten, die eine tückische Absturzgefahr darstellten.

Seit ihrer Flucht nahe dem Grenzposten, waren sie jetzt schon einige Stunden unterwegs. Zwischendurch legten sie einige Verschnaufpausen ein, aber der wenige Proviant, den sie beim Küchendienst im Park mitgehen lassen hatten, neigte sich dem Ende entgegen. Sie wurden langsam müde und durstig, denn ihre Trinkflaschen waren leer und es gab in dieser Gegend keine noch so kleine Wasserquelle. Laut ihrer Einschätzung der Karte müssten sie mittlerweile nahe dem Punkt sein, an der die 2012 mit einem X markiert war. Sie beschlossen, einen letzten kurzen Stopp einzulegen und ihr weiteres Vorgehen nochmal genau zu besprechen. Sie setzten sich auf eine Felsplatte, von der sie gute Aussicht nach unten hatten. Bisher konnten sie keine Verfolger ausmachen.

„Ich hoffe, du hast Recht mit deiner Vermutung, dass dort oben Leute ausharren, die uns helfen können und das auch wirklich tun werden. Ansonsten sind wir am Arsch, das schwöre ich dir“, meinte Philipp, während er stöhnend David half, ein weiteres Hindernis auf dem Weg zu ihrem Etappenziel zu erklimmen.

„Ich wünsche mir so sehr, dass der Jack, der im Manuskript auf der Suche nach mir ist, einer von den

Guten ist. Dann wäre es unsere Rettung, wenn wir seinen Bruder tatsächlich irgendwo hier oben in den Hügeln finden würden. Ich weiß nicht, warum oder vor wem er sich versteckt, aber vielleicht ist er mit einer Gruppe zusammen, die uns dann aufnimmt? Vielleicht sind sogar Kinder dabei, dann würden wir endlich neue Freunde kennenlernen, mit denen wir länger zusammenbleiben könnten. Ich hoffe es so sehr."

Was sie bei ihrer Raststelle vorher nicht bedacht hatten, war, dass von dort aus eine weite Sicht bestand, aber die Position ein Stück über ihnen taktisch klüger gewesen wäre. Bevor sie nämlich ihre weiteren Pläne konkretisieren konnten, wurden sie plötzlich von hinten gepackt und aus ihrer sitzenden Position hochgerissen.

Zwei, in Leinen gekleidete Männer mit Boots und Baskenmütze hielten die Jungs nun an ihren, auf dem Rücken verschränkten Armen fest.

„Aua!", schrie David auf.

„Was macht ihr zwei Dreikäsehoch denn hier oben alleine auf weiter Flur?"

Zunächst brachten die beiden Jungs vor Schreck kein Wort heraus. Doch als die Männer nicht den Eindruck erweckten, ihnen irgendetwas Böses zu tun, fragte David auf kindlich-naive Art: „Seid ihr die Guten?"

„Wir sind zumindest der Meinung, die Guten zu sein", kam als Antwort. „Und wer seid ihr?"

Letztlich nahm Philipp sein Herz in die Hand und erzählte ihre ganze Leidensgeschichte.

Die beiden, für die Jungs immer noch Fremden, hörten interessiert zu und nachdem sie sich vergewissert hatten, dass im Hintergrund keine weiteren Leute lauerten, die die Kinder möglicherweise als Lockvogel vorgeschickt haben könnten, führten sie sie zu ihrem Unterschlupf – einer versteckt gelegenen Höhle nahe der, auf der Landkarte markierten 2012.

Die anderen Mitglieder der selbsternannten Gruppe für die *Befreiung der Bewohner der neuen Welt vom Korsett der Kommerzialisierung der Regionen* oder auch BBR, wie sie sich kurz nannten, waren überrascht mit wem die beiden Wachposten im Basislager ankamen und nicht weniger erstaunt über die Vorgeschichte der beiden Neuankömmlinge. Am Ende meinte einer der politischen Rebellen: „Wenn ihr nicht noch so jung wärt, würde ich euch sofort als neue Mitglieder in unserer Gruppe vorschlagen."

Die versammelten Leute waren zunächst skeptisch, ob sie ihre Stellung nun halten sollten, da sie befürchteten, die Kinder hätten nun durch ihre Flucht die Polizei direkt in die Richtung zu ihnen gelockt und das würde die weiteren Pläne der Gruppe gefährden. Allerdings mussten sie auch den Jungs helfen, weil gerade die beiden ein Exempel statuierten, für was die Rebellen sich einsetzen und kämpfen wollten. Zuversichtlich, auch diese neue Situation meistern zu können, beschlossen sie, die Kinder unter ihren Schutz zu stellen. Diese waren natürlich mehr als glücklich und zudem begeistert von dem Versteck der Truppe. Ohne die Führung der Wache schiebenden Person, die sie zu den Gruppenmitgliedern brachte, hätten sie das Versteck niemals gefunden.

Die Gesellschaftsrebellen waren davon überzeugt, dass es in dieser Gegend bald von Polizisten mit Spürhunden nur so wimmeln werde. Solche Suchtrupps müssten sich allerdings für den langgezogenen Berggürtel, auf dem sie zurzeit ausharrten, sehr stark aufteilen, zumal die Polizei sicherlich nicht damit rechnete, dass sie sich in den Bergen gegen irgendwelche Angreifer zur Wehr zu setzen hatten. Die Bande ging also davon aus, dass früher oder später wahrscheinlich zunächst maximal zwei Leute mit Hund hier auftauchten, gegen die sie sich ohne Probleme verteidigen könnten – zumindest, wenn sie, wie üblich, die Nacht über durchgängig eine Wache positionierten. Sie entschieden, dass es jetzt zu spät wäre, die Jungs noch irgendwo anders in Sicherheit zu bringen. Allerdings sollte dies gleich im Morgengrauen passieren.

Am nächsten Tag erreichte auch Jack das Gebiet, in dem die Freiheitskämpfer sich aufhielten und rechnete damit, jederzeit von Wachposten angegriffen zu werden. Gewissenhaft hielt er nach geeigneten Orten Ausschau, an denen Personen verweilen könnten: Holzhütten, Zeltlager, Höhlen; alles wäre möglich.

Dann sah Jack plötzlich von weitem eine Person auf einem Felsen sitzen. Vorsichtig schlich er sich geduckt hinter Büschen noch etwas näher und erkannte aufgrund dessen Kleidung den Mann als Mitglied der Rebellen. Jack pfiff eine Melodie, die innerhalb der Gruppierung seines Bruders seit einiger Zeit als Code kursierte, woraufhin der Wachposten der Rebellengruppe kurz erschrak. Er blieb aber ruhig und flüsterte: „Wer ist da?“

Als Jack ihm erklärte, er sei Georges Bruder, wurde er vom Wachposten wiedererkannt und zum Lager geführt.

Dort angekommen, informierte Jack die Ansässigen über die Vorkommnisse und erfuhr zugleich, dass sein

Bruder bereits früh am Morgen mit seiner Freundin sowie den beiden Jungs aufgebrochen war, um die Kinder in Sicherheit zu bringen. Der restliche Teil der Gruppe habe sich für andere Pläne entschieden. Anschließend ließ sich Jack von einem Rebellen auf seiner Karte zeigen, wohin sein Bruder unterwegs war und machte sich danach sofort auf, ihm zu folgen.

George und seine Gruppe hatten unterdes die große Bergkuppe hinter sich gelassen und befanden sich an der anderen Seite auf dem Weg wieder nach unten. Von oben konnten sie ein Plateau mit abschüssigen weitläufigen Wiesen, Baumplantagen und zwei Gebäuden erkennen.

Weil die beiden Jungs am Ende ihrer Kräfte waren und alle vermuteten, das rund um die nächstgelegene Stadt Newtown am Fuße des Gebirges mittlerweile gut verteilt Kontrollen nach ihnen Ausschau hielten, entschieden sie, möglichst auf der Hochebene eine Pause einzulegen.

Zunächst wollten sie überprüfen, ob die Hütten dort bewohnt waren. Sie waren in der Hoffnung, dass diese notfalls als vorübergehendes Versteck dienen könnten.

Nach einem kurzen Abstieg sahen sie, dass es sich um ein hochwertig gemauertes Sandsteinhaus und daneben eine kleinere Scheune oder Garage handelte.

Die Jungs erkannten alles wieder. „Philipp! Scheiße, das kann doch nicht sein!“, rief David seinem Freund zu.

„Jep, das ist irre! Sind wir in einer Endlosschleife? Das ist nicht möglich! Wie kommen wir hierher zurück?“, plapperte Philipp vor sich hin.

„Was ist denn los?“, erkundigte sich George.

„Wir kennen den Schuppen. Da wohnt der seltsame Mann, der uns damals nach Wonderland gebracht hat!“, erklärte David und trat unbewusst einen Schritt zurück.

„Nur, dass alles irgendwie gepflegter aussieht, nicht so verlassen“, ergänzte Philipp.

Zusammen gingen sie alle zum größeren Gebäude, das ihnen bewohnt schien und George klopfte an die Tür.

Nichts. Die Stille zog alle in ihren Bann. Philipp konnte Davids Atem spüren. Von weitem hörten sie einen Adler kreischen.

George klopfte erneut.

Dann drinnen rief eine Stimme: „Jonas, ich bin gerade am Herd, kannst du mal zur Tür gehen?“

Jonas öffnete die Tür und war überrascht, als er die kleine Gruppe von Fremden vor ihm stehen sah, genauso wie die beiden Jungs, die den Hausbesitzerwechsel kaum glauben konnten.

„Hallo, wird das ein Überfall oder was?“, schoss es aus Jonas spontan heraus.

„Nein, entschuldigen Sie bitte die Störung, aber wir bräuchten dringend Ihre Mithilfe“, erklärte George freundlich und schilderte kurz die Situation.

Jakob, der von drinnen mithörte, bat daraufhin die bunte Truppe herein.

„Vielen Dank das sie uns vertrauen. Vielleicht stelle ich kurz einmal alle vor. Also ich bin George, das ist meine Freundin Julianne und die beiden Dreikäsehochs heißen Philipp und David.“

„Na, das wird ja auf meine alten Tage nochmal richtig voll in meiner Hütte. Normalerweise liebe ich eher die Ruhe hier draußen. Aber egal. Als wenn ich es schon geahnt hätte, habe ich einen großen Suppenkessel auf dem Holzofen. Wir haben also für alle genug zu essen und der Apfelwein schmeckt mir in Gesellschaft sowieso besser. Falls hier jemand nach euch suchen sollte, habe ich einen Geheimkeller, da findet euch bestimmt niemand. Also zumindest für den Moment könnte ich euch hier Unterschlupf bieten."

„Das ist wirklich sehr freundlich von ihnen. Wir sind ihnen unendlich dankbar, Sir. Wie darf ich sie nennen?"

„Ich heiße Jakob und das ist Jonas, oder einfach JJ".

„Hi JJ", antwortete George und gab beiden die Hand.

„Seit wann wohnen Sie hier?", fragte Philipp.

„Ich wohne hier schon seit Jahren, nachdem ich das leerstehende Grundstück erworben hatte und Jonas ist erst vor kurzem zu mir gezogen", erklärte Jakob.

„Das ist echt abgefahren", entgegnete Philipp.

„Wieso?", fragte nun Jonas interessiert.

„Ach nichts, alles gut", ging David schnell dazwischen.

Alle machten es sich mit einem Teller Eintopf bequem und dann ergriff George nochmal das Wort: „Jakob, wir werden ihnen auch nicht lange zur Last fallen, wir wollten nur etwas Zeit totschlagen, bis wir weiterkönnen. Dazu müssen wir die weitere Vorgehensweise besprechen."

Dabei drehte er sich zu seiner Gruppe: „Stimmt's Leute? Ist doch gut hier, oder?"

Seine Kumpels nickten und zum ersten Mal seit Ewigkeiten fühlten sich David und Philipp fast ein wenig geborgen. Wonderland schien ihnen zwar oberflächlich ein sicherer Ort gewesen zu sein, aber ein mulmiges Gefühl hatten sie dort von Anfang an verspürt.

Jonas schlug vor, sein Teleskop als Ortungsgerät am Fenster für sich nähernde Personen zu benutzen und bot sich freiwillig als Späher an. George löste ihn gelegentlich dabei ab.

Als der Tag sich langsam dem Ende neigte, schreckte Jonas plötzlich alle in einem Moment der Stille auf, wie ein Pirat im Krähennest: „Feind in Sicht!"

Tatsächlich sah er in weiter Entfernung einen Mann sich in schnellen Schritten dem Haus nähern.

„Jakob, wir würden jetzt tatsächlich gerne deinen Geheimkeller von Innen besichtigen, wenn das spontan möglich ist", meinte George trotz aufkommender Unruhe ziemlich gelassen.

Jakob öffnete rasch das Bücherregal und schickte die Besucher ins sichere Versteck. David und Philipp fühlten sich gar nicht wohl dabei – waren doch die negativen Erinnerungen an Orte unter der Erde noch zu frisch.

Jack klopfte an die Tür und als Jonas öffnete, trauten sie ihren Augen kaum. Beide hatten nicht erwartet, sich jemals wiederzusehen. Jonas hatte den Neuankömmling per Fernrohr von weitem nicht erkennen können und es dann vom Fenster weggestellt, damit keiner Verdacht schöpfen würde. Er konnte sich aber beim besten Willen nicht vorstellen, dass Jack den Suchtrupps angehörte, die nach den Jungen fahndeten.

Jack merkte schnell, dass er die Situation aufklären musste und nichts mit Wonderland zu tun gehabt hatte. Jonas überzeugte daraufhin auch Jakob, dass er dem Mann vertrauen könne, woraufhin Jack dann freundlich hereingebeten wurde.

Jonas öffnete die Bücherwand zum Keller und rief George zu, dass er doch bitte mal bestätigen solle, ob das hier oben sein Bruder sei. Daraufhin kam George aus dem Keller gestürmt und fiel Jack in die Arme: „Und wie ich dir das bestätige Jonas! Alter, du hast es geschafft Bruderherz, du hast mich gefunden!“

Nun kam auch Julianne zusammen mit den beiden Jungs aus dem Versteck.

„Hallo, ihr drei!“, grüßte der ziemlich überraschte Jack und schüttelte allen glücklich die Hand. Dann schaute er David ins Gesicht und lächelte. „Hallo, David. Na, alles klar bei dir, Kleiner? Endlich habe ich dich gefunden.“

David blickte ihn schüchtern und verständnislos an.

„Okay, 15 Uhr, dann würde ich sagen, lasst uns erst einmal alle zusammen Kaffeetrinken“, schlug Jakob vor, um die Situation aufzulockern. Alle empfanden das als einen guten Vorschlag. Nur David meinte: „Ich trinke aber noch gar keinen Kaffee! Was kriege ich?“

Jakob grinste und meinte: „Keine Sorge David, ich nenne das immer Kaffeetrinken. Es gibt selbstgemachten frisch gebackenen Apfelkuchen und man kann natürlich auch etwas anderes trinken. Allerdings bin ich nicht sehr gut auf Kinderbesuch eingestellt, sonst würde ich dir einen Kakao machen. Oder wie wäre es stattdessen mit frisch aufgebrühtem Apfeltee?“

„Man, gibt es hier auch noch etwas außer Äpfel?“, meinte David gelangweilt und alle mussten lachen.

Gleich nach dem Kaffeekränzchen klärten sie ihre Situation, für den Fall, dass hier bald wirklich Polizisten auftauchen würden. Wenn diese dann Spürhunde dabeihätten, könnten sie ein Problem bekommen, aber sie gingen nicht davon aus, dass die Leute das gesamte Gebiet mit Spürhunden absuchten und die Geheimtür war auch wirklich extrem gut versteckt und verschlossen, sogar wenn die Hunde davor Halt machten, was sollen die Beamten schon groß machen? Sie werden wohl kaum eine Einsatztruppe dafür anrücken lassen, um dieses Haus auseinanderzunehmen, überlegte sich Jack. Jedoch war ihm nicht wirklich klar, was eigentlich passieren würde, wenn sie die Kinder im Beisein der Erwachsenen fänden. Sie gehörten ja praktisch zu niemandem und Wonderland war offiziell nur ein Heim zum Schutz vor dem Virus. Wer wusste denn schon, wie korrupt die Einsatzkräfte waren und was sie noch alles für Interessen zu verbergen hatten? Es wäre bestimmt für Niemanden überraschend, wenn alle hier im Haus versammelten der Kindesentführung beschuldigt würden. Sie sollten also weiterhin wachsam sein.

Die Dämmerung hatte bereits eingesetzt, als eine Person durch die Apfelbäume schritt. Jakob war gerade dabei, draußen für Nachschub an Brennholz zu sorgen und erschrak, als er den Mann bemerkte. Es war zu spät, um ins Haus zu eilen und Alarm zu schlagen. Tausend Gedanken schossen ihm in diesem Moment durch den Kopf und er versuchte ganz ruhig zu bleiben. Der fremde Mann grüßte überfreundlich und erkundigte sich ohne Umschweife, ob Jakob heute zwei Kinder vorbeikommen sehen hat oder sie womöglich ins Haus gebeten habe. Jakob signalisierte ihm geistesgegenwärtig, überhaupt nichts verstanden zu haben und erklärte dem Fremden, der sich ihm nicht mal vorgestellt hatte, lauter sprechen zu müssen, da er schwerhörig sei. Der Mann wiederholte daraufhin fast schreiend seine Frage. Der Hall seiner Stimme hätte in dieser einsamen Gegend wahrscheinlich sogar Tote geweckt. Jakobs gemischte Gesellschaft im Haus hörte die Konversation und reagierte sofort mit der erneuten stillen Flucht in den hinter dem Bücherregal verborgenen Keller.

Jakob spielte unterdessen ahnungslos und versicherte dem Mann ebenfalls lautstark, dass er den ganzen Tag draußen gewesen sei und wie immer keine Seele getroffen habe. „In diese Gegend verirrt sich nur sehr selten ein Mensch müssen Sie wissen. Was ist denn mit diesen Kindern?“, fügte er hinzu.

„Sie sind aus einem Waisenhaus in der Wonderland-Region geflohen und sind Träger eines sehr ansteckenden und gefährlichen Virus“, erklärte der Fremde Jakob.

„Alles klar, ich werde Ausschau und gegebenenfalls Abstand halten, falls sie hier vorbeikommen sollten. Mit wem habe ich denn eigentlich das Vergnügen?“

„Meine Person tut nichts zur Sache. Entschuldigen Sie, aber ich darf ihnen nichts weiter über die Angelegenheit berichten. Einen schönen Abend wünsche ich.“

„Na dann, viel Erfolg bei der Suche. Hoffentlich finden sie die Aussätzigen!“, rief Jakob dem Mann nach und blickte ihm hinterher, wie dieser schnellen Schrittes den Hügel hinunterging, bis er aus dem Blickfeld verschwand.

Jonas wartete in dem Moment schon gespannt auf Jakob, als dieser zum Haus zurückeilte. Aufgrund der Lautstärke des Gesprächs hatte Jonas den größten Teil mithören können, erkundigte sich aber trotzdem, ob wirklich alles in Ordnung sei.

Jakob winkte nur ab und erzählte ihm, dass der Typ seiner Meinung ein Polizist in Zivil gewesen sei, aber nicht den Eindruck erweckt hatte, Verdacht zu schöpfen.

Er öffnete die begehbare Kellerwand, um Entwarnung zu geben. Erleichtert kam die Flüchtlingsgruppe wieder heraus und bedankte sich nochmal recht herzlich bei Jakob für sein spontanes cleveres Handeln und seine Loyalität, was nicht selbstverständlich wäre, da er sie schließlich nicht mal einen ganzen Tag kenne.

„So, Leute, der Schreck ist vorbei und jetzt muss ich mich schon wieder ans Abendessen machen. Das artet ja hier richtig in Arbeit aus, es gibt falschen Hasen! Hilft mir jemand?"

Julianne meldete sich daraufhin als Erste zum Dienst.

Unterdessen unterhielten sich die übrigen. Als auch Julianne sich zu der Runde gesellte, fragte sie: „Habt ihr von dieser Enklave gehört, die Gebietsstreitigkeiten mit Silenttown hat? Diese vegane Kommune besteht nun mittlerweile hauptsächlich aus Frutariern, die nur noch essen, was freiwillig vom Baum gefallen ist."

„Solange die Leute das dort unter sich ausmachen, ist mir das egal. Alles, was hier vom Baum fällt, gehört mir!", rief Jakob aus seiner Küchenecke.

Alle lachten.

Julianne fuhr fort: „Vor kurzem war ein Lieferant aus Silenttown bei den Tierfreunden, um ihnen vor Ort ausschließlich im Labor gezüchtetes und gewachsenes Muskelfleisch anzubieten. Dafür würden keine Tiere leiden oder getötet werden und es müssten keine Pflanzen als Nährstoffersatz für das fleischlose Essen dienen.

Doch die neue Generation von Metzgern stieß bei den Bewohnern der veganen Nachbarkommune auf taube Ohren. Es bestand kaum Interesse, denn dort konnte niemand einfach psychologisch den Gedanken ertragen, Fleisch zu essen – egal, wo es herkam.

Ich finde das Quatsch. Wie weit wollen diese Leute mit ihren Prinzipien gehen? Kein Wasser mehr trinken, wegen der darin enthaltenen Kleinstorganismen? Auf einem Sandkorn leben einhunderttausend Lebewesen! Interessiert das jemanden? Worüber nämlich niemand nachdenkt: es existieren nicht nur scheinbar unendlich große Welten, wie sie Jonas versucht mit dem Teleskop zu entdecken, sondern es gibt auch unendlich kleine."

Die anderen guckten sich nur fragend an.

„Na, darüber muss ich erst einmal bei einem Glas Apfelwein nachdenken. Wem kann ich noch einen Apero anbieten?", intervenierte Jakob wieder.

„Ich trinke noch keinen Wein, ich nehm' Apfelsaft, den hast du ja sicherlich", beschwerte sich David mit der Ironie eines neunmalklugen Zwölfjährigen.

„Hey, werd' nicht frech Kleiner", reagierte Jakob, wollte dem Jungen jedoch auf keinem Fall seinen frisch gepressten Apfelsaft vorenthalten.

Alle anderen ließen sich in gemütlicher Gesellschaft den Wein schmecken und genossen das anschließende vorzügliche Essen.

„Wo hast du so Kochen gelernt Jakob?", fragte Jack.

„Och, das ist doch nicht schwer und ich hab genügend Kochbücher hier und auch ausreichend Zeit zum Lesen."

Später, als die beiden Jungen schlafen gegangen waren, hielt die Gruppe eine Lagebesprechung ab.

Jack erzählte ihnen jetzt zum ersten Mal ausführlich, was er mittlerweile über die Vorkommnisse in Luckytown und der Wonderland-Region herausgefunden hatte.

Am Ende spielten sie ihr brisantes weiteres Vorgehen nochmal gemeinsam durch.

Unterdessen saßen nördlich in einer ganz anderen Region besorgte Eltern bei Babsi im Wohnzimmer und diskutierten, was sie schnellstmöglich tun könnten.

Sie waren am Nachmittag mit ihren beiden Kindern an dem uralten Bahnhof angekommen, der schon lange ausgedient hatte, wofür er ursprünglich gebaut wurde. Die Waldarbeiter gab es nicht mehr, denn das Sägewerk stand schon lange leer. Die Scheiben waren eingeschlagen und die riesige Halle wartete nur darauf, abgerissen zu werden und einem Wellness-Hotel Platz zu machen – inklusive einer stimulierenden Kneipp-Anwendung im frischen Gebirgsbach. In Nationalparks war kein Platz für Holzfäller. Nur Jäger durften die Selbsthilfe der Natur beeinflussen, denn die Gefahr, dass einheimische wilde Tierarten gut zahlende Touristen wieder vergraulten, war nicht vorstellbar.

Die kleine Kneipe im Bahnhofsgebäude, in der sich die Arbeiter regelmäßig nach ihrer Schicht getroffen und ein frisches Blondes genehmigt hatten, war längst in einen schäbigen Antikmarkt umfunktioniert worden.

Der ehemalige Wartesaal und das Außengelände rund um den Bahnhof wurden derzeit als Flohmarkt genutzt. Überall standen alte Werte vergangener Zeiten herum. Ein Mann mittleren Alters betrachtete das junge Ehepaar mit ihren beiden Kindern argwöhnisch. Er hasste es, wenn Kinder hier in seinem angestaubten Reich lachend herumturnten. Es wäre nicht das erste Mal, dass ein alter Spiegel oder die Glasscheibe einer antiken Kommode kaputt brachen, weil eines der akribisch in Vitrinen geordneten Metall-Spielzeugautos durch die Gegend flog. Aber das innere Kind des alten Herrn konnte nicht vollkommen herzlos sein, sonst würde er nicht immer wieder stolz auch den kleinsten Besuchern seine riesige Spielzeugeisenbahn-Landschaft vorführen wollen.

Die richtigen Bahngleise hinter dem ansonsten sehr schön renovierten und unter Denkmalschutz stehenden Bahnhof waren an manchen Stellen kaum noch zu sehen. Die Natur hatte sie sich wieder zurückgeholt. Der Löwenzahn war stärker als das Gleisbett und der Wald war näher an den Bahnhof herangerückt und hat ein grünes Dach über den Gleisen geschaffen. Noch nie zuvor waren die Kinder unter einen Bahnsteig geklettert, ohne Angst zu haben, von einem Zug überrollt zu werden – für sie der perfekte Spielplatz.

Bruder und Schwester, beide gingen noch in den Kindergarten, waren recht lieb, aber hielten sich diesmal nicht an die erzieherische Anweisung, nicht zu weit wegzurennen und auf einmal waren sie weg. Erst dachten ihre Eltern noch, die Kinder würden wieder Verstecken spielen. Jedoch war normalerweise dessen Versteckspiel nach wenigen Minuten vorbei, weil die Kinder es nicht aushielten, sich und ihr Versteck nicht zu verraten. Diesmal war alles anders. Kein „such doch mal unter dem Bahnsteig“ oder „ich bin hinterm Schrank“!

Die Eltern suchten und fragten den Betreiber des Flohmarkts. Doch keiner hatte die Kleinen gesehen. Sie fanden nur einen Strauß frisch gepflückten gewöhnlichen Löwenzahns und machten sich nun gegenseitig Vorwürfe, nicht richtig auf die Kinder aufgepasst zu haben. Sie fragten sich beide: *Konnten sie eigentlich keinen Tag zusammen verbringen, ohne über ihre Sprösslinge zu streiten? Wenn das so weiterging, würden sie bald nicht mehr nur über sie, sondern um sie streiten. Mal sehen, wer dann Recht bekam.*

Sie besannen sich aber schnell wieder auf das Wesentliche – ihre Tochter und ihren Sohn zu finden und auch auf ihre Liebe zueinander.

In dem Moment ging ein Schock durch den Vater hindurch. *Bitte nicht noch ein Kind!* Ihm wurde plötzlich unter Tränen bewusst, dass auch Philipp, als er noch ganz klein war, die Pusteblumen eine Zeit lang immer mit Butterblumen verwechselte. Er hatte ihm darum erzählt, dass man diese Pflanzen auch Hundeblumen nannte – in der Hoffnung, sein Dreikäsehoch dächte zukünftig, Hunde pinkelten sie an. Dann würde Philipp wenigstens nicht den Löwenzahn, der sich überall seinen Weg durch den Asphalt bohrte, immer in den Mund stecken – wie die Gänseblümchen, nur weil seine Oma ihm kurz vorher schlau, wie Großeltern und Schwiegermütter nun mal sind, erklärt hatte: „Gänseblümchen kann man essen."

Als sie damals dann allerdings irgendwann zu Hause ein Kaninchen bekamen, war es schwer, Philipp klar zu machen, dass sich Löwenzahn super zum Füttern eignete. Zudem war er schwer von der Vorstellung abzubringen, dass die Leute sich keinen Gelee aus Hundepipi auf ihre Brote schmierten, nachdem ihm auch noch jemand erzählt hatte, er könne aus den gelben Blüten leckeren Sirup machen.

Nun waren auch noch Philipps jüngere Geschwister spurlos verschwunden und Babsi, die gerade den Hügel hinunterkam, war überrascht, dass das Spiel schon so zügig in Gang war.

Sie begleitete besorgt die Eltern zum Rathaus, wo es nur eine Polizeibeamtin gab, die im Prinzip für alles zuständig war, zumindest, bis wichtige Anliegen später an die geeigneten Stellen weiterzuleiten waren.

Am Bahnhof ging später der Antiquitätenhändler die verlassenen Gleise entlang und hob eine selbstgemachte Kette mit einem Bernstein auf. Sie lag etwas versteckt unter dem verlassenen Bahnsteig. Auf dem Weg zurück in seinen Laden begutachtete er sie nachdenklich und hängte sie dann an einen Ständer, der voll war mit billigem Modeschmuck.

Das Spiel ist aus

Am nächsten Morgen in Jakobs Haus wollte Jack nach dem Obstfrühstück kurz allein mit Philipp und David sprechen.

„Hört mal Jungs, mir ist bewusst, was ihr alles durchlebt habt, aber würdet ihr euch noch für eine Sache zur Verfügung stellen?“, bat Jack die beiden Jungen.

„Was meinst du mit zur Verfügung stellen?“, fragte Philipp.

„Ihr müsstet Lockvogel spielen. Ich möchte ehrlich zu euch sein – es ist nicht ungefährlich, aber ich habe einen guten Plan und eine Absicherung in der Hinterhand", versicherte Jack und erzählte ihnen seinen Plan. Er strahlte offensichtlich Vertrauen auf die beiden Jungs aus, denn sie willigten anschließend mutig ein.

George und Julianne waren dabei fest eingespannt. Nur Jakob und Jonas lehnten dies ab und wollten lieber hier zusammen zurückbleiben. Jakob sicherte allerdings zu, dass sie auch nach ihrer geplanten Aktion sein Haus wieder als Rückzugsgebiet nutzen zu könnten.

Jack hatte sich mittlerweile mit seinem Bruder nach draußen begeben und die anderen sahen nur, wie sie sich unterhielten und wie George ein Telefon aus seiner Tasche holte. Zunächst schien er jemanden anzurufen und sehr konzentriert etwas zu erklären. Danach gab er das Telefon an Jack weiter und die anderen konnten beobachten, wie er einen Zettel aus der Hosentasche holte und eine längere Nachricht in das Mobiltelefon eintippte. Man konnte an seinem besorgten und zugleich aufgeregten Gesichtsausdruck erkennen, dass er schnell jemandem etwas sehr Wichtiges zu erklären versuchte.

„Lasst uns aufbrechen Leute. Mal sehen, was man beim Roulette so alles gewinnen kann", meinte Jack dann hochmotiviert, als er wieder ins Haus kam.

„Wirst du in Zukunft Black Jack heißen, Bruderherz?", fragte George.

„Nenn mich wie du willst Kleiner, aber ich denke wir wissen, was es dort zu gewinnen gibt und das dürfte auch für die überregionale Kriminalagentur interessant sein, wenn sie denn nicht auch bereits korrupt ist. Ich habe bisher fast kein Geld ausgegeben. Vielleicht schaffen wir es, mit ein wenig Trickserei und Überzeugungskraft, aber auch mit voller Konsequenz und Effektivität, einen der Hauptpreise zu gewinnen. Hoffentlich haben wir Glück, davon brauchen nämlich jetzt eine ordentliche Portion.“

Sie packten das Notwendigste ein, verabschiedeten sich von den JJs und wanderten den Berggürtel hinunter zur nächsten Ortschaft. Später reisten sie dann mit dem Linienbus nach Luckytown. Als sie dort das Zentrum erreichten, gaben sie sich als familiäre Touristengruppe aus und mischten sich, ohne groß Zeit zu verlieren, unter die Zocker der Stadt.

Steven und Susan, die wohlhabenden Eltern der am stillgelegten Bahnhof verschwundenen Kinder, Paul und Sophia, verfolgten mittlerweile eine Spur, die auf eine Entführung hindeutete und nach Luckytown führte.

Durch ihren enormen finanziellen Einfluss bekamen sie leicht alle nötigen Informationen und waren somit schneller am Ziel. Sie hofften zudem inständig, vielleicht dort einen Weg zu ihrem schon lange Zeit verschollenen älteren Sohn Philipp zu finden und standen nun mit ihrer Nobelkarosserie vor den Toren der Stadt, während George und Julianne bereits die Kugel am Roulettetisch rollen ließen.

Die beiden Jungs hielten sich mit Jack an einem anderen Ort auf. Wegen der Altersbegrenzung hatten sie keinen Zutritt in die Casinos. Es war im wahrsten Sinne des Wortes ein Kinderspiel, mit dem richtigen Einsatz an die richtigen Spielpartner zu kommen. George hatte kurz und schmerzlos eine Abmachung auf ganz hohem Niveau getroffen. Es spielten nur zwei Gruppen an dem Tisch, beide hatten sich auf den gleichen finanziellen Einsatz geeinigt, der konsequent aus dem Bestand, was George und Julianne zur Verfügung hatten. Es durfte jeweils nur auf ein Feld eine Summe innerhalb des vereinbarten Gesamteinsatzes in Form von Jetons gesetzt werden. Wer zuerst Pleite war musste zwei Kinder abgeben.

George und Jack wollten an die Drahtzieher kommen, die für die Entführung jener Kinder verantwortlich waren, die nicht für Wonderland zugelassen wurden. George hasste Spielcasinos, genauso wie er Kapitalisten hasste und er rechnete sowieso damit, dass er verlieren würde. Es war eigentlich egal, Geld spielte für ihn keine Rolle und bei einer Übergabe zu welcher Gewinnerseite auch immer, würden die gleichen Leute anwesend sein und an die wollten George und seine Freunde heran. Der Croupier lies die Kugel nun rollen und George wartete bis zum letzten möglichen Augenblick, um dann plötzlich die Hälfte seines Kapitals auf *impair* zu setzen.

Rien ne va plus und die Kugel sprang noch viele Male, bis sie in der 6 liegenblieb. In der zweiten Runde setzte George wieder die Hälfte seiner noch übrigen Jetons auf Schwarz. Doch auch diesmal traf er nicht ins Schwarze und die Kugel kullerte in die rote 12. Das ist beim Roulette im Prinzip nicht knapp, aber trotzdem ärgerlich und George deutete dies nach der vorherigen 6 als schlechtes Omen. Aller guten Dinge sind drei, dachte sich George jedoch und sprach nochmal mit Julianne. Sie nahm daraufhin die restlichen Jetons in die Hand und setzte alle auf die 13, die für viele Menschen dafür bekannt war, Unglück hervorzurufen, obwohl diese Leute selbst niemanden kannten, dem diese Zahl irgendwann zum Verhängnis geworden war. In vielen Kulturkreisen jedoch galt die 13 sogar als Glücksbringer. George und Julianne brachte sie heute dagegen kein Glück, es kam die Zero und das Spiel war verloren, da George jetzt pleite war. Sofort stand eine Gruppe von ernst blickenden Bodyguards um sie herum und sie wurden aufgefordert, sie zum Wetteinsatz nach draußen zu führen.

Als beide mit den Sicherheitsleuten am verabredeten Standort erschienen, wartete Jack bereits ungeduldig mit den Jungs dort. Zum gleichen Zeitpunkt sah dieser seinen Bruder mit einer verhältnismäßig hohen Anzahl von Leuten antraben.

„Mann, du hast dir aber Zeit gelassen, George“, rief er zu der Gruppe hinüber.

„Sorry, Black Jack, aber ich bin das erste und sicherlich auch letzte Mal hier und dann möchte ich auch mal den spielerischen Einblick in den unethischen Kapitalismus bekommen.“

Dann nahm Jack, wie mit seinem Bruder verabredet, schnell die Jungs in seine Arme und trat ein paar Schritte zurück hinter einen Häuservorsprung, so dass sie das folgende Massaker nicht mitansehen mussten.

„Okay, eins, zwei und drei!“, schrie George.

Er und Julianne sprangen rechtzeitig zur Seite, um dem Kugelhagel zu entgehen, der ohrenbetäubend durch die Luft flog. Die Geschäftsmänner der Casino-Welt und ihre Gefolgsleute wurden gnadenlos mittels hochwertiger und wirksamer Militärausrüstung in tausende Einzelteile zerfetzt. Es flogen menschliche Stücke jeglicher Art in kleinsten Details durch die Gegend und die Aktion war nach wenigen Sekunden erledigt.

Doch die Totenstille danach kam George wie eine Ewigkeit vor, während er leise das Gedicht zitierte, das er einmal über seinen verstorbenen Opa geschrieben hat.

Als ich Wache stand an den Flaks,
die Flieger schoss zu Wracks.
Doch eine Bombe den Damm sprengte,
anschließend Wasser das Lager schwemmte.
Die vielen Menschen überspülte,
aber dies offiziell Niemanden rührte.
Die Anderen mich mit zu sich brachten,
ohne auf meine Familie zu achten.
Keiner fing an etwas zu ahnen,
als viele von uns Typhus und Pocken bekamen.
Dem Tod noch einmal entronnen,
ein weiteres Lager hatte begonnen.
3 Jahre Briefe nach Hause;
aber keine Schreiner-Pause.
Umso größer war das Glück,
als ich endlich kam zurück.
Das Leben dann noch viel gekonnter,
brachte mir die zweite Tochter.
Den Ländern fehlt noch jede Reue,
aber worüber ich mich freue:
Sie planen von jetzt an als Freunde fürs Leben,
trotz dem anderen nicht viel zu geben.
Doch dieses Jahr innerhalb der Nationen,
verriegeln sich sogar deren Regionen.
Denn ein neues Virus befällt die Menschen,
auch gänzlich ohne Grenzen.
Ob reich, ob arm, ob jung, ob alt,
es macht vor keinem halt.

Wir müssen zueinander Distanz bewahren,
und viel Toleranz erfahren.
Die langen Kriege sind noch da,
aber um Gefolgschaft wurde es rar.
Alle Länder sind nun gleichermaßen dran,
packen wir es endlich gemeinsam an!

Nachdem er das Zitat wie ein zu Tode Verurteilter in seinen letzten Atemzügen schnell vor sich hin gemurmelt hatte, rief er nüchtern und kategorisch:

„So, Bruderherz, ich hoffe, dass war konsequent und effizient genug für dich!"

Obwohl sie alles gemeinsam genauso geplant hatten, musste Jack das, was hier gerade passiert war, erst mal verarbeiten. In dieser Heftigkeit hatte er es sich bisher nicht vorgestellt. Die Rebellengruppe seines Bruders war tatsächlich bis aufs Schärfste militärisch ausgerüstet, sodass es einem die Sprache verschlug.

Als sich alle gesammelt hatten, ergriff Jack das Wort: „Und jetzt?"

„Du musst hier noch aufräumen, war schließlich alles deine Idee. Ich und meine Truppe machen uns wieder auf den Weg in eine andere Region. Dort ist ein Bürgerkrieg aufgrund von Gebietsstreitigkeiten ausgebrochen und bei so etwas sind wir immer gerne dabei, um die Guten zu unterstützen."

„Und wer sind sie, die Guten? Wie definierst du die Richtigen?"

„Ist gut jetzt Mutti, du denkst einfach zu viel! Mit vernünftigem Menschenverstand trifft man meistens auch die richtige Entscheidung, zumindest, was das Ziel angeht. Ob es für einen selbst und den Lebensweg sinnvoll ist, mag da schon die schwierigere Entscheidung sein“, antwortete George, umarmte dabei noch einmal seinen Bruder und verschwand dann wieder im gefühlten Nirgendwo.

Gerade noch rechtzeitig, bevor die Kriminalagentur in Erscheinung trat. Die Polizisten waren jedoch nicht wenig überrascht, als sie das Massaker sahen. Sie schauten zu Jack und den Kindern hinüber. Jack erwartete zunächst, verhaftet zu werden. Doch ihm wurde schnell bewusst, was für ein unschuldiges Erscheinungsbild er in diesem Moment abgeben musste, nach solch einem Massaker unbewaffnet und mit zwei Kindern an einer Hauswand kauernd. Auf seinen Zustand angesprochen meinte er nur, dass es ihm und den Jungs gut gehen würde. Er wurde daraufhin gebeten, mit ins Präsidium zu kommen, um beschreiben zu können, was hier gerade passiert war. Natürlich würde er den Polizisten nicht erzählen, dass sein Bruder per Telefon seine eigene Rebellentruppe aus den Bergen herbeordert hatte, um in Luckytown mit ihrem schweren Geschütz Menschen und Gebäude in Schutt und Asche zu verwandeln. Ihm schoss in dem Moment ein Gedanke durch den Kopf – die Jungs! Wie sollte er den Beamten erklären, wer die Jungs waren? Sie würden in ein Heim geschickt werden und in dem Zusammenhang erinnerte er sich wieder an Wonderland.

Doch es kam alles ganz anders. Im Oberquartier der Kriminalagentur trafen sie auf Steven und Susan, die ihre zuvor verschwundenen Kinder in den Armen hielten. Mit ihrem finanziellen Einfluss hatten sie nach ihrer Ankunft in Luckytown die Drahtzieher hinter dem Komplott mit ihren entführten Kindern aufdecken lassen. Auch die in die illegalen Machenschaften Luckytowns involvierten Polizisten wurden festgenommen. Nun wollten sie auch noch dazu beitragen, so ironisch das auch klang, viele Menschen wieder glücklich zu machen. Sie waren gerade dabei, mit den politischen Verantwortlichen über die existentielle Zukunft Luckytowns zu sprechen, als Susan vor Schreck fast ihren kleinen Sohn Paul fallen ließ. Jack war gerade mit den beiden Jungs ins Bürgerhaus gekommen und Susan sah in die Augen ihres lange verschollenen Sohnes. Auch Philipp erkannte seine Mutter natürlich und sie fielen sich in die Arme. Es war eine lange intensive Umarmung, doch kurz darauf folgte klar erkennbar auch eine leichte emotionale Distanz und dann klärten sie erst mal die restlichen überraschten Personen im Raum über ihre familiäre Beziehung auf.

„Und wer bist dann du, kleiner Bursche?“, fragte der Dienststellenleiter und schaute David skeptisch an.

„Er ist mein Sohn“, reagierte Jack schnell.

„Dann bist du also –“

Doch Philipp fiel dem Polizisten ins Wort: „... mein bester Freund!“

„Ach so, na dann ist ja alles wieder in Butter“, meinte der kriminaltechnische Dienstleiter. Jack wurde danach schnell die eigentliche Situation bewusst. Philipp würde trotz weiterhin existierender Distanz zu seiner Familie zurückgehen, da war er sich sicher. Danach wäre David wieder alleine.

Philipp kam zu Jack und David zurück: „David, bitte sei nicht enttäuscht oder böse auf mich. Ich habe jetzt die Chance einen Neuanfang zu wagen, mit meinem eigenen

Fleisch und Blut. Ich kann endlich ganz real mit einer richtigen Familie zusammenleben."

„Philipp, ich bin der Letzte, bei dem du dich dafür entschuldigen musst. Ich versichere dir, keiner versteht dich besser als ich."

Er hatte bei seinen Sätzen Tränen in den Augen, doch die bestanden zur Hälfte aus Freude.

Der Familienvater fragte Jack daraufhin, wie er sich erkenntlich zeigen könnte, was er für seine Familie getan hatte. „Danken sie nicht mir, Steve, ich bin glücklich. Aber fragen sie doch David, vielleicht hat er ja noch einen speziellen Wunsch."

Steve ging auf David zu und machte ihm klar, dass er noch mindestens einen Wunsch frei hätte.

David war so frei und sagte, was er hier und jetzt am meisten wollte: „Da wäre noch was!"

„Ich höre kleiner Mann"

„Sie haben vielleicht von dem schrecklichen Virus in der Region Wonderland gehört. Wissen Sie, ich habe nämlich im gleichnamigen Park noch einige nette Kinder kennengelernt und es muss ein Gegenmittel oder eine lebensnotwendige Behandlung gefunden werden, um die infizierten Jungen dort zu retten. Könnten sie dabei vielleicht helfen?", fragte David traurig und fast bettelnd.

Steven war betroffen von der Bitte und versprach, alles Erdenkliche zu tun, um so schnell wie möglich eine Lösung für die dortigen Probleme zu finden. Woraufhin David gleich wieder lächelte und sich schon im Voraus für die Hilfe des wohlhabenden Mannes bedankte. Er fand den Herrn zwar nett, aber konnte sich weiterhin beim besten Willen nicht vorstellen, dass dies wirklich Philipps Vater sein sollte.

Susan, die das Gespräch von weitem verfolgt hatte, kam hinzu, wuschelte mit ihrer zarten Hand durch Davids Haare und fragte ihn etwas Ungewöhnliches: „David, du bist der beste Freund, den Philipp jemals hatte, und wir haben erfahren, dass Jack gar nicht dein Vater ist und deine Eltern ums Leben gekommen sind. Willst du mit uns kommen?“

Einen Moment lang herrschte Totenstille. David sah zu Jack hinauf und als er seinen Gesichtsausdruck sah, fasste er allen Mut zusammen.

„Madame, ich denke, Philipp ist mein bester Freund, aber ich möchte noch nicht gehen, zumindest jetzt noch nicht.“

„Kein Problem Kleiner, wir wollten nur nicht Schuld an noch einem Kinderschicksal sein. Aber ich denke, Jack wird dich begleiten. Bei ihm wirst du in guten Händen sein, nicht wahr, Jack?“

„Ich werde solange für ihn da sein, wie er es möchte“, fügte Jack hinzu und schaute dabei den Jungen an, dessen Lächeln für ihn eine Bestätigung war.

Philipp ging daraufhin nochmal auf David zu und nahm ihn fest in seine Arme: „Ich werde die Zeit mit dir nie vergessen, Davie. Give me five, Kleiner!“

David schlug ein.

Die wiedervereinigte Familie ging und die beiden Jungs winkten sich noch ein letztes Mal.

Eine neue Familie

Als sie nicht mehr zu sehen waren, drehte sich Jack zu David und meinte: „Kleiner? Das ist wohl bei allem, was passiert ist, nicht mehr die richtige Bezeichnung für solch einen tapferen Burschen wie dich. Ab jetzt bist du mein Großer, wenn du nichts dagegen hast. Danke für dein Vertrauen, ich hoffe, du weißt, auf was du dich mit mir einlässt, beziehungsweise auf was du gerade verzichtest hast?"

„Weiß ich, aber was machen wir jetzt?"

„Ich kenne da einen Ort, an den wir erst einmal zurückkehren können."

David konnte sich schon denken, welcher Ort das sein würde, aber Jack zuliebe tat er so, als hätte er keine Idee. Gespannt war er trotzdem, ob es auch dort war, wo er vermutete. Er liebte Überraschungen.

Sie kehrten zu Jakobs Haus zurück, doch dort gab es die Überraschung eher auf Jacks Seite, denn auf sein Klopfen hin öffnete Antonia die Tür: „Hallo, Schätzchen, wen hast du denn da niedliches mitgebracht? Kommt doch rein!" und stand dabei lässig am Türrahmen gelehnt. Sie war komplett in Leinenkleidung gehüllt, so wie er sie einmal kennengelernt hatte. Sie verdeckten ihre sehr weiblichen Formen.

„Tony! Also hast du meine Nachrichten bekommen?", fragte Jack lächelnd.

„Ja, allerdings dachte ich erst, ich wäre hier falsch, weil du etwas von zwei älteren Männern erzählt hattest, von denen ich einen angeblich bestimmt noch kennen würde. Aber ich hab hier nur ein leeres Haus vorgefunden. Ich wäre in Kürze beleidigt weitergezogen."

„Seltsam, Jakob hatte uns gesagt, dass wir jederzeit zurückkehren könnten. Das hieß aber anscheinend nicht, dass auch er dann noch hier ist. Schade, vor allem, weil Jonas sich bestimmt gefreut hätte, dich wiederzusehen. Wie auch immer. Was ist aus dem Anschlag in Silenttown geworden?

„Ich weiß es nicht genau, aber als ich deine E-Mail am Computer im Hotelzimmer gelesen habe, konnte ich den Online-Nachrichten entnehmen, dass jemand an einem Anschlag gehindert wurde, der mit dem Hotel zu tun gehabt haben muss, indem ich dort gewohnt habe. Allerdings ist unklar, ob es ein Mitarbeiter oder Hotelgast gewesen war. Die Lavastein-Lampe von Mr. Silence stand auf jeden Fall dekorativ auf dem Anmeldetresen der Hotelrezeption."

„Also hast du dir es zum Glück anders überlegt und dich von deinen Anschlagsgedanken dann doch noch im letzten Moment verabschiedet?", fragte Jack kritisch.

„Es wäre sehr konstruktiv, wenn du dann jetzt auch mit dem Thema abschließen würdest – da steckte schließlich jemand anders dahinter und das habe ich dir auch schon kommuniziert", zischte Tony ihn an und fügte hinzu: „Übrigens konnte ich aktuellen Meldungen entnehmen, dass in Silenttown eine gewisse Lucy die Interimsleitung der Stadt übernommen hat. Mr. Silence war aufgrund des Anschlags traumatisiert vom Amt als Bürgermeister zurückgetreten."

„Ach was, das ist ja ein Ding! Eine Frau?", fragte Jack verblüfft.

„Ja und? Meinst du, eine Frau ist zu dem Job nicht fähig?“

„Nein, das meine ich nicht, aber –“, doch Tony unterbrach ihn einfach und wechselte plötzlich komplett das Thema, indem sie Jack mitteilte, dass jemand auf dem Esstisch eine Nachricht hinterlassen hatte. „Es ist ein Haiku“, erklärte sie.

„Ein was?“, vergewisserte sich Jack.

Tony zeigte ihm mit frivolem Blick das Blatt Papier.

„Haiku ist ein traditionelles japanisches Gedicht, komm, ich trage es dir vor.“

Sie setzten sich gemütlich aufs Sofa und sie las ihm voller Emotion die handschriftlich verfassten Zeilen vor:

Warm du warst dies Jahr
darum kräftig gegossen
die Bäume sprossen

Geschwind wie der Wind
die Tage werden kälter
alles wird älter

Auf Wiedersehen
warte ich bis nächstes Mal
jetzt wird alles kahl

„Klingt für mich eher wie ein Abschiedsgedicht. Ich denke, die Herren sind wohl nicht nur kurz gegangen“, meinte Jack und wendete sich zu David. „Was meinst du Großer, wollen wir drei dann erst einmal zusammen hier bleiben?“

„Klar, also ich find Tony ganz in Ordnung.“

Jack stupste ihn an und Tony beobachtete die beiden, wie sie sich bereits so gut verstanden und ihr Herz fing stärker an zu klopfen.

„Tony, bist du auch dabei? Unsere kleine Männer-WG könnte sicherlich eine vernunftbegabte Frau wirklich gut gebrauchen“, meinte Jack.

David schaute sie dabei an und wartete gespannt auf ihre Antwort.

Diesem treuseligen Blick konnte sie nicht lange standhalten und fragte: „Meint ihr, ich bin diesen Hügel hochgelaufen, damit ich euch jetzt alleine lasse?“

„Klasse!“, rief David sofort und umarmte sie herzlich. Jack schloss daraufhin beide gleichzeitig in seine Arme, gab Tony einen zarten Wangenkuss und flüsterte ihr ein *Danke* ins Ohr.

„Und wisst ihr, was das Beste hier ist?“, fragte David aufgeregt.

„Nein“, antwortete Jack und schaute wieder zu Tony. Die zog auch unwissend die Schultern hoch.

„Hier gibt es keine Schule weit und breit!“

„Ha, zu früh gefreut, das Lachen wird dir schon noch vergehen, ich bin nämlich Lehrer!“, machte ihm Jack klar. David fragte, ob er in den Keller dürfe, um in Jakobs Dunkelkammer endlich seinen Dia-Film entwickeln zu können. Jack erlaubte es ihm natürlich und erwischte sich schon jetzt dabei, in eine Vaterrolle zu gleiten, indem er David andeutete, dass sie noch Abendbrot zusammen essen würden und er danach auch mal langsam ins Bett gehen müsse, es wäre schließlich ein anstrengender Tag gewesen.

„Jaja Papsi", antwortete David lässig. Aber für reine Ironie klang es dann doch schon zu vertraut.

Etwas für das Abendessen zu finden, war nicht schwer. Jakob und Jonas hatten ihnen eine volle Vorratskammer hinterlassen. Während sie gemeinsam am Tisch saßen, was für alle eine recht ungewohnte Situation war, kamen sie ins Gespräch.

Jack fragte David, warum er denn überhaupt in den Regionen unterwegs war, worauf David ihm erklärte, dass sein Opa, als er noch lebte, regelmäßig vom Reisen geschwärmt hatte und auch ihn ständig ermutigt hätte, es ihm später nachzumachen.

„Und woher hast du diese Mappe und vor allem, warum ist sie dir so wichtig?" fügte Tony fragend in ihre kleine Konversation ein.

David schaute zu Jack rüber, der zustimmend nickte.

„Ich habe sie in einer Dschungelhütte in einer alten Schreibtischschublade entdeckt", antwortete David.

Tony ließ sich ihre Überraschung nicht anmerken und meinte nur: „Ach, das ist ja ein Zufall."

Sobald David im Bett war, konnte Tony allerdings ihre Neugier nicht länger bändigen und sprach Jack darauf an, wie es möglich ist, dass David die Aufzeichnungen seines ehemaligen Begleiters besaß.

Jack erklärte ihr, dass er das Manuskript versteckt hatte, nur um zu sehen, was in dem Fall passieren würde. Er war gespannt darauf gewesen, wie danach auch seine eigene Geschichte weiterging.

Tony reagierte darauf sehr emotional und merkte erst jetzt, wie sehr sie in Jack verliebt war, auch wenn sie das ihm gegenüber natürlich niemals zugeben hätte.

Die drei lebten von nun an harmonisch wie eine junge glückliche Familie auf dem Anwesen. Jack stellte mit David zusammen das von Jakob begonnene Baumhaus fertig, während Tony in der Zeit an einem Liebesroman schrieb, von dem sie immer schon geträumt hatte und den sie jetzt zusammen mit Jack vorlebte – in seiner gesamten Freizügigkeit.

Als David sie das erste Mal nackt aus der Dusche kommend über den Flur entlanggehen sah, wurde ihm bewusst, dass er noch nie solch eine schöne Frau gesehen hatte. Bei seiner Mutter hatte er nie derartige Gedanken entwickelt.

Jack dachte anscheinend auch nicht anders über das Thema und musste zugeben, dass er gerade in eine Welt der Standard-Klischees eintauchte. Wie sonst war es erklärbar, dass in ihm die Überzeugung reifte, niemals zuvor so einen geilen Sex gehabt zu haben als in jenem Zeitraum mit Tony. Sie wollte es richtig von ihm wissen, überall im Haus, überall an ihr. Während ihrer Ekstase verschwand Jack in ihr und während er sie innerlich berührte, verschwand in ihm schnell das ungewohnte Gefühl, ein Kind in der Nähe zu haben, das unweigerlich Zeuge oder zumindest ein Zuhörer ihres hemmungslosen Treibens sein musste.

Eines Nachts wachte David auf, weil er Pipi musste. Nachdem er seine drückende Blase fast schlafwandelnd entleert hatte, vernahm er seltsame Geräusche und folgte ihnen bis zur angelehnten Küchentür. Lugend durch den Spalt wurde er Zeuge des Liebesaktes. Tony lag rücklings mit gespreizten Beinen auf dem Küchentisch.

David war bei dem Anblick gedankenverloren wie ein Kind, welches das erste Mal seine Eltern beim Liebesspiel unfreiwillig erwischte. Er stand wie gelähmt vor der Tür und wusste in dem Moment nicht, ob er es verstörend empfand. Das war wohl auch der Grund, warum er nicht in die Küche hineinplatzte, obwohl er die Situation nicht richtig einzuordnen wusste.

Seine Anspannung im Körper löste sich allerdings schnell wieder, als ihm so richtig bewusst wurde, was das Ganze zu bedeuten hatte. Danach fand er die Situation eher belustigend. Was hätte er in diesem Moment darum gegeben, dieses interessante Schauspiel zu fotografieren. Doch er hatte seine Kamera weder dabei, noch hätte er sich getraut, den Türspalt weiter zu öffnen, um sich dann wahrscheinlich durch das auslösende Geräusch seiner Kamera zu verraten. Deshalb begnügte er sich mit dem Blick durch das gute antike Schlüsselloch. Dabei bestand eine geringere Gefahr, dass die Akteure den Zuschauer entdecken würden. Außerdem war der Blickwinkel noch besser als durch den Türspalt. Dabei registrierte er, dass sich in seiner Hose etwas regte. War er ein Perverser, wie es ihm schon einige Leute in der Vergangenheit einreden wollten? Natürlich nicht, gab er sich selbst die Antwort. Die beiden waren schließlich nicht seine richtigen Eltern!

Als die beiden Liebenden gemeinsam lautstark ihren Höhepunkt erreichten, spürten sie Gefühlsschübe, die wie elektrische Impulse ihre Körper durchdrangen.

David entfernte sich nun rasch, aber unbemerkt und ging wieder zu Bett. Es folgte ein tiefer entspannender und vor allem intensiver Schlaf, denn als er aus seinen schönen Träumen erholt und guter Laune erwachte, spürte er etwas Klebriges zwischen seinen Beinen und die an der Stelle feuchte Hose. *Na toll*, dachte er.

Doch es war nicht das erste Mal und ihm war klar: es würde auch nicht das letzte Mal sein, dass ihm das widerfuhr. Er wusste bereits, was zu tun war.

Leise öffnete er seine Zimmertür und vergewisserte sich, dass das frisch verliebte Pärchen noch schlief. Da er keine Geräusche im Haus vernahm, huschte er zur Waschmaschine, die mitten auf dem Gang stand, zog seinen Schlafanzug aus, steckte beide Teile in die zum Glück bereits halb gefüllte Wäschetrommel und flitzte den Flur entlang ins Bad.

Davids Vertrauen zu Jack ging mittlerweile weit über die bloße Ersatzvaterschaftsrolle hinaus. Eines Abends bat der Junge Jack in sein Zimmer zu kommen, weil er mit ihm über etwas sprechen wollte. Jack war erfreut über diese erneute Vertrauensgeste und ging zu David in den Raum.

Als Jack die Tür hinter sich nur anlehnte, bat ihn der Junge darum, sie ganz zu schließen. Sobald er das Klicken der Tür hörte, begann David seine ergreifende Geschichte, was ihm wohl schon seit langer Zeit auf dem Herzen lag und nahm Jack mit sich zurück in die frühe Kindheit.

Sie mochten sich vom ersten Kindergartentag, begann David zu erzählen. Das hatte das Mädchen ihm auch immer wieder gesagt. Wie niedlich sie ihn fand, als er am Eröffnungstag des neuen Kindergartenjahres zunächst auf dem Hof mit seinem mitgebrachten Laufrad durch die Gegend flitzte und später einem Fußball in der Turnhalle hinterher lief, in der sich gerade alle Eltern und

Kinder aufhielten – natürlich immer schön kreuz und quer zwischen den Leuten hindurch. Das Mädchen hatte ihm auch erzählt, dass sie die Sommersprossen und das niedliche Grinsen in seinem Gesicht so mochte. David konnte sich eigentlich gar nicht vorstellen, dass sie sich daran so genau erinnern konnte, doch dies war die erste Sache, die Jack ihm erklärte. Wenn sich ein prägendes Ereignis in die Gedanken einniste, sei das Kinderhirn noch so klein, und man sich schon als Kind immer wieder daran erinnerte, blieben diese Erlebnisse erhalten und oft behielt man sie förmlich als Bild vor Augen.

„Aber warum wurde sie dann, als wir älter wurden immer abweisender zu mir? Ich hatte plötzlich den Eindruck, dass sie nur noch nett zu mir sein wollte, mich aber nicht mehr richtig mochte. Irgendwann war ich nur noch irgendein Junge zwischen all den Mädchen – *ihren* Freundinnen!“, erzählte David niedergeschlagen. Man konnte ihm den Liebeskummer förmlich von den Augen ablesen und Jack litt mit ihm. Er wusste aber doch auch keinen Rat.

Dann plötzlich riet er ihm Folgendes und war dabei von sich selbst überrascht: „David, so ist das nun mal im Leben. Wenn sich Menschen schon sehr jung verlieben, wie bei euch im Kindergartenalter, dann hat das meist wenig Chancen für die ferne Zukunft und in dem Fall sollte es einfach nicht so sein. Mit meiner Tochter –“, er hielt inne und sah David dessen Überraschung an, denn dieser hatte bisher nichts von einer Tochter gewusst. Doch der Junge sagte nichts und somit erzählte Jack weiter: „Mit meiner Tochter war es genauso. Da bist du nicht der einzige, mein Junge. Doch ich garantiere dir, so ein lieber Kerl wie du wird früh genug eine Freundin finden und ich bin überzeugt, dass ihr euch dann noch lieber haben werdet, als du es jemals zuvor erlebt hast."

„Meinst du wirklich?"

„Ganz sicher!"

David begann wieder zu lächeln und anschließend umklammerte er Jack ganz fest.

„Danke, du bist der Erste, dem ich dieses Geheimnis erzählt habe."

„Ich weiß, David, und ich habe dir gerne zugehört."

„Vielleicht steigert man sich als junger Mensch oft zu stark in solche Sachen hinein, sodass man nicht klar denken kann – vor allem, wenn große Veränderungen einkehren. Aber so sind Gefühle schließlich", erklärte Jack großspurig, als er später mit Tony darüber sprach.

„Jack, ich finde das berührend. Überhaupt, wie du mit David umgehst", entgegnete sie.

„Tja, aber langfristig kann man gegen die menschliche Natur nicht ankämpfen. Eine Liebe zwischen Kindern, die danach bis ins Jugendalter ständig zusammen sind, ob morgens in der Schule, nachmittags zu Hause oder sogar gemeinsam Ferien machen. Für diese Kinder, die eine, Geschwistern ähnelnde Beziehung pflegen, hat sich in der Evolution ein Hindernis entwickelt, eigentlich um Erbschäden durch einen möglichen Inzest zu vermeiden. Unter Wissenschaftlern wird dieses, in der pubertären Phase zunehmende sexuelle Desinteresse Westermarck-Effekt genannt.

„Was es alles gibt. Armer David", meinte Tony darauf nachdenklich und wurde mit diesem Thema förmlich wieder in eine Passage ihres gerade in Arbeit befindlichen Romans katapultiert.

„Das ist nicht weiter tragisch, ich glaube, er musste es einfach jemanden erzählen, denn es lag ihm seit langer Zeit auf dem Herzen“, antwortete Jack.

Eines Tages sprach sich die Meldung herum, dass ein wirksames Gegenmittel für die Seuche in Wonderland gefunden wurde und dass Wonderland einen neuen Leiter bekommen hat: Mohammed aus Southtown. Er sei ein sehr kompetenter und lebensfroher Mensch voller Enthusiasmus. David hatte schon länger den Wunsch gehabt, dass Wonderland eine ausbaufähige Idee werden würde und sich nach der Seucheneindämmung zu einem echten Waisenhaus entwickeln könnte. Es musste doch noch richtige, idealistische und weltoffene Lehrer geben. Dieser Gedanke schien jetzt anscheinend wirklich Gestalt anzunehmen.

Eines Abends kam es dann zum alles verändernden Gespräch zwischen Jack und Tony. Am Anfang waren sie eigentlich rein zufällig auf das Thema der Emanzipation zu sprechen gekommen. Er wollte sie überzeugen, dass nicht alles in einer von Männern dominierten Welt gleich gegen Frauen gerichtet sei. „Es gibt eben Sachen, die Männer besser können und andere, die Frauen besser können. Nur ein verschwindend geringer Anteil der Frauen in der Gesellschaft will Pilotin werden – das ist der Grund, warum so gut wie keine weiblichen Personen in Cockpits von Passagierflugzeugen sitzen. Distanzen, Richtungsbestimmung und Geschwindigkeiten sind eine Männerdomäne“, erklärte Jack belehrend, „dafür sehen wir den Wald vor lauter Bäumen nicht und können nicht gut zuhören."

„So, bist du fertig mit deinen Klischees und kannst mir einen Augenblick zuhören?", meinte Tony leicht zickig.

„Ich bin ganz Ohr, Honey" antwortete Jack und zeigte dabei ein verschmitztes Grinsen.

„Der große Mr. Silence hatte Angst vor mir. Stell dir vor, er hat mich sogar Lilith genannt!"

„Für was steht denn der Name?"

„Lilith wurde historisch einst in religiösen Kreisen als verteufeltes Weib dargestellt. Aber soweit will ich gar nicht ausholen. Dem Macho von Silenttown ging es eher um mein, wie er sagte, feministisches Bestreben in Form von Freiheitsdurst und den Kampf um Unabhängigkeit. Er steht wohl auf den Mutterinstinkt der bescheidenen und folgsamen biblischen 'Evas', die sich selbst etwas vorgaukeln, wenn sie betonen, im Patriarchat glücklich zu sein. Eine sinnliche und leidenschaftliche Frauenwelt ist Mr. Silence sicherlich fremd."

„Aber ich steh drauf", feixte Jack und nahm Tony in die Arme.

Doch sie entriss sich sofort wieder und schaute ihn böse an: „Du nimmst mich nicht ernst!"

„Wohl!"

„Ach ja, dann erklär mir mal: was bedeutet eigentlich Liebe für dich?" und verzog bei der Frage keine Miene.

Jack schaute plötzlich verdutzt über die gerade völlig unpassende Ernsthaftigkeit der Konversation.

„Ich meine, denkst du, dass ich dich mehr liebe, weil du, worauf du hier in der ersten Nacht mit mir bestanden hast, im Doppelbett auf der Seite näher zur Tür schläfst, um mich dann besser vor einbrechenden Angreifern zu beschützen?“

„Reiner Instinkt“, behauptete Jack. „Aber ich verstehe, worauf du hinaus willst. Da man selbst und von sich aus keine aktive Chance hat eine Person *mehr* zu lieben, zumindest sehe ich keine Möglichkeit, kann meiner Meinung nach schlussfolgernd nur etwas dafür getan werden, dass die andere Person einen mehr mag und das auch zeigt, so dass man sie dadurch vielleicht noch etwas mehr zu lieben lernt. Wenn dieser Wunsch verspürt wird, er sich jedoch nicht erfüllt oder gar unerreichbar scheint, kann man nur versuchen, eine andere Liebe zu finden, um dem dann zurückgelassenen Partner eine stärkere Liebe, die er verdient, nicht vorzuenthalten. Was letztlich bedeutet, dass in einer Lebensgemeinschaft dem Anderen keine Steine in den Weg gelegt werden sollten, um eine bessere Beziehung zu finden und die Möglichkeit zu mehr Glücksmomenten nicht zu versperren.“

„Aber wie wichtig ist dir Liebe? Welche Bedeutung besitzt sie in deinem Leben?“

„Das ist doch viel zu pauschal. Du kannst nicht das gesamte gesellschaftliche Leben auf eine Wortkreation aufbauen.“

„Liebst du mich, Jack?“

„Ach, Tony, was soll das jetzt? Welche Aussagekraft hat schon ein *Ja* oder *Nein* auf diese Frage. Es existieren so viele Definitionen von Liebe. Die einzig verlässliche ist doch die verwandtschaftliche Liebe. Eine Mutter zum Beispiel wird doch immer ihr eigenes Fleisch und Blut, das von ihr geborene Kind lieben – egal was passiert.“

„Ach! Und in einer Beziehung hat die Liebe demnach keine verlässliche Chance. Dir reicht es anscheinend, dich nur selbst zu lieben?"

„Quatsch, ich liebe mich gar nicht – aber hassen tue ich mich auch nicht, wenn du das jetzt wiederum daraus schlussfolgerst. Nein, aber das ist doch die Frage, über die es sich nachzudenken lohnt. Muss denn gleich alles auf Gegenseitigkeit beruhen? Klar, ist die einseitige Liebe für beide Seiten möglich, vor allem in einer rein erotisch-sexuellen Beziehung, solange die andere Seite es nicht stört oder mental belastet. Ich bin auch der Meinung, dass der Liebe mehr Bedeutung beigemessen werden sollte, als nur der Magnet zu Fortpflanzung zu sein. Wenn man allerdings das Gefühl bekommt, dass der liebende Partner diese Einseitigkeit lediglich toleriert, kann das schlechte Gewissen des Ausnutzenden möglicherweise Überhand nehmen und die Beziehung oder gar den Alltag negativ beeinflussen. Bei göttlicher, selbstentleerender Liebe muss der Liebende allerdings schon einen sehr starken Glauben besitzen oder Zeichen bekommen, um an seiner Zuversicht auf Gegenseitigkeit festzuhalten und bei der Selbstliebe ist die gehörige Portion Schizophrenie notwendig, damit eine Gegenseitigkeit aufrecht erhalten werden kann. Ein weiteres Aufweichen der 'Erfindung Liebe' erlaubt es zudem ohne Probleme, auch Tiere zu lieben. Vor allem liebgewonnene Haustiere, die über eine lange Zeit mit einer Familie gelebt, umgezogen oder sogar gemeinsame Urlaube zusammen verbracht haben. Sie werden dadurch unbestritten auch ein wichtiger Teil der Familie. Sogar Pflanzen, Situationen und nicht lebende Objekte können geliebt werden – mit Opportunismus auch das Leben und mit Ausblendung alles Negativem sogar die Welt. Aber gerade in der Literatur hat eine Form Überhand genommen – die romantische Liebe."

„Die nervt mich!"

„Ach, die nervt dich?", fragt Jack überrascht.

„Ja, die geht mir richtig auf den Sack"

Jack schmunzelte.

„Aber im Gegensatz dazu ist Selbstliebe für mich eine Grundvoraussetzung der Fähigkeit, in nicht-familiärer Ausprägung zu lieben. Ansonsten kann man sich meiner Meinung nach nie wirklich geliebt fühlen. Wie kann man zulassen, dass eine andere Person dich liebt, wenn du dich selbst für unzureichend hältst? Wie auch immer – du weichst mir aus, mein Lieber. Was willst du? Wofür willst du Verantwortung übernehmen?", blieb Tony hartnäckig.

„Ich will gar nichts!"

„Dann will ich auch nichts!", entgegnete sie.

„Ach komm, Tony, sei nicht so, was soll das jetzt? Ich meine, verdammt, das ist wieder typisch. Das können Frauen natürlich auch – des Mannes Gedanken lesen!"

„Also liebst du mich nicht?"

„Das muss ein Frauending sein, angeblich zu wissen, was der andere empfindet", reagierte Jack flapsig.

„Nimmst du jetzt auch noch die feministische Keule raus?", provozierte Tony nun schnippisch.

Daraufhin holte Jack richtig aus: „Liebe heißt auch, ehrlich miteinander zu sein und sich zu verstehen.

Ich würde dich gerne lieben, soweit es zu meinem Gefühlsempfinden für den Ausdruck Liebe passt. Dieser Zustand kann vielleicht auch wirklich nur mit diesem einem Wort ausgedrückt werden. Aber wenn beide das Gleiche füreinander empfinden, muss dann überhaupt jemand ausdrücken, was selbsterklärend ist? Ich denke allerdings, dass du eine Frau bist, die all die Liebe bekommen möchte, die ich geben kann und weniger hast du auch gar nicht verdient. Doch dazu bin ich derzeit nicht in der Lage. Ich muss erst meine Tochter finden. Nachdem ich jetzt ein großes Stück zu mir gefunden habe, muss ich noch ein Stück weitergehen.

In deiner Gegenwart empfange ich das Gefühl des Berührtwerdens, was mir gerade jetzt sehr viel bedeutet. Aber momentan empfinde ich mich auch fremdbestimmt. Wenn Liebe auch Heimweh beinhalten sollte, werde ich auf mein Herz hören. Dann wird sich zeigen, wo ich hingehöre und ob du in Zukunft ein Teil davon wirst."

Tony reagierte nicht, doch er fuhr trotzdem fort:

„Ich habe früher mit Frau und Tochter wohlhabend zusammengelebt. Doch Geld macht mich nicht glücklich.

Nach einer Workaholic-Periode und anschließendem Burnout-Syndrom ruhte ich mich auf meinem rechtzeitig geerbten Reichtum zu sehr aus. Meine damalige Freundin drang nach Abenteuer und nahm sich eine Auszeit von mir. Meine Tochter war in Euphorie verfallen. Sie wollte ins große Unbekannte aufbrechen. Sie plante mit ihrer besten Freundin eine Reise unbestimmter Dauer. Darum begann ich, Ziele ohne finanzielle Mittel zu erreichen. Eine vorübergehende Mutter für David hab ich in Form deiner Person gefunden. Nun muss ich meine Tochter wieder zurückgewinnen. Sie ist mit ihrer besten Freundin unterwegs und die beiden könnten niemals ohneeinander auskommen. Männer dagegen, ich bin gerade das nächste

Beispiel, sind vergänglich. Wie ein Wein – erst ist er unreif und irgendwann ist er zu alt.“

Aber Jack fand sich in Wirklichkeit noch nicht zu alt dafür, das, was in seinem Leben falsch gelaufen war, richtigzustellen – bevor alles zu spät oder zu Ende war.

„Ich will nicht länger verschweigen, dass ich die Liebe in einer Partnerschaft brauche“, gab Tony zu.

„Ich glaube, ich kann nur wirklich lieben, wenn ich die Liebe nicht benötige“, entgegnete Jack und bemerkte dabei, dass dafür die Fähigkeit zur Selbstliebe dann doch recht hilfreich wäre.

„Das ist genau der gleiche Quatsch wie zu sagen, Liebe geschehe aus freiem Willen. Das ist zu kurz gedacht, denn die liebende Person kann ja nicht anders. Wenigstens aus Solidarität gegenüber der Partnerin, solltest du eine entgegengebrachte Liebe wenigstens anerkennen. Ein Gentleman würde sie jedenfalls zu würdigen wissen.“

Jack seufzte nur.

„Wir haben ohne jegliche biometrischen Verfahren zur Übereinstimmung unserer Gene zueinandergefunden und ich bin vollkommen überzeugt, dass du meine Liebe bist, aber du weichst der Frage aus, ob ich das auch für dich bin.“

Dann nahm Jack seinen ganzen Mut zusammen und erzählte ihr, worüber er bisher kein Sterbenswörtchen verloren hatte:

„Hör mir bitte noch einmal in Ruhe zu. Wir haben auf natürliche Weise, so wie ich es mir auch immer wieder wünschen würde, zueinander gefunden. Das ist richtig. Sei es Zufall, Vorherbestimmung oder weil wir es einfach wollten. Jedoch spielen bei mir in der Tat die Gene

Rolle. Nicht deine! Nur meine! Sogar wenn ich es wollte, würde es mir nichts nützen, durch DNA-Entschlüsselung den perfekten Partner zu finden. Mein Körper baut laufend Proteine, die dann als Hormone auftreten, die dafür sorgen, dass ich bindungsunfähig bleibe – nach einer gewissen Zeit des Zusammenlebens jedenfalls. Mein Problem wird auch als Single-Gen bezeichnet. Diese Eigenschaft ist vererbbar wie Charaktereigenschaften, die durch traumatische Erlebnisse entstanden sind.

Ich neige nicht zu Untreue, im Gegenteil. Personen mit einem übermäßigen Anteil an Trennungsgenen versuchen es auch immer wieder verzweifelt, die große Liebe zu finden. Wenn sie sie gefunden haben, dann scheitern die Beziehungen meistens nach kurzer Zeit. Menschen wie ich sind hoffnungslos verloren in Endlos-Liebesschleifen. Aber mit dir habe ich mich bisher am wohlsten gefühlt. Ehrlich, ob du es glaubst oder nicht. Ich habe mich wirklich in dich verliebt."

„Also ist es Liebe", flüsterte sie tränenunterdrückend.

„Ja."

„Aber du verlässt mich jetzt, stimmt's? Dann brauchen wir auch nicht über Liebe sprechen, wenn sie für dich nicht die Zukunft bedeutet. Wo willst du denn eigentlich genau hin?"

Jack senkte den Kopf. Er konnte Tony nicht direkt in die Augen schauen: „Ich muss meine Tochter finden und werde dafür auch Babsi um Rat fragen. Vorher will ich meinen ehemaligen Begleiter suchen, der mir vielleicht dabei helfen kann. Mich plagt zudem ein schlechtes Gewissen, dass ich ihn einfach im gefühlten Nirgendwo zurückgelassen habe.

Ich empfand ihn als interessanten und sympathischen Charakter, den ich auch irgendwie ins Herz geschlossen hatte. Ich muss Gewissheit haben, was aus ihm geworden ist und ich möchte mit ihm sehr gerne ganz am Schluss noch eine weitere Reise unternehmen, wofür ich die Unterstützung einer Person benötige, der ich vertraue. Die Freude des Suchens und Findens mit jemandem zu teilen, tut mir gut. Ich mochte ihn, obwohl ich es nicht gezeigt habe, denn er war ein Teil des Weges – zu einem meiner Ziele. Vielleicht hat er sein gewähltes Ziel auch schon erreicht. Aber braucht man nicht immer neue Herausforderungen?“

„Nicht, wenn du mit dem Erreichten und der aktuellen Situation zufrieden wärst. Aber anscheinend sind wir dir plötzlich nicht mehr gut genug“, konterte sie provokativ.

„Ich will versuchen, an den Anfang zurückzukehren.“

„Bist du irre“?

„Ich weiß, das soll so gut wie unmöglich sein.“

„Ich meine, dass du uns jetzt alleine lassen willst – so schnell wieder alles aufgibst!“

„Ich komme zurück, versprochen!“

„Dann geh doch!“, empfahl Tony so emotionslos, dass Jack in ihrer Stimme nicht registrieren konnte, wie es gemeint war.

„Wirklich?“

„Ist doch sowieso egal, was ich dazu sage, bringt eh nichts!“, meinte sie beleidigt und drehte sich weg. Sie konnte ihm nicht mehr in die Augen sehen.

„Das stimmt nicht Tony, mir ist deine Meinung nicht egal!“

„Aber die Situation kannst du David erklären, mein Lieber, das bring ich nicht übers Herz“, fügte sie nun weinend hinzu.

Doch auch das konnte Jack nicht mehr umstimmen. Er hatte seine Entscheidung getroffen und packte noch in der Nacht seine Sachen.

Am nächsten Morgen setzte Jack sich zusammen mit David alleine vor das Haus auf eine Bank. Die ersten wärmenden Sonnenstrahlen traten bereits über die nahen Bergkuppen und er begann damit, David die Situation zu erklären.

„David, du wirst jetzt denken, Menschen sollten Geheimnisse nicht preisgeben, vor allem nicht welche, die einem anvertraut wurden. Doch ich bin der Meinung, was ich dir jetzt erzähle ist wichtig, dass du es erfährst. Wenn Antonia sich wirklich ändern möchte, muss sie auch das verzeihen. Sie hat mir nämlich schon vor längerer Zeit verraten, dass sie eigentlich nie Kinder wollte, weil sie Angst davor hatte, ein Vorbild zu sein und Verantwortung für Schwächere zu übernehmen. Aber ich werde euch heute verlassen. Keine Ahnung, wann ich zurückkomme und ob wir uns alle überhaupt jemals wiedersehen. Du musst jetzt stark sein. Ich weiß, dass du Antonia magst und sie dich. Ihr könnt jetzt ein Team werden und euch gegenseitig helfen. Sie braucht jetzt jemanden, den sie liebhaben kann und du brauchst jemanden, der wie eine Mutter für dich ist.“

„Wo gehst du denn hin?“, fragte David verzweifelt.

Jack erklärte ihm alles.

„Dann war alles umsonst“, schrie David nun wütend und mit Tränen in den Augen. „Du hast es versprochen!“

„Nichts, was man tut ist umsonst! Wir hatten doch eine schöne Zeit, oder nicht?“

Da war David bereits aufgestanden und rannte ohne zu antworten zur Haustür.

„Bitte warte doch!“, forderte ihn Jack auf. „Willst du mir denn gar nicht mehr Auf Wiedersehen sagen?“

Aber David verschwand im Haus, ohne sich nochmal umzudrehen.

Jack hatte geahnt, dass es schwierig werden könnte – allerdings eher emotional für ihn selbst. Solch eine harte Reaktion hatte er nicht erwartet.

Niedergeschlagen und mit einem schlechten Gewissen wollte er David nachgehen, doch Antonia stand in der Tür und meinte, dass er ihn jetzt besser in Ruhe lassen sollte, und diesen Rat befolgte er.

Im Sand

Nachdem Line ihre Freundin in flagranti im Hostel erwischt hatte, saß sie nun wieder alleine am Strand. *War der Tubing-Typ, den sie damals aus dem Wasser gezogen hatte, ihnen bis hierher gefolgt oder war es Zufall, weil alle jungen Touris irgendwann ihren Weg an diesen Ort finden? Aber warum gerade Backe und nicht sie?* Während sich Line diese Fragen stellte, ertappte sie sich selbst bei ihren Gedanken, die auf den ersten Blick Neid und Eifersucht durchblicken ließen. Aber war es nicht sie selbst, die den Geretteten hinterher ignorierte?

War es vielleicht eher die Enttäuschung darüber, dass sie und ihre Freundin doch nicht so unzertrennlich waren, wie es immer den Anschein hatte?

Rebecca war mittlerweile mit einer gehörigen Portion schlechten Gewissens auf der Suche nach ihrer Freundin. Als sie sie dann von weitem im Sand sitzen sah, zögerte sie zunächst, direkt auf sie zuzugehen. Schließlich nahm sie aber ihren ganzen Mut und näherte sich ihr von hinten. Einige Schritte entfernt sprach sie dann zu ihr: „Hier bist du – ich habe dich schon überall gesucht!"

Line reagierte nicht.

„Hör mal, es tut mir leid. Wir haben uns vorher geschworen zusammenzuhalten, aber wir waren beide ein wenig bekifft, du hast noch geschlafen und dieser Typ hat mich geweckt und angemacht. Wenn dein Traummann plötzlich vor dir erscheinen und im Halbschlaf mit dir flirten würde, könntest du wahrscheinlich auch nicht widerstehen."

„Ach, du hast jetzt deinen Traummann gefunden, das ist aber schön für dich. Gut, dass ich ihn vorher für dich gerettet habe. Dann kannst du ja jetzt mit ihm *unsere* Reise fortsetzen!"

„Line, ich bitte dich, du bist das Liebste, was ich habe, wir sind ein Team und ich reise nur mit dir weiter. Ansonsten breche ich das hier jetzt ab."

„Und was ist mit deinem Lover?"

„Der bedeutet gar nichts, der ist schon wieder weg und ich kenne noch nicht mal seinen Namen! Übrigens hattest auch du am Fluss nicht danach gefragt", sagte sie mit einem Augenzwinkern. „Warte mal, oder hast du dich nur nicht getraut? Bist du etwa eifersüchtig? Du wolltest doch nichts von ihm, oder?“

„Nein, wie kommst du darauf? Ist schon in Ordnung. Vielleicht habe ich ein wenig überreagiert. Ich war einfach nur so schockiert, weil ich so etwas von dir überhaupt nicht kenne und ich fühlte mich plötzlich alleingelassen und ein bisschen hintergangen, obwohl er mir ganz ehrlich eigentlich völlig egal ist.“

„Ich lasse dich ab jetzt nie wieder unangekündigt allein auf unserer Reise – versprochen!“

„Großes Ehrenwort?“

„Ich schwöre, komm schlag ein!“

Die beiden gaben sich kurz die Hand und umarmten sich. Line kamen die Tränen und dann beruhigte sie sich wieder.

Um auf andere Gedanken zu kommen, planten sie, morgen zu der größten Wanderdüne der neuen Welt zu fahren. Sie war zu Recht ein Touristenmagnet und unweit vor den Toren Freetowns mit dem Auto gut zu erreichen.

110 Meter hoch erstreckte sich dieses Naturphänomen fast drei Kilometer direkt am Meer entlang. Von dort oben hatte man die faszinierende Aussicht auf die größte bekannte Sandinsel, die man bei Ebbe zu Fuß oder während des Hochwassers mit einer kurzen Fährfahrt erreichen konnte.

Die Mädchen wollten die Strecke wandern, und wählten dementsprechend eine Tageszeit, in der sie es noch vor der anbrechenden Flut zur Insel schaffen würden. Aber zunächst bestritten sie mit den vielen anderen Leuten den anstrengenden Hauptweg mit bis zu 20 Grad Steigung die Düne hinauf. Sie sahen Eltern, die sich mit ihren Babys in Tragesäcken auf dem Rücken ihren Weg auf den riesigen Haufen Sand bahnten. Die Rentner mit ihren großen Sonnenhüten versuchten, möglichst Routen von geringerer Steigung zu finden. Die Abenteurer unter den nicht müde werdenden Kindern absolvierten die Mutprobe ihres Lebens und plagten sich an anderer Stelle der Düne mit bis zu 40 Grad Steigung ihren Weg, um vor ihren Eltern den Gipfel zu erklimmen.

Die prall gefüllten schweren Tagesrucksäcke waren unkomfortabel, aber sie brauchten die Wechselklamotten darin für ihre morgige 2-tägige Tour auf Sandy, wie die bei Flut von Wasser umgebende Sandinsel genannt wurde und die 2-Liter Trinkflaschen waren wichtig.

Als sie klitschnass geschwitzt oben ankamen, machten sie es den vielen anderen Freiwilligen dieser Tortur gleich und ließen sich glücklich in den Sand fallen. Danach packten sie ihr Picknick aus, genossen den Ausblick und erfreuten sich über den Anblick der fröhlichen Menschen. Die Stimmung auf diesem überdimensioniert wirkenden Sandhaufen war besser als bei Kleinkindern in der Sandkiste auf dem Spielplatz daheim. Hier stritt sich zumindest keiner um die Sandform oder Schaufel.

Barfuß durchs Watt erreichten sie die Sandinsel, bevor sie von der Flut umspült wurde und somit eigentlich erst zu einer richtigen Insel wurde. Sie hatten für den nächsten Morgen eine Selbstfahrertour ohne Guide in einem großen Allrad-Jeep gebucht. Zunächst verbrachten sie die Nacht jedoch in einem Hostel, mit den Leuten, die auch für die nächsten Tage Bestandteil ihrer Gruppe werden sollten. Es waren neben ihnen zwei junge Männer, die sich als zu vergebende Singles ausgaben und als Kontrast dazu ein total verliebt wirkendes Paar, die mehr mit sich selbst beschäftigt waren und deshalb mit ihnen somit nicht wirklich ins Gespräch kamen. Dafür waren die beiden Jungs umso gesprächiger und legten den Focus vor allem auf Selbstdarstellung. Aber sie waren dabei lustig und nicht zu aufdringlich, so dass Line und Backe die beiden sympathisch fanden.

Jeder durfte abwechselnd den Jeep fahren, doch das Paar legte keinen Wert darauf. Die Jungs fanden es richtig abenteuerlich, mal ordentlich auf dem langen Sandstrand Gas zu geben und nicht auf Verkehrsschilder achten zu müssen und die Mädchen fanden es amüsant, ihnen bei ihrem Macho-Gehabe zuzuschauen und bei jedem im Sand extra scharf gefahrenen Schlenker oder mitgenommenen Schlagloch aufzuschreien.

Die Spätpubertierenden wollten ihren Beifahrerinnen imponieren und damit hatten sie sogar Erfolg. Der viele Kilometer entlang der gesamten Küstenlinie der Insel sich erstreckende Sandstrand war breit genug, dass er kleinen Propeller-Flugzeugen als Start- und Landebahn diente. Einige große verrostete gestrandete Schiffswracks zeugten von stürmischen Zeiten und Seefahrerdramen.

Die Schiffe, die wie Skelette aus dem Sand ragten, wurden über Jahrzehnte am Strand vom Wasser umspült und waren schon zur Hälfte vergraben. Zum Baden machten sie Rast an einigen traumhaft in den Dünen versteckt liegenden Süßwasserseen, mit schneeweißem Sand und kristallklarem Wasser. Denn im Meer war es aufgrund der zahlreichen Haie in Küstennähe nicht ratsam, schwimmen zu gehen.

Mit Einbruch der Dämmerung, suchten sie sich eine Bucht, die nur bei Ebbe mit dem Auto zu erreichen war und schlugen ihr Lager für die Nacht auf. Es wäre auch ohne Zelte warm genug gewesen. Die Gruppe entschied sich trotzdem, auch zu Gunsten ihrer Privatsphäre, drei Doppelzelte aufzubauen. Danach suchten sie zusammen Brennholz und entzündeten ein Feuer, um Bratwürste und Marshmallows zu grillen.

Nach ihrer Tour, am dritten Tag auf der Insel, nahmen sie die Fähre wieder zurück zum Festland. Die Mädchen verabschiedeten sich von dem Liebespaar, jedoch nicht von den beiden Männerbekanntschaften, denn sie hatten entschieden, noch einige Tage gemeinsam zu verbringen. Am Festland angekommen nahmen alle einen Shuttlebus zum öffentlichen Parkplatz, wo Line und Backe ihr altes geliebtes Auto unversehrt vorfanden.

Um auch mit 4 Personen im Innenraum komfortabel Platz zu haben, schnallten sie das meiste Gepäck nun auf den Dachträger und brausten los, durch weites Farmland Richtung Westen. Dabei trugen sie alle das gleiche T-Shirt, dass es bei Buchung der Jeep-Tour immer inklusive gab. Jetzt hatten allerdings die Mädels wieder das Sagen.

Francis und Jack

David hatte kein Verständnis dafür, dass Jack ihn und Tony allein lassen wollte und verweigerte, sich von ihm zu verabschieden. Jack gab Tony noch einen letzten Kuss, bevor er sich auf den Weg machte.

Sein Ziel war der Ort, an dem sein damaliger Begleiter verschwunden war, beziehungsweise wo er ihn allein gelassen hatte. Dafür begab er sich diesmal zunächst nicht auf Dschungelpfade und Flussrouten, sondern nahm einen Überlandbus von Luckytown in Richtung Norden und erklärte der Fahrerin, dass er ihr Bescheid geben würde, wenn er aussteigen wolle. Sie tat so, als käme das täglich in dem Gebiet vor. Für die Position nutzte Jack ein Navigationsgerät, denn dort, wo er hinwollte, gab keine Haltestellen, geschweige denn einen Bahnhof. Auch eine weiterführende Straße war nicht verzeichnet.

Mitten im Nirgendwo rief ihm unerwartet die Fahrerin zu, ohne, dass er ihr verraten hatte, wo er hinwill, ob sie ihn in rund einem Kilometer rauslassen solle. Es gebe dort eine gute Stelle zum Halten, meinte sie. Verwundert bestätigte Jack dies als gute Position. Beim Ausstieg bedankte er sich herzlich bei der Busfahrerin, die ihm noch viel Spaß wünschte. Von hier aus war die Route zu Jacks gewünschtem Ziel per Luftlinie theoretisch mit einem Tagesfußmarsch erreichbar, zumal seinen Weg keine größeren Flüsse oder unüberwindbaren Berggürtel kreuzten.

Während Jack für gut einen Kilometer den Straßenrand nach guten Einstiegsmöglichkeiten in den Regenwald absuchte, stieß er auf einige Trampelpfade. Das bedeutete, dass es noch mehr Menschen gab, die hier ihren Weg suchten. Es musste also irgendwas in der Zwischenzeit passiert sein, das Menschen in dieses Gebiet lockte, zumal die Busfahrerin irgendwie schon Bescheid wusste. Mittlerweile würde es ihn nicht verwundern, wenn ihm hier in Kürze noch Leute entgegenkommen würden. Die ansässigen Ureinwohner waren nicht sonderlich bekannt und boten keinen Anziehungspunkt für Touristen. Im Gegenteil hielten sich hartnäckig Gerüchte über Kannibalismus in diesem Gebiet. Somit fragte sich Jack, wie groß seine Chance war, diesen neuen Trip unbewaffnet zu überleben und seinen anfänglichen Reisebegleiter noch in einem Stück anzutreffen. Jack hatte sich deshalb in einem Outdoor-Laden in Luckytown ausgerüstet und entsprechend geeignete Nahrungmittel eingepackt, weil er bezüglich des Wegs nicht genau wissen konnte, was ihn erwartete.

Schließlich wählte er einfach einen der Trampelpfade und lief, regelmäßig sein Navi beachtend, in Richtung der Siedlung, in der er seinen Begleiter zurückgelassen hatte.

Seine Wanderung verlief ruhig und ohne besondere Vorkommnisse. Mittlerweile kannte er gut die Tücken des Regenwalds, war recht ordentlich ausgestattet und legte regelmäßig Picknick-Pausen ein.

Wie geplant erreichte er somit die besagte Siedlung am Ende des Tages. Allerdings fand er dort heraus, dass seine gesuchte Person woanders lebte, es demjenigen jedoch blendend ginge. Die einheimischen Bewohner erklärten ihm, wo er seinen „Weißen Bruder“, wie sie ihn nannten, finden würde. Das sei aber heute so gut wie unmöglich, da es schon dämmerte. Deshalb entschied sich Jack zwangsweise an diesem Ort zu übernachten, was ihm ein mulmiges Gefühl bereitete, denn in einer dieser Hütten hatte er damals das letzte Mal seinen „Weißen Bruder“ gesehen, musste aber auch sofort über diesen Ausdruck schmunzeln. Der Typ war hier auf jeden

Fall nicht unbekannt, dachte Jack und machte es sich nach der großen Wanderung wohlverdient in seiner Hängematte der zugewiesenen Hütte bequem. Er hatte bereits den ganzen Tag regelmäßig an Tony und David denken müssen, aber jetzt, nachdem er zur Ruhe gekommen war, vermisste er sie richtig. In Gedanken an die schöne Zeit mit ihnen, fiel er in einen tiefen Schlaf.

Als Jack spät am nächsten Morgen aufwachte, wollten ihm viele Leute die Zeichnungen seines ehemaligen Begleiters zeigen, die an den Wänden der Hütten hingen. Sie stellten für ihn in der Tat künstlerisch überraschend gute Bilder dar. Danach wurde ihm beschrieben, dass er den Fluss noch weiter entlang wandern müsse, bis er zu einer Siedlung käme. Diese Kommune hätte der Weiße Bruder gegründet und mit aufgebaut, nachdem er ein wenig verrückt geworden sei.

Gespannt ging Jack in die beschriebene Richtung los und nach einigen Stunden enger Trampelpfade hörte er plötzlich Stimmen, die sich zu einer ungewöhnlich lauten menschlichen Geräuschkulisse entwickelten. Bevor der Fluss eine weitere Biegung machte, sah er vom Ufer dann auch im Wasser planschende Personen. Kinder, die vom Uferhang mithilfe von Lianen schwingend versuchten, in die, im Wasser treibenden großen Gummischlauchreifen zu springen. Noch ein Stückchen weiter des Weges konnte er dann auch erkennen, dass sich Leute allen Alters, alle nackt, am Flussufer sonnten oder im Wasser badeten. Als er die Siedlung erreichte, kamen ihm sofort einige Nudisten entgegen und hießen ihn herzlich Willkommen. Als er den Mann beschrieb, den er suchte und darauf hinwies, dass dieser das Ganze hier wohl gegründet hätte, wussten sie sofort, wer gemeint war und wollten ihn zum ihm führen. Während des Weges kamen sie an ein Schild, das ein Areal für Nudisten auswies. Er müsse sich nun, bevor sie weitergingen, seiner Kleider entledigen. Jack war überrascht darüber und es machte ihn auch schon ein wenig nervös, sich an Ort und Stelle vor den interessierten Blicken Fremder einfach auszuziehen. Doch es liefen alle völlig entblößt und befreit herum. Somit folgte er der Forderung.

Den Rucksack nahm man ihm ab. Mit seinen, noch eine Minute zuvor getragenen, verschwitzten Klamotten in der Hand, wurde er zu der von ihm gesuchten Person geführt, die gemütlich in einem Gummischlauchreifen auf einer kleinen Holzterrasse saß.

„Da ist er ja, der wirkliche Entdecker des Amazonas! Francisco de Orellana ist also dein richtiger Name, wie ich mir von deinen Mitbewohnern dieses Kleinods der Wildnis sagen lassen habe. Und ich hatte mich schon die ganze Zeit gefragt, wie du überhaupt heißt. Warst du denn mittlerweile überhaupt schon am Amazonas oder bist du einfach größenwahnsinnig geworden?“

„Hey, wie redest du mit dem Godfather des größten Flusses der Welt?“, bekam Jack vorwurfsvoll als Antwort.

„Na ja, bezüglich des Titels des längsten Flusses hat der Amazonas den Wettlauf mit dem Nil nie beenden können, oder? Darf ich Sie, den ehrenwerten Herrn, in Zukunft auch einfach nur mit Francis anreden?“, fragte Jack und spann somit das Spiel noch weiter.

„Francis? Ganz nach Freibeuter Francis Drake, der die Brüder und Schwestern meines Vaterlands angriff?“

„Vaterland, wirklich? Und womöglich auch noch das Mutterland des, hier von dir eroberten Gebiets?"

„Schwamm drüber, für dich zukünftig also Francis. Was treibt dich in diese Gegend? Wir haben uns lange nicht gesehen. Unsere letzte gemeinsame Reise wurde, falls ich dich daran erinnern darf, durch ein abruptes Ende geprägt, was ich im Nachhinein bedauere."

„Das ist richtig. Mich hat seitdem auch ein wenig die Sorge geplagt, was wohl aus dir geworden ist. Ich wollte dich wiedersehen und dir persönlich sagen, dass es mir leidtut, dich damals einfach zurückgelassen zu haben. Darf ich es mit einer erneuten Reise wieder gutmachen?"

„Ich habe mir hier ein Leben wie in einem Traum aufgebaut und trotzdem erinnere ich mich gelegentlich an das kleine Abenteuer mit dir. Also, falls du wieder eine interessante Aufgabe verfolgst und einen treuen Begleiter benötigst, bin ich dabei. Ich müsste hier sowieso mal wieder raus und ein vorübergehender Tapetenwechsel würde mir, glaub ich, auch mal ganz guttun. Was hast du diesmal vor?"

Jack verriet ihm seine Pläne.

„Okay, aber bevor ich mit zu Babsi komme, will ich dir etwas wirklich Skurriles zeigen!"

„Was denn?"

„Ich merke schon, ich habe dein Interesse geweckt, also lass dich überraschen!"

„Schreibst du eigentlich noch?", erkundigte sich Jack.

„Ich habe eine kreative Schreibpause eingelegt, um zur Beat Generation zurückzukehren. Ich will mich eigentlich mit der Popliteratur von meiner Midlife-Crisis ablenken, allerdings neige ich derzeit eher dazu, in den Cyberpunk zu entgleiten."

„Wie bist du denn da gelandet?", fragte Jack erstaunt.

„Der Grund ist ebenfalls Teil der Überraschung."

„Na, da bin ich aber gespannt. Ich bevorzuge dagegen eigentlich eher die literarische Welt der Phantastik, befürchte allerdings, dass ich schon bald in der Fantasy enden werde."

„Wieso, was hast du vor?"

„Ach, ich bin mir darüber selbst noch nicht so im Klaren, wir werden sehen", wiegelte Jack das Ganze ab.

Der Ort, den Francis seinem alten Bekannten zeigen wollte, lag auf dem Weg zu Babsi, also konnten sie beides praktisch miteinander verbinden. Sie beschlossen, gleich am nächsten Tag zur Hauptstraße zu wandern, um einen Bus nach Dream World zu erwischen.

„Bis dahin kannst du noch ein wenig die Atmosphäre, der von mir ins Leben gerufenen sympathischen Kolonie erkunden. Schau dich ruhig ohne Scham ein bisschen um, du guckst hier niemandem was weg!"

Jack fragte ihn daraufhin, ob das nicht Erwachsene ausnutzen würden, wenn nackte Kinder und Jugendliche keine natürliche Scham mehr vor Fremden hätten. Das wäre auch eine logische Erklärung, warum der Bustrip ins Nirgendwo inklusive des Fußmarsches offensichtlich populär geworden war. Zumindest schwirrte ihm dieses Szenario gerade im Kopf herum und er dachte dabei an seine Tochter und dass er es nie dulden könnte, wenn sie sich vor notgeilen Leuten an solch einem Ort freiwillig zur Schau stellen würde.

Doch Francis erklärte ihm, dass man gerade ältere Menschen mit dieser Meinung automatisch als Spanner abstempele. Es gebe immer und überall schwarze Schafe, allerdings lebte Freikörperkultur seit jeher davon, dass alle nackt seien, so wie die Natur sie geschaffen hatte und dass gerade Kleidung die Fantasie bei Perversen anregen würde. Etwas ganz anderes wäre es, sich eingekleidet unter die Nackten zu mischen, was in Nudistenzonen deshalb auch nur ungern gesehen oder ganz verboten wird. Männer hätten entblößt sowieso eindeutig den entscheidenden körperlichen Nachteil, ihre erotischen Gefühle zu verstecken.

„Wie auch immer", dachte Jack. Er hatte auf jeden Fall den restlichen Tag Zeit, die hiesige Kolonie etwas besser kennen zu lernen. Es war für ihn wieder einmal eine neue Erfahrung. Die Personen, die sich hier für längere Zeit angesiedelt hatten, lebten fernab der Zivilisation. Sie ernährten sich teilweise von natürlichen Vorkommen des Regenwalds, sie bauten vieles auf eigens geschaffenen Beeten an, sie machten Tauschgeschäfte mit den, in der Nähe lebenden Ureinwohnern, die sie dafür tolerierten und zu alledem bestand jederzeit die Option, besondere Angelegenheiten in der, nicht zu weit entfernten Stadt Dream World zu erledigen.

Der Tag neigte sich langsam dem Ende entgegen und Jack sehnte sich nach einer Erfrischung. Deshalb nahm er ein Bad im Fluss, was er im nackten Zustand in jener Atmosphäre als befreiend empfand. Während er etwas weiter gegen die leichte Strömung des Flusses schwamm, kam ihm einer dieser Gummischlauchreifen entgegen. Sofort folgten auch einige Kinder, um zu versuchen, den

Reifen als erstes zu erwischen. Doch Jack war schneller und setzte sich entspannt in den Reifen hinein und ließ sich etwas treiben. Zwei Kinder hielten sich außen am Reifen fest. Als er bereits am Hauptstrand der Siedlung vorbeigetrieben war, zogen die kleinen Schwimmer ihn wieder zurück zum Ausgangspunkt. Sie hatten auf jeden Fall ihren Spaß dabei.

In der Nacht schlief Jack prächtig und so tief, dass er sogar am nächsten Morgen von Francis geweckt werden musste, um noch eine Busverbindung Richtung Norden zu erwischen.

„Mahlzeit! Aufwachen mein Lieber, wir müssen in Kürze aufbrechen. Pack deine Sachen, aber lasse sie noch aus!“

Der Spruch war so blöd, dass beide anfingen zu lachen.

„O Mann, das war ein echter Schenkelklopfer, Francis! Hast du dich im Dschungel zum Witzbold entwickelt?“

„Hey, ich genehmige mir Spaß, wann ich will!“

Der Rückweg zur Straße war wesentlich schneller, verglichen mit der Zeit, die Jack ins Lager benötigt hatte. Das lag nicht nur daran, dass Francis einige Abkürzungen kannte, sondern auch, weil er zudem das Tempo vorgab und wesentlich fitter war als Jack, der Schwierigkeiten hatte, auf einigen unwegsamen Pfaden mitzuhalten. Sie erreichten die Hauptstraße noch vor der Dämmerung und konnten bereits kurze Zeit später per Winkzeichen eine Busfahrerin überzeugen, zu halten und sie mitzunehmen.

Sie fanden hinten in der letzten Sitzreihe zwischen einigem Gepäck der Mitreisenden noch zwei Plätze und machten es sich in dem ansonsten eng besetzten Bus gemütlich. Während der Fahrt wurde es schnell dunkel und sie nickten ein. Doch als wenn er es im Schlaf gemerkt hätte, dass sie in der Stadt angekommen waren, öffnete Jack intuitiv seine Augen und sah noch im Halbschlaf durch die Fensterscheibe draußen auf der Straße ein riesiges Tier, das von einer Person an der Leine geführt wurde. *War das ein Elefant?* Soweit Jack erkennen konnte, bestand Dream World komplett aus, mit blinkenden Neonreklamen verhüllten Fassaden. Jacks Ansicht nach, sollte hier, auf Teufel komm raus, das Klischee aus den alten, aber offensichtlich immer noch populären Science-Fiction Filmen bedient werden – inklusive dunkler, in Nebel gehüllter Gassen.

Bei Ankunft suchten sie sich erst mal sofort eine preisgünstige Übernachtungsmöglichkeit, weil sie einige Unterhaltungslokale besuchen wollten und nicht planten, lange in einem luxuriösen Hotelzimmer zu verbringen.

Sie nutzten ihre Zeit zusammen und machten die Nacht zum Tag. Währenddessen erinnerten sie sich an die schöne Zeit in Tassies Hostel.

Später fanden sie ein paar Stunden Schlaf in einer unpersönlich erscheinenden und heruntergekommenen Pension.

Nach dem Frühstück entschieden sie, mit der nahe gelegenen Gondelbahn auf den Lavadom zu fahren und später mit Mountainbikes ihren Weg auf den dafür eigens errichteten Strecken wieder hinunter zu finden.

Oben angekommen, besichtigten sie eine Ruinen-Stadt, die zur Verteidigung des Ortes gedient hatte und mit ausgeklügeltem Brunnensystem zur Frischwasser-Versorgung ausgestattet war. Die letzte Abwehr ihrer

Stadt führte die ehemaligen Bewohner nach langem Ausharren zu einem Massensuizid, denn die Festung war uneinnehmbar, im Gegensatz zur Umgebung im Schatten des seit ewigen Zeiten erloschenen Vulkans.

Nachdem schlussfolgernd der Rest des Landes bereits von Feinden erobert worden war, waren die Hüter des Lavadoms entschlossen gewesen, sich niemals gegenüber ihren Angreifern zu ergeben. Letztlich kamen sie alle um. Sie verhungerten, starben den Freitod oder ließen sich von ihren Freunden und Verwandten freimütig töten.

Von der Kuppel aus konnte man Dream World und die angrenzenden Landschaften der neuen Regionen sehen. Die gegenüberliegende Seite des Vulkans bot zudem einen exklusiven Blick auf den alten, nun wüstenartigen Teil mit seinen zerfallenen Stätten.

Die Landschaft wirkte wie ein riesiges archäologisches Experimentierfeld. Vielleicht war es auch ein zerbombtes Gebiet, das von einer gigantischen Umweltkatastrophe heimgesucht wurde? Jack und Francis wussten es nicht und die Wahrheit lag irgendwo dort draußen.

Die einzige konkrete Information gab es über den See, der mitten in der scheinbar ausgetrockneten Umgebung lag. Das Gewässer galt als biologisch tot. In ihm lebte also nichts. Keine Tiere und Pflanzen, nicht mal Bakterien sollen in ihm überleben können.

Rund um den See bestand die Wüstenlandschaft aus unzähligen, vom Wind weit freigelegten Ausgrabungen. Suspekt wirkte allerdings der Horizont. Der Hintergrund des Sees war wie eine unsichtbare Wand, durch die die beiden nicht hindurchblicken konnten.

Als sie dort nachdenklich saßen, musste Jack wieder an David denken und wie er ihn zusammen mit Francis gesehen hatte. „Übrigens kannst du dich noch an den Jungen von damals am Bahnhof erinnern?“

Francis nickte.

„Ich habe ihn gefunden und mich eine Zeit lang um ihn kümmern können. Ich glaube, jetzt mit mir im Reinen zu sein.“

„Und dann hast du ihn einfach zurückgelassen?“

„Es ging einfach nicht anders. Ich bin mir sicher, dass auch David die Phase genossen hat und denke, dass er darüber hinwegkommen wird, dass ich gegangen bin.“

„Tja, hoffen wir es für den Kleinen“, meinte Francis.

Sie besorgten sich auf dem Gipfel ihre reservierten Räder und starteten ihren Rückweg. Sie waren keine geübten Mountain-Biker, aber dachten sich, was sollte daran schon so schwer sein? Es gab extra für Radfahrer vorgesehene Strecken in verschiedenen Farben, je nach Schwierigkeitsgrad gekennzeichnet. Sie würden sich somit ausschließlich den leichten Strecken widmen und immer schön die hintere Scheibenbremse betätigen, dann konnte eigentlich nichts schief gehen. Es war ein Heidenspaß und sie kamen ohne Zwischenfälle wieder unten in Dream World an.

Dort wollte Francis Jack endlich das zeigen, woran er bereits im Dschungel gedachte hatte.

„Jetzt musst du aber unbedingt die Hauptattraktion der Stadt ausprobieren, um einmal deine nie erfüllten Fantasien legal auszuleben“, schlug Francis vor und versicherte Jack, dass er das nun regelmäßig mache und beides gut fände – das reale und imaginable Leben.

Jack schaute ihn nur fragend an.

Daraufhin begann Francis, das Erlebnis zu erklären:

„Die Häuser des Glücks bieten mit ihren hermetisch geschlossenen Mietzimmern eine völlig neue Dimension von Virtueller Realität auf der Metaebene in Retro-Art. Für die beliebten Rennspiele der kleinen Jungs waren Simpods noch der Hit. Doch das hier ist der letzte Schrei. Mit nur einer BCI-Knopfzelle, die du dir an die Schläfe klebst, ist es möglich, das gesamte Spiel gedanklich zu steuern. Das ersetzt deine altmodische augengesteuerte VR-Schwimmbrille.

Die Wände der Freudenräume sind eine Sensation. Sie lassen keine Geräusche hinein oder heraus und können auf allen Flächen in 360 Grad fotorealistische 3D-Aufnahmen projizieren. Trotzdem ist das Material durchlässig. Das mit Künstlicher Intelligenz gesteuerte Zimmer sorgt durch ein Klima- und Luftdrucksystem fühlbar und automatisch für die dem Spielverlauf angepasste Atmosphäre. Im Raum wird Wind, Schnee und Regen erzeugt und er kann sich mit Wasser füllen. Der Boden kann sich sogar je nach Situation in jede Richtung wie ein Rollband bewegen und verändert Konsistenz sowie Steigungswinkel.

Es gibt ein das Zimmer komplett abtastendes Scan-System, das jede Bewegung von im Raum anwesenden Lebewesen auf die fiktive Spielebene überträgt, in der sich die Betreffenden aufhalten. Die Neoprenanzüge mit Ganzkörperkontakten werden dadurch überflüssig.

Alle sind automatisch durch das System mobil mit Messgeräten verbunden. Wenn sich also eine Person bewegt, als würde sie im Spiel ein Wettrennen machen, registrieren die Sensoren an der Schläfe eine erhöhte Aktivität des Kreislaufs. Die Elektroden in der Knopfzelle sind bereits in der Lage, mittels Hirnstromwellen an bestimmten Körperzonen und in Organen Reflexe zu erzeugen. Das heißt: ein Handschlag oder ein Fußtritt eines anderen aktiven Spielers auf Metaebene wird spürbar.

Der Mieter darf auf sein Zimmer auch Personen oder Tiere mitnehmen – Damenservice inklusive!

Das Material der Projektionsflächen ist gepolstert, damit die Verletzungsgefahr minimiert wird. Während der Nicht-Spielphasen kann man alles, was von einer guten Unterkunft erwartet wird, aus den Seitenwänden herausziehen. So kann der Teilnehmer oder natürlich auch die Teilnehmerin in Pausen beispielsweise am Schreibtisch sitzen, am Küchentresen kochen oder auf einer Schlafcouch übernachten. Hinter einer Tür befindet sich noch ein Bad."

Jack war sprachlos als Francis begeistert hinzufügte: „Seit kurzer Zeit besteht nun zudem die Möglichkeit, an einer experimentellen Phase einer Technik teilzunehmen, bei der eine Projektion mittels Brille oder Bildschirmen nicht mehr notwendig ist. Sogar die Nahrungsaufnahme und die Toilettengänge sollen überflüssig sein. Während des Spiels wird alles im Körper spürbar. Sogar Emotionen sollen geweckt werden. Die Umsetzung ist noch geheim. Bisher war es ja Wissenschaftlern nur möglich, mit *träumenden* Menschen zu kommunizieren.

Vielleicht werde ich das neue Konzept in Kürze mal testen. Ich bin gespannt. Angefangen hat alles eigentlich, weil ich über die Reisen und menschlichen Schicksale von Personen in der virtuellen Welt schreiben wollte. Mein Wunsch war schon immer, Schriftsteller zu werden. Nun ziehe ich mich mittlerweile, um Erfahrungen aus erster Hand zu machen, gelegentlich ein bis zwei Tage in die Freudenräume zurück. Es besteht zusätzlich die Option weibliche Besuche in Roboter-Version, als Hologramm oder real zu buchen.“

Jack war schon klar, dass die Angebote der Häuser des Glücks, zusammen mit dem Lavadom und verschollener Landschaft, ein Gesamtkonzept darstellten.

Wer will schon in einer öden oder gar verseuchten Umgebung leben, wenn es möglich ist, in Traumwelten einzutauchen, um sich dort alle Wünsche zu erfüllen, die über die Vorstellungskraft von Laien dieser Technik weit hinaus ragen?

Doch mehr wollte Jack nicht darüber nachdenken und geschweige denn erklärt bekommen. Das wäre nichts für ihn, entgegnete er Francis, dessen Begeisterung er gerade nicht im Geringsten nachvollziehen konnte.

Jack hatte Angst, sich in imaginärer Unendlichkeit, wie von den Erfindern gewünscht, regelrecht zu verlieren und befürchtete, dass die Fans dieser Technik sich schon bald in diese animierten Welten verlieben werden und der nächste Schritt wäre dann nicht mehr weit, selbst die Spieler durch Computer zu ersetzen, die sie selbst zuvor erschaffen hatten.

Er fragte sich in dem Moment, wann Computer dann auch den letzten Schritt erreichen werden, nämlich den Besitz der Fähigkeit, lieben zu können. Eine existenzielle Überlegung, die über Jahrzehnte das große Thema in Klassikern der Science-Fiction war.

In Silenttown wurde der neueste Mobilfunkstandard noch verhindert. In Dream World war das alles bereits Schnee von gestern. Es war für die Leute nicht mehr relevant, weil sie technische Erneuerungen in einer virtuellen Welt mit unbegrenzten Möglichkeiten nicht mehr brauchten.

Francis verwunderte Jacks abwertende Haltung gegenüber den neuesten technischen Errungenschaften. Auf die Frage, wie es angehen könne, dass Leute aus Dream World für das Nackterlebnis in der freien Natur extra in den Dschungel reisten, obwohl sie es audiovisuell als perfekte mentale Projektion jederzeit abrufbereit hätten, meinte Francis nur: „Die Leute wollen immer das machen, was ihnen gerade nicht geboten wird und ob virtuelles oder erkauftes Leben, noch kann nichts die richtige Welt zumindest komplett ersetzen."

Diesen Spruch hatte Jack zumindest in ähnlicher Form schon oft gehört.

Jedenfalls war Francis nicht davon abzuhalten, wieder in solch einen Raum abzutauchen, auch wenn er Jack nicht davon überzeugen konnte, es mit ihm zusammen auszuprobieren. Denn der hielt nichts von der Idee, vielleicht irgendwann wie ein alles könnender Roboter zu empfinden, der in einer, von allmächtigen Computern geschaffenen Welt agiert. Er hatte in der Tat Angst, sich in der virtuellen Unendlichkeit zu verlieren. In dem

Moment musste Jack an die Diskussion mit Tony denken und wie wichtig ihr die Definition von Liebe war. Erst jetzt wurde ihm richtig bewusst, dass die Fähigkeit zu lieben vielleicht das Einzige war, was sie noch von Rechenmaschinen unterschied. Das letzte Puzzleteil, um auch den Rest der Menschheit durch künstliches Leben zu ersetzen.

Francis hätte Jack zwar gerne auf der Suche nach dessen Tochter begleitet, aber wieder einmal zogen die Freudenräume ihn magisch aus der Realität. Sein Leben erschien ihm plötzlich wieder zu schön, um in einem Himmelfahrtskommando, zum Anfang zurückzukehren. Und Jacks Feindseligkeit gegenüber den neuen Welten hatte ihm den Rest gegeben. Er hatte ihn irgendwie gern, aber dessen depressive Stimmung war schon sehr anstrengend.

Somit trennten sich deren Wege erneut abrupt.

Zum Abschied gab Francis Jack eine holzgeschnitzte Figur, die er immer bei sich führen sollte. Sie sah aus wie ein kleiner Elefant mit einer Löwenmähne.

„Oh, so einen seltsamen Elefanten habe ich auch auf der Hinfahrt hierher im dunklen Nebel von Dream World gesehen. Was ist das?“, fragte Jack verblüfft.

„Das ist ein Baku. Ein Fabelwesen, von dem behauptet wird, dass es böse Träume verschlingt. Ich will es dir schenken, denn du wirst es mit Sicherheit in Kürze mehr benötigen als ich.“

„Danke Francis. Und du willst mich wirklich nicht weiter begleiten?“

„Nein, tut mir leid. Ich denke, es ist der Zeitpunkt gekommen, Adieu zu sagen.“

„Ja, das fürchte ich auch. Kann man nichts machen. Dann lass dich noch ein letztes Mal drücken."

Diesmal umarmten sie sich zum Abschied und gingen danach wieder ihrer getrennten Wege.

Sackgasse

Jack reiste indessen weiter zum Bahnhof. Er wollte von dort zum Anfang zurück. Doch vorher musste er noch mit Babsi sprechen. Zum Bahnhof kam sie nicht, weil er nicht mit dem Zug angereist war. Darum ging er direkt zu ihr nach Hause und traf sie bei ihrer Gartenarbeit.

Ihre kleinen Sprösslinge tobten auf dem Grundstück, in der Größe eines Fußballfeldes, mit Bergpanorama und Sicht in die enge Schlucht des durch das Dorf fließenden Baches.

„Hallo, Babsi!"

„Servus, Jack, da bist du ja schon wieder. Sehe ich dich jetzt in aller Regelmäßigkeit?"

„Nein, nein, keine Sorge, vielleicht wirst du mich ab morgen sogar niemals wiedersehen."

„Oje, was hast du vor Jack?"

„Ein Geheimnis. Aber sag mal, kann ich vielleicht doch nochmal eine letzte Nacht bei euch übernachten?"

„Logo! Du musst dann nur heute leider mit dem großen Ferienappartement vorlieb nehmen. Deine kleine Lieblingswohnung mit der Terrasse ist gerade vergeben. Die andere hat dafür aber ja den netten Balkon mit dem wunderbaren Ausblick", erklärte Babsi ihm.

„Notfalls übernachte ich sogar in eurem Keller!"

Sie gingen ins Haus und Jack wurde von der ganzen Familienbande herzlich begrüßt. Die Kinder wollten ihm sofort den neuen Platz im Dorf zeigen, um eine Runde Inline-Skaterhockey zu spielen.

Jack fragte Babsi, ob das in Ordnung sei und sie stimmte zu, unter der Voraussetzung, dass alle rechtzeitig zum Abendessen zurück wären. Somit ging er mit den zwei Jungs, Babsis Tochter und deren Freundin los zum Skaterpark am Rande des Ortes. Jack hatte sich die größenverstellbaren Rollerblades von Babsis Mann ausgeliehen. Am Platz angekommen, wollten die beiden Mädchen nicht mitspielen. Sie hatten von vornherein abgewinkt und saßen stattdessen auf dem Geländer des Platzes, um über Jungs zu tratschen. Vor allem den Freund ihrer Brüder fand Babsis Tochter toll.

Es dauerte eine Weile, bis sich Jack wieder an das Inlineskaten gewöhnte. Früher war er mit seiner Tochter oft weite Strecken gefahren. Dieser Sport war richtig populär. Es gab sogar Marathon-Läufe von Ort zu Ort.

Jack forderte die beiden Mädchen auf, mitzufahren, statt nur schlaue Kommentare von sich zu geben. Worauf diese entgegneten, dass nach dieser ganzen Euphorie, die Skaterbahn in nur wenigen Wochen sowieso nichts Besonderes sein würde.

„Natürlich ist es in Kürze nichts Neues mehr, deshalb solltet ihr gerade deshalb jeden Moment nutzen. Das soll aber keineswegs bedeuten, dass ihr nicht auch länger Spaß mit etwas haben könnt. Ich war als Jugendlicher auch so, habe aber später gelernt, die Neugier auf Neues ständig zu bewahren, sonst verliert man schnell seine Begeisterungsfähigkeit. Ich kann euch auf jeden Fall einen Tipp geben: genießt eure unbeschwerte Jugend – erwachsen werdet ihr schneller als euch lieb ist! Übrigens habe ich als Junge noch mit Schlittschuhen Eishockey auf vereisten natürlichen Seen gespielt“, fügte Jack hinzu.

„Waren Teiche damals komplett zugefrorenen, sodass man darauf ungefährdet laufen konnte?“, fragte einer von Babsis Söhnen, der sich gerade beschweren wollte, weil er dachte, Jack wolle sich nur vorm Spiel drücken, indem er mit den Mädels quatschte.

„Na klar! Es gab Eisverkäufer, die ihren Wagen mitten auf dem Teich geparkt hatten“, erzählte Jack.

„Eiscreme im Winter?“, rief Babsis Tochter.

„Warum nicht? Mit der dicken Winterkleidung und aktiven Rundendrehen auf dem See, wurde einem kräftig warm. Für Erwachsene gab es natürlich auch Glühwein mit Schuss“, erzählte Jack.

„Mit Schuss?“, riefen die Kinder gleichzeitig.

„Jupp, das bedeutet mit extra viel Alkohol, aber das ist im Prinzip genauso ungesund wie Rauchen“, mahnte Jack.

„In meiner Schule rauchen einige heimlich, weil sie cool sein wollen, mir schmeckt das gar nicht und ich finde den Rauch widerlich!“, meinte einer der Jungs.

„Du bist sowieso viel cooler, wenn du zu dem Dreck nein sagst, versprichst du mir, das niemals anzufangen?“

„Okay, Jack, versprochen!“, grinste er.

„Echte Zigaretten werden sowieso bald eine Rarität sein“, murmelte Jack darauf vor sich hin.

Es gab auch eine Mineralienausstellung. Dazu hatten die Geo-Kids, wie die Jungs und Mädchen sich selbst nannten, einen Tisch mit unterschiedlichen Steinen aufgebaut, die sie in einigen Gärten ausgebuddelt hatten und die sie nun zum Verkauf anboten. Jack war klar, dass das auch ein Spiel sein sollte. Sie versuchten ihm sogar ein Abonnement anzudrehen, damit er immer günstig an neue Steine kommen könne. Doch er lehnte schweren Herzens ab und erklärte ihnen, dass das zu leicht wäre und überhaupt gegen die Regeln verstoßen würde.

Bei Dämmerung machten sie sich alle auf den Rückweg. Zuhause wartete Babsi bereits mit einem, wie Jack fand, köstlichen Abendessen auf sie. Später las er den jüngeren Kindern noch eine Gute-Nacht-Geschichte vor, bis alle in tiefe Träume versunken waren.

Anschließend sprach er mit seiner Gastgeberin bis spät in die Nacht hinein über die neuesten Entwicklungen, nachdem sich Babsis Ehemann längst müde fürs Bett verabschiedet hatte. „Babsi, was ich dich heute eigentlich schon den ganzen Tag fragen wollte: Hast du im Zeitraum, kurz nach meiner letzten Ankunft hier zwei junge Mädels gesehen?"

Jacks weitergehenden Beschreibungen waren sehr hilfreich, denn Babsi erinnerte sich sogar sehr gut an die beiden und meinte: „Hier waren vor einiger Zeit in der Tat zwei gleichaltrige junge Damen, die das Spaß und Aktiv-Programm gebucht hatten."

Als sie Jack die beiden Mädchen beschrieb, rief er sofort aufgeregt: „Das waren Backe und Line!"

„Du kennst sie?"

„Klar, Rebecca ist meine Tochter und die andere ihre beste Freundin. Ich muss sie unbedingt finden!"

„Mmh“, Babsi hielt kurz inne. „Jack, lass ihnen noch ein wenig Zeit, oder machst du dir Sorgen um mögliche Fortpflanzungsgedanken deiner Tochter?“

„Nein, du hast ja Recht und sie sollte am besten einfach nur versuchen, Spaß zu haben.“

„Genau! Es ist zwar einfacher gesagt als getan, aber sie sollte spielend leicht noch so viel wie möglich erleben. Unsere Welt ist trist genug geworden“, meinte Babsi.

„Die Menschen suchen jetzt neue Wege, dieser Welt zu entfliehen. Hast du schon von den Freudenräumen in Dream World gehört?“

„Ja, schrecklich. Das Schlimmste daran finde ich, dass die Spieler sich ihre neuen Welten bald nur noch vorstellen brauchen. Ich wette, die Gedanken der meisten Spieler werden sich um Sexphantasien drehen. Aber es sind totalitäre sterile Szenarien. Sie widersprechen der Evolution, vor allem, weil mittlerweile eine Fortpflanzung notwendig ist, um die menschliche Spezies zu erhalten. Wir sind vom Aussterben bedroht. Früher war das noch anders, als die Welt noch von Überbevölkerung bedroht wurde. Mittlerweile ist es notwendig, etwas für unsere Erhaltung zu tun. Daran müssen wir uns erst wieder gewöhnen, aber wir sind einfach zu faul geworden. Alles ist soll nur noch einfacher und bequemer sein als früher, aber alles ist so gleich. Das Schreckliche ist jedoch, dass alteingesessene Dörfer und Landschaften ständig erneut zerstört werden.“

„Ich weiß, wovon du sprichst und bin deiner Meinung. Aber wir können es nicht mehr ändern. Nur weil wir der Vergangenheit hinterher trauern, ändern wir die anderen nicht mehr“, meinte Jack resignierend.

Babsi nickte betrübt.

„Übrigens!“, unterbrach Jack das Schweigen. „Heute mit deinen Jungs habe ich mich plötzlich an ein Erlebnis mit meiner Tochter erinnert. Sie war 6 Jahre alt, als ich ihr mit ihrer Mama zusammen auf dem Flohmarkt ihre ersten Rollerblades kaufte. Es war ein heißer Sommer und sie trug Sandalen natürlich ohne Socken. Bei brütender Hitze setzten wir uns auf einen Kantstein und zogen beide unsere Schuhe aus. Ich gab ihr daraufhin meine Strümpfe, damit sie nicht barfuß die Inliner anprobieren musste, die wir an einem Verkaufsstand entdeckt hatten.

Meine Socken waren ihr natürlich viel zu groß. Sie fand es lustig und es sah niedlich aus, wie sie ihre Zehen darin bewegte. Danach half ich ihr, aufzustehen und ihre ersten unbeholfenen Bewegungen mit Rollerblades zu begleiten. In dem Augenblick erinnerte ich mich an die Zeit zurück, in der sie als Kleinkind die ersten Schritte machte.

Mittlerweile hat sie fast die gleiche Schuhgröße wie ich, was für eine Frau auch nicht grade ein Geschenk ist, aber meine Hilfe möchte sie jetzt nicht mehr.“

„Jack ich kann mir vorstellen, dass es schwierig ist für Eltern zu sehen, wie ihre Kinder immer selbstständiger werden und sie ihre Mama und ihren Papa immer weniger brauchen. Aber sie wird trotzdem immer deine Tochter bleiben und ich bin mir sicher, sie weiß auch, dass du nur ihr Bestes wolltest und immer da warst, wenn sie dich brauchte. Nur irgendwann möchten unsere Kinder das eben nicht mehr. Sie wünschen sich ihre Ruhe vor den Eltern und stattdessen die Unruhe mit ihren

Freunden, die sie übrigens selbst finden müssen. So, wie wir uns auch unser Leben ausgesucht haben. Jeder ist letztlich für sich selbst verantwortlich und muss die Konsequenzen eigener Entscheidungen tragen, aber auch das Beste für sich selbst wollen. Wenn du übrigens an den Anfang zurück möchtest, werde ich einen Teufel tun, dir das auszureden!“

„Du kennst mich besser als jede andere Person, Babsi. Wie hast du denn schon wieder erraten, was ich vorhabe?“

„Tja, ich kann Gedanken lesen!“, sagte sie lächelnd.

Nachdem Jack ins Bett gegangen war, verspürte er eigentlich keine Angst vor dem, was er vorhatte. Dieser Ort hatte eine beruhigende Wirkung auf ihn und seine Gastgeber vermittelten ihm ein Gefühl von Geborgenheit. So schlief er schnell und in aller Seelenruhe ein.

Am frühen Morgen wurde Jack von einem krähenden Hahn geweckt, aber dafür erwartete ihn ein gigantisches Frühstück, das man in dieser Form nirgends mehr bekam und keine Wünsche offen ließ. Alles was zum Pflücken und Ernten in Babsis Garten zur Verfügung stand oder beim benachbarten Bauernhof saisonal erhältlich war, stand schon auf dem liebevoll gedeckten Tisch auf der großen Terrasse des Hauses bereit. Eigentlich war nichts vor Babsis Gastfreundschaftswahn sicher.

Sogar die Morgensonne schaffte es wie bestellt in dem Moment, übers Bergpanorama hinüber zu lugen und die ganze Umgebung in ein goldenes Licht zu hüllen.

Jack war ganz in diese Atmosphäre versunken, als Babsi ihren ganzen Mut zusammennahm und die letzte Möglichkeit nutzte, Jack etwas zu verraten.

„Jack, ich mach es kurz. Ich weiß, wo Hilde ist."

„Du hast sie ausfindig gemacht?"

„Na ja, *gefunden* ist nicht die richtige Beschreibung. Sie liegt hier im ehemaligen alten Krankenhaus, das, wie dir vielleicht bekannt ist, neben der Lebensenergie-Basis steht. Sie liegt dort schon etwas länger im Sterben. Denn sie möchte eines natürlichen Todes von uns gehen. Sie hat das Virus überlebt, aber sie möchte nicht ewig leben, wie sie meint."

Jack schaute sie sprachlos an.

„Ich wusste nicht, wie ich es dir mitteilen sollte, Jack! Bitte verzeih mir."

„Alles gut, ich versteh das. Was hat sie überhaupt?"

„Sie leidet an verschiedenen Erkrankungen, eigentlich alles mittlerweile heilungsfähig. Aber sie lehnt jegliche neuartigen Behandlungen ab. Dazu verneint sie auch eine lebensverlängernde Maßnahme oder Konservierung. Du weißt, wovon ich rede."

Jack senkte deprimiert den Kopf.

„Sie ist alt, Jack. Verabschiede dich am besten von ihr bevor ... ach, ich weiß gar nicht mehr, was ich sagen soll."

Sie nahmen sich noch einmal fest in die Arme.

Etwas später stand Jack vor Hildes Sterbebett im Haus der Alten und Kranken, aber sprach seine Gedanken nicht aus:

Du wolltest nicht in den Lauf der Natur eingreifen, sondern zu deinem Mann gehen. Dabei schien dir der schleichende Krebs und am Ende ein Schlaganfall behilflich zu sein, doch dein Überleben stärkte nur das Leid. Du wolltest dich auch nicht einfrieren oder dein

Gehirn, deinen Geist, deine Seele digitalisieren lassen. Sich unendlich in der Unendlichkeit verlieren? Nein, eigentlich sogar viel schneller sterben war dein Ziel. Dass die Politik etwas dagegen hatte, beschert jetzt mir zumindest das Glück, dich doch noch gefunden zu haben, dich noch einmal zu sehen, obwohl das anscheinend jeder versucht hatte zu verhindern. Nur aufgrund der egoistischen Trauer deiner zuvor so engen Angehörigen warst du verschwunden, wofür du in Kauf nehmen musstest, alleine in der Altenverwahrung dahin zu vegetieren. Nach langer erfolgloser Suche nach einer anderen wichtigen Person in meinem Leben habe ich nun dich gefunden. Ironie des Schicksals? Endlich würde ich sagen. Wenn ich nur gewusst hätte, wo du bist. Alle haben dich von mir ferngehalten. Doch dich noch einmal in meine Arme zu schließen oder dir einen Wangenkuss zu geben, davor schrecke ich nun zurück. Nicht wegen deines erschreckend zerfallenen Zustands. Nein. Ich habe keine Angst vorm Altern mehr. Aber eine herzliche Begrüßung fordert eine liebevolle Entgegnung und die kannst du mir nicht mehr geben. Du warst die liebste Schwiegermutter, die ich mir vorstellen kann.

Der Anblick brach ihm endgültig sein Herz. Doch was er auch sah in ihrem, vom Schlaganfall regungslos verkommenen Blick, war ihre Freude, ihn vor ihrem nahenden Ende nochmal gesehen zu haben. Als wenn es das Letzte war, auf das sie gewartet hatte. In Kürze würde sie für immer einschlafen und ihre sterblichen Überreste auf dem Friedhof der Namenlosen für immer vergessen werden. Ohne auf unbestimmte Zeit konserviert zu werden oder ein digitales Abbild ihres Bewusstseins für die virtuelle Welt freizugeben. Dafür war es jetzt sowieso zu spät.

Der Augenkontakt, den er mit ihr hielt, kam Jack wie eine ewig schöner Rückblick vor. Aber suchen uns positive Erinnerungen nicht vor allem in schlechten Zeiten auf? Jack meinte, dass wir dafür sorgen können, dass uns solche Gedanken finden. Doch sind wir dabei jemand anderem etwas schuldig? Sind Rückblenden in unserem Gedächtnis eine Aufforderung? Und wenn wir dieser folgen, tun wir es dann für uns oder für andere?

Whatever, dachte Jack. Er wollte jedenfalls kein Zeuge von Hildes Beerdigung werden. Er schloss seine Augen und ließ mit der alten Dame einen weiteren bedeutenden Zeitabschnitt für immer hinter sich.

Nun stand Jack auf den verwahrlosten Gleisen des alten Bahnhofs. Babsi hatte ihn dorthin begleitet und winkte ihm auf Wiedersehen.

Dann ging er los in Richtung des dunstverhangenen Waldes. An der Stelle, wo der Nebel anfing, die Sicht komplett zu verhüllen, schaute sich Jack noch um zu dem kleinen Bahnhofsgebäude. Babsis rotes Kleid wirkte nur noch wie ein kleiner bunter Klecks in einem Panorama. Schienen gab es auch keine mehr. Trotzdem ging Jack weiter geradeaus und verschwand kurze Zeit später im dichten Nebel des Dickichts. Die Strecke bestand jetzt aus einem gewöhnlichen Wanderweg, allerdings wurde der Wald immer finsterer und die unheimlich wirkenden Geräusche darin wurden lauter. Der Uhu und die Wölfe durften auf jeden Fall nicht fehlen, obwohl der Wald jetzt abgestorben aussah.

Seitdem die Bahnschienen geendet hatten, war der Weg an beiden Seiten mit Trockenmauern begrenzt. Diese Natursteinmauern ohne Mörtel passten sich ständig dem jahreszeitbedingten Heben und Senken des Bodens an. So wird man ihnen noch Jahrhunderte folgen können.

Wo einst Menschen ihr Ackerland betrieben hatten, breiteten sich mittlerweile Harthölzer wie Eichen, Buchen und Ahorn aus. Diese hatten nach und nach, die durch Hurrikans zerstörten Weymorthkiefern und durch Borkenkäfer geplagten Fichten ersetzt, die in der guten Tradition der menschlichen Monokultur plantagenartig entlang der Trockenmauern gepflanzt worden waren. Der Einsatz von Gentechnik in den Anbaugebieten hatte zudem schnelles Wachstum gefördert.

Günstige, in ressourcenschonender Leichtbauweise errichtete Häuser waren bereits nach 50 Jahren zerfallen. Hartholzmaterial war schon ewig verboten. Lecks, rostige Nägel und die Stabilität der Kunststoffplatten hatten alles ins Wanken gebracht. Bisher schützende Scheiben in den Fenstern halfen nichts bei porös werdenden Dichtungen. Rohre, die den extremen Temperaturschwankungen wegen fehlender Heizungen nicht standhalten konnten, waren geplatzt und rosteten vor sich hin. Am längsten hielten die gemauerten Schornsteine, bevor der Mörtel den Geist aufgab. Die vergammelnden Häuser waren perfekte Spielplätze für mutierte Kleinsttiere und Vögel.

Unverändert dagegen wirkten verwendete Kacheln. Private Pools in den Gärten wurden mithilfe jahrelanger Ablagerungen, der sich immer weiter ausdehnenden Urwäldern, zu riesigen Pflanzenkästen.

Die Menschen schafften es nicht, ihren Planeten zu zerstören, sondern nur ihre eigene Lebensgrundlage. Die Natur hatte sich letztlich ihre Welt zurückerobert. Die Homo sapiens sind zu einer gefährdeten Art geworden – zurückgezogen leben sie nun in für sie geschaffenen und erhaltenen Wohnbasen.

Arbeit wurde freiwillig, deshalb tauchen jetzt viele in die geheimen virtuellen Welten ein. Jack näherte sich jetzt dem versteckten Steuerungszentrum, doch seine Energie neigte sich dem Ende. Er war zu lange ohne Nahrung und verbrauchte aufgrund extremer äußerlicher Bedingungen beim schlaflosen Wandern zu viel Energie. Ihm machten auch die Bisse von mutierten Insekten zu schaffen. Zoonosen hatten sich bereits global von Tier zu Mensch ausgebreitet.

Plötzlich wurde es kälter und windiger. Es fing an zu schneien, was Jack gedanklich zu den Freudenräumen in Dream World zurückwandern ließ. *Winter? Das könne er auch hier in der Realität haben. Aber war es eigentlich schon die reale Welt?*

Nein, die Schneeflocken waren in Wirklichkeit Federn, als wenn Kissen über ihm ausgeschüttelt würden.

Er hatte seiner Tochter früher immer gerne Märchen vorgelesen. Sie kannte sie fast alle komplett auswendig, während er es einfach nicht schaffte, die verschiedenen Prinzessinnen auseinanderzuhalten. Aber nun schneite es dank Frau Holle und Jack dachte in dem Moment, dass er jetzt auch Winter bekäme, ohne sich in geschlossenen Räumen einmieten zu müssen, um künstlichen Träumen zu erliegen.

Die Felsformationen aus Vulkangestein, um die der Weg einen Bogen machte, wirkten nicht nur im Nebel wie hässliche Trolle. Es waren wirklich welche, weshalb Jack zuerst seinen Augen nicht traute. Einige von ihnen setzten sich plötzlich in Bewegung und kamen Jack entgegen. Einer von ihnen bot ihm eines seiner Kinder als Tausch gegen Rebecca an. Doch er schubste den hässlichen Langnasen mit dessen Tochter auf dem Arm einfach beiseite. Unterstützung bekam er von den seelenlosen, aber netten Winter-Wichteln. Diese Gnomen, die mit ihrer feuerartigen Substanz einfach durch Gestein gingen, signalisierten ihm, dass sie seine liebenswürdige Tochter in ihrer Welt wie einen Schatz hüten würden und er keine Angst haben sollte, ihr noch einige Zeit das Bedürfnis nach Ruhelosigkeit zu lassen. Er sollte den Mädchen die Möglichkeit geben, nomadenhaft ihren eigenen Weg auf gewundenen Pfaden zu erkunden.

Jack jedoch ging total geschwächt weiter, stolperte, fiel auf den weichen Waldboden und wollte zuerst nicht wieder aufstehen.

So, als wenn es noch ein wenig Überzeugungskraft bedarf, seinen Weg zu Ende zu bringen, brachten ihm kleine Zwerge einen großen Spiegel.

Er könne sich wünschen, welche Bilder er aus der nahen Zukunft erblicken wolle, versprachen sie ihm. Seufzend traf er eine Auswahl und richtete sich mit letzter Kraft nochmal auf.

Als erstes zeigte der Spiegel ihm die gute alte Babsi, wie sie gerade neue Besucher am Bahnhof begrüßte. Danach war er froh, Jakob und Jonas zu sehen, die bei wunderschönem Wetter im Baumhaus saßen, das er mit

David zusammen gewerkelt hatte. Die beiden Herren waren in das ins Apfelland zurückgekehrt.

Doch wo waren David und Tony?, dachte Jack im selben Moment. Kurz darauf beobachtete er ihn schon im Spiegel, wie er mit anderen Kindern zusammen glücklich im Wonderland-Park spielte. In der nächsten Szene sah Jack dann Tony zusammen mit Jane, der Rezeptionistin in Silenttown. Das Zusammentreffen der beiden wirkte allerdings intensiver als bloß eine freundschaftliche Umarmung und Geste des Wiedersehens, denn es folgte ein leidenschaftlicher Kuss. Jack ging davon aus, dass die beiden Damen zukünftige Intrigen gegen die dortige neue Bürgermeisterin planten.

Aber auch Philipp erging es gut, nachdem er seine Familie wiedergefunden hatte, zumindest dem nach zu urteilen, was Jack in einem weiteren Ausblick zu sehen bekam. Die Eltern von Davids Freund waren sehr wohlhabend und somit deren Anspruch an vornehme Sitten und über Generationen weitergegebene Bräuche entsprechend hoch. Philipp hielt dagegen nichts von Traditionen, was früher ein großer Reibungspunkt, vor allem zwischen ihm und seinem Vater gewesen war. Doch nun hatten sie offenbar alle zueinander gefunden, denn Jack sah eine harmonische Szene, wie alle zusammen lachend und unbeschwert auf einer Picknickdecke saßen. In einer anderen Sequenz konnte man beobachten, wie schön sich Philipp auch um seine kleinen Geschwister kümmerte und mit ihnen spielte. Jack fühlte sich dabei wieder zwiegespalten. Einerseits wünschte er sich seine Freiheit, andererseits verspürte er auch Sehnsucht nach einem solchen intakten Familienleben.

Nach diesen bewegenden Aufnahmen wechselte die Vorschau des Spiegels zu wunderschönen Küstenbildern. Doch im Detail wurde Jack Zeuge von kriegerischen Auseinandersetzungen zwischen einem netten kleinen Fischerdorf und der größeren Nachbarstadt, in die auch George und seine Freunde involviert waren. Jack fiel dabei ein neues Gruppenmitglied auf.

Es war der Stadtstreicher, mit dem Moh ausgiebig in Southtown diskutiert hatte.

Als ob der Spiegel genau im schrecklichsten Moment dorthin wechseln wollte, musste Jack plötzlich aus der Vogelperspektive mitansehen, wie eine riesige Flutwelle auf die Hafenbucht zurollte. In einer Nahaufnahme sah er den alten Fischer, mit dem er sich unterhalten hatte, in einer selbstgebauten Kelo-Sauna sitzen. Dieser schaute nachdenklich durch das kleine Sprossenfenster aufs friedliche Meer hinaus, während ein anderer Mann gerade einen Aufguss über die Plutonischen Gesteine machte. Vielleicht ahnten sie ihr Schicksal schon?

Jack musste anschließend mitansehen, wie die alten Fischerboote abhoben und wellenreitend ins Dorf katapultiert wurden. Weitere Monster-Brecher folgten und zerstörten, was ihnen auf dem Weg landeinwärts in die Quere kam. Im letzten Moment konnte man Vogelschwärme sichten, wie sie das Weite suchten.

Ganz Süddorf wird nach dieser Tsunami-Welle in Zukunft nichts und niemanden mehr im Weg sein.

Danach erschütterte es Jack, im Spiegel Francis zu sehen, wie er, wahrscheinlich schon tagelang verschanzt, in einem Freudenraum seine Zeit verbrachte, obwohl er so unbeschwert in seiner eigenen Kolonie hätte leben können. Hatte die Sucht in ihm nach der perfekten Illusion bereits gegen seine Naturverbundenheit gesiegt? Michael konnte er leider in keinem der erscheinenden Bilder entdecken. Jack war sich jedoch sicher, dass es seinem religiösen Wegbegleiter nun besser ging. Nicht ohne Grund zitierte Michael ihm einmal das Sprichwort: *Das meiste auf der Welt erledigt sich von selbst, wenn man nur genug Zeit verstreichen lässt.*

Was ihn aber am meisten aufwühlte, waren die Bilder von seiner Tochter, wie sie mit ihrer Freundin und zwei jungen Männern im Gepäck durchs weite Farmland in Richtung Neuland fuhr, einem unbeplanten Gebiet, das westlich hinter dem großen Fluss lag. Soweit Jack erfahren hatte, soll dort eine neue Stadt namens Funtown gegründet werden.

Das stärkende kosmische Feuer der Sonne konnte mittlerweile den Nebelwald nicht mehr durchdringen und Jack spürte den überwältigenden negativen Stress in ihm wachsen. In der bald anbrechenden Nacht würde der Neumond alle Kräfte der Geister und Dämonen freisetzen, die in diesen Wäldern nur darauf warteten, Jacks restliche positive Wesenheit weiter zu schwächen. Das wollte er nicht auch noch durchleben, griff in seine Hosentasche und holte mit letzter Kraft all seine gesammelten Steine heraus und ließ sie fallen.

Meine Energie ist am Ende, soll sie glücklich werden meine kleine Große, dachte er, schloss seine Augen und fand schließlich seinen Frieden.

∞

Als er die Mappe zuklappte, bildete sich kurz eine Staubwolke. Seine Freunde schauten ihn im Kerzenlicht des schummerigen Raumes inmitten des weitverzweigten Höhlensystems erwartungsvoll an, bis sie realisierten, dass Francis wirklich fertig gelesen hatte.

„Hä? Das war's?“, erkundigte sich Meik.

„Ich trage nur zusammen, was ich selbst im Spiel beispielsweise mit Jack erlebt habe oder was mir die anderen Teilnehmer über ihre Erlebnisse berichten und versuche daraus, eine zusammengehörige Geschichte zu verfassen. Ich bin dafür auch schon in andere Charaktere des Spiels geschlüpft oder habe für die Dramaturgie auch schon Sachen erfunden. Mehr Stoff hatte ich noch nicht“, verteidigte sich Francis.

„Aber woran stirbt er denn letztlich überhaupt?“, hakte Meik nach, den Jacks Schicksal keine Ruhe ließ.

„Hab ich doch vorgelesen, seine Energie war am Ende“, entgegnete Francis. „Ich habe leider nie wieder etwas von dem Spieler gehört. Ich kenne nicht mal seinen Klarnamen und habe ihn auch noch nie real gesehen, muss aber zugeben, dass sein Erscheinungsbild mich wirklich interessieren würde und auch wie er ist und was er sonst so macht. Jedenfalls wäre es schon spannend zu erfahren, was aus ihm geworden ist und warum er diese enormen emotionalen Probleme hat.“

„Richtig, dass er seine Steine fallen ließ hat ihn bestimmt die letzte Energie, Kraft und seinen restlichen Mut gekostet“, fügte Chiara hinzu.

„Na ja, ich denke, wir haben alle unsere kleinen Problemchen, die wir im beziehungsweise mit dem Spiel überwinden oder zumindest versuchen zu kompensieren.

Darum wandern wir doch nicht gleich in den Suizid. Ich pflege zumindest keine derartigen Gedanken“, stellte Meik klar.

„Das kann bei jedem verschieden sein. Dich plagen wahrscheinlich auch nicht so starke emotionale Probleme wie Jack und übrigens hast du uns als gute Freunde“, erklärte Chiara augenzwinkernd.

Francis deponierte das Schriftstück, aus dem er gerade stundenlang vorgelesen hatte, wieder in der Schublade des von ihm selbst aus dünnen Brettern gezimmerten Schränkchen, das ein wenig alten Flair in diese Höhle bringen sollte. Alle spartanischen Möbel waren mit Kalkstaub übersät, der zeitlebens, sukzessive von den Felswänden rieselte. Trotzdem setzten hier Möchtegern-Poeten für deren geheime Treffen ihre selbstgenähten Atemschutzmasken ab. Die Mappe mit der Geschichte sollte nur der Anfang einer Anthologie von Personen sein. Francis träumte von der Vorstellung, ein Archiv über das Leben vieler weiser Menschen auf Papier zu schaffen.

„Dann gibt Jack also den Kampf um seine Frau einfach so auf und verzichtet auf ein Wiedersehen mit seiner Tochter?“, mischte sich jetzt noch ein weiterer Zuhörer namens Henry ein.

„Er hat halt gemerkt, dass es seiner Tochter gut geht und sie in Zukunft sogar besser ohne ihn zurecht kommt. Und bezüglich der Damenwelt haben wir ja schon genug über Jacks Einstellung zur Liebe gehört. Da gibt es wohl kaum eine Chance auf eine Wiedervereinigung mit seiner Frau. Also ich finde die Geschichte gut“, analysierte Chiara.

Francis senkte den Kopf und schwieg nachdenklich.

„He, findest du das jetzt nicht ein wenig unangebracht, Chiara?“, hakte Henry kritisch nach.

„Ist schon in Ordnung“, beruhigte ihn Francis.

„Nö, ich finde das unangebracht, nur wenige Wochen nachdem deine Tochter als unschuldige Mitfahrerin auf dem Motorrad dieses Verrückten beim Verkehrsunfall ums Leben gekommen ist“, erklärte Henry und schaute dabei zu Francis hinüber.

„Verdammt, jetzt checke ich das erst. Den Teil der Geschichte mit der verlorenen Tochter hast du dir ausgedacht, um den Tod deiner eigenen Tochter besser verarbeiten zu können. Das tut mir jetzt unendlich leid, das wusste ich nicht“, entschuldigte sich Chiara bei Francis und dabei sind beide den Tränen nahe.

„Wie auch immer“, versuchte Henry vom Thema abzulenken. „In der Erzählung ist alles recht willkürlich. Es stecken wirklich viele schöne Geschichten darin, die teilweise sehr einfühlsam beschrieben sind. Allerdings finde ich, dass es für sich allein stehende Kurzgeschichten sein könnten. Das Ganze wirkt zusammengewürfelt.“

„Also für mich bleiben einige Sachen unlogisch. Warum nutzt kaum jemand moderne Möglichkeiten der Kommunikation, wie beispielsweise Mobiltelefone oder wenn, dann äußerst selten und sehr kurz. Ich meine, bis auf Silenttown, wo diese verboten sind, würde doch keiner der Reisenden in der Geschichte freiwillig auf Handys verzichten, obwohl ja sogar die schon als altmodisch gelten. Das finde ich unglaubwürdig. Zudem ist das virtuelle Spielen in Dream World technisch nicht schon so weit, dass es darin auch fliegende Autos geben müsste“, analysierte Meik scharfsinnig.

„Kommt Leute, es ist euch schon klar, dass die Protagonisten der Geschichte aktive Teilnehmer in einer virtuellen Welt sind und wie in allen Computerspielen gibt feste Regeln, in Form von Lebensenergie, Geld, Geschicklichkeit und den üblichen Indikatoren. Die fliegenden Privatautos sind aufgrund der Wegeplanung und vor allem der Kontrolle der Verkehrsregeln nach wie problematisch“, verteidigte Francis nun seine Geschichte.

„Mmh, das konkrete Gesamtregelwerk des Spiels ist uns natürlich nicht bekannt. Also ich gehe davon aus, dass die Handynutzung ziemlich teuer ist und von der Logik her technisch auch nur Textnachrichten möglich sind, so wie sie Jacks Bruder einmal in der Geschichte nutzt? Ansonsten stelle ich es mir tatsächlich schwierig vor, ein Telefonat in einem virtuellen Spiel umzusetzen“, schlussfolgerte Henry.

„Jep, du hast es erfasst!“, bestätigte Francis. „Übrigens sind im Epilog die Spielregeln erklärt. Die rutschen beim Erweitern des Skripts einfach automatisch immer weiter nach unten.“

„Jetzt verstehe ich auch, warum die Eltern, die erst sehr spät in der Geschichte hinzustoßen und am Bahnhof ihre Kinder verlieren, es so schnell schaffen eine Spur zu finden und bereits kurze Zeit später diese Casino-Stadt erreichen. Sie hatten ausreichend Punkte, so dass sie diese in Form von Zahlungsmitteln für Recherche, Bestechung und schnelles Reisen investieren konnten. Clever! Langsam gefallen mir deine Ideen immer besser. Ist zwar noch ausbaufähig, aber der Clou ist ja, dass es nur ein Spiel sein soll, da ist so gut wie alles möglich“, sagte Chiara.

„Vor allem ist es, bis auf die angedeuteten isoliert Lebenden in Southtown ein Spiel ohne Nicht-Spieler-Figuren, was der Grund dafür ist, dass bisher nur so wenig Leute darin vorkommen. Einige Verbindungen zwischen den unterschiedlichen Charakteren hab ich mir nach und nach überlegt“, fügte Francis hinzu.

„Sei ehrlich, alle verschiedenen Charaktere spielen irgendeine Rolle in deinem Leben!“, meinte Chiara.

„Aber zumindest habe ich alle Namen geändert, meine Liebe“, bekam sie augenzwinkernd als Antwort.

„Also doch, hab ich mir doch gedacht, immer auf die kleinen dicken Schwulen!“, beschwerte sich nun Meik vorwurfsvoll.

„Aber Michael ist in der Geschichte nicht klein und dick und er braucht auch nicht zwangsweise in der Hölle gelandet sein“, erklärte Francis verteidigend und klopfte dabei Meik freundschaftlich auf die Schulter.

„Lass mich bloß in Ruhe“, sagte Meik sofort und drehte sich beleidigt weg.

„Warum hast du eigentlich diese sechs Steine in unterschiedlicher Farbe und Form und einen Stapel vergilbte Schwarz-Weiß-Fotos auf dem Tisch vor dir liegen, während du uns diese Geschichte erzählst?“, fragte Chiara schließlich.

„Es sind genau 36 Fotos, die Kapazität eines analog entwickelten Negativfilms“, erklärte ihr Francis. „Die Bilder geben mir eine Basis, mich an die schönen Plätze zu erinnern, die ich bisher besucht, die netten Leute die ich getroffen und die interessanten Geschichten, die ich erlebt habe. Denn ich möchte von nun an, so oft und solange es noch möglich ist, für weitere Geschichten in die virtuelle Welt eintauchen, bevor mich wieder die vollkommene Langeweile über die ewige Gleichmacherei einholt. Aber auch in den Zeiten, in denen ich nicht im Spiel bin, beruhigt es mich, wenn ich meine errungenen Steine dabei habe, um sie gelegentlich in den Händen zu reiben. Das hält mich gedanklich innerhalb der schönen Neuen Welt und gibt mir ständig neuen Mut. Und es steigert natürlich auch meine Motivation, spieltechnisch noch weiterzugehen, wenn ich hier meine Zusatzpunkte auf dem Tisch liegen sehe.

Die Zen-Grundsätze des Buddhismus haben alles überlebt und die meisten Menschen finden sich damit ab, bereits am richtigen Ort im Leben angelangt zu sein und ein anderes Ufer gar nicht mehr erreichen zu müssen. Ich reagiere mich stattdessen in meinen Geschichten ab und genieße es, eine Rolle zu spielen. Womit ich immer noch hadere ist, dass uns zu viel Auswahl von unseren eigentlichen Zielen im Leben abbringt. Zudem schieben wir die wichtigen Sachen vor uns her und machen nicht das, was wir tun müssten. Und mal ehrlich, letztlich kriegen wir doch meist sowieso das, was wir insgeheim auch erwarten. Ähnlich geht es mir zumindest regelmäßig in meinen selbst erdachten Geschichten."

Alle schauten Francis mitfühlend an, bis er die Ruhe wieder unterbrach: „So Leute, ich will jetzt langsam mal aufbrechen."

„Also ich weiß nicht, ich hab das Gefühl, das ist noch nicht die ganze Geschichte. Du hast noch etwas in der Hinterhand, nech!", meinte Henry zu mir.

„Dir kann man nichts vormachen, mh?", entgegnete Francis ihm und konnte seine Idee mittlerweile auch nicht mehr für sich behalten: „Okay, ich verrate es euch, da ihr anscheinend nicht selbst darauf kommt. Das ist natürlich nicht das wirkliche Ende der Geschichte. Denn dieses Gespräch mit euch lasse ich gerade hier im Storyteller-Zentrum aufnehmen. Das System kann, wie ihr wisst, daraus Dialoge selbstständig erstellen und schriftlich digital festhalten. Natürlich soll das eine absolute Ausnahme bleiben. Ich werde handgeschriebene Texte auch zukünftig bevorzugen."

„Ah, coole Idee!", rief der Informatikexperte Henry dazwischen.

„Siehste", reagierte Francis und bat ihn schließlich um Folgendes: „Deshalb musst du als Software-Beauftragter im Zentrum, falls mir irgendetwas zustoßen sollte, dir meine ganze Geschichte besorgen, sie auf Papier bringen und dann hier im alten Schrank deponieren. Für das nächste Mal, wenn ihr euch vielleicht auch mit neuen Personen an diesem Ort trefft, würde ich mir wünschen, dass das Skript dann vorgelesen wird. Vielleicht hab ich es bis dahin auch schon erweitert. Alles, was passiert, nachdem ich euch gleich Tschüss sage, hält hoffentlich wieder jemand anders schriftlich in neuen Kapiteln fest – wie in einer Kreativwerkstatt Literatur. So geht die Story immer weiter, wie ein Computerspiel eben. Vielleicht wird es keine Unendliche Geschichte werden, aber ein Buch im Buch. Dann werde ich wenigstens posthum ein berühmter Schriftsteller oder zumindest Herausgeber. Ich würde mir eine literarisch phantastische Fortsetzung wünschen."

„Kein Problem, du kannst dich auf mich verlassen. Ich gebe dir mein Wort darauf", schwor Henry.

„Was sollte dir denn zustoßen? Was hast du vor?“, fragte Chiara besorgt.

„Nichts Besonderes, mach dir keine Gedanken.“

„Du bist bereits vorbestraft“, erinnerte ihn Meik. „Weil du Kritik an Gentechnik und Kontrolle durch Künstliche Intelligenz geäußert hast. Nächstes Mal landest du im psychologischen Zentrum und dann bist *du* Geschichte, mein Lieber! Wenn das System bestimmte kritische Stichwörter registriert, wird die entsprechende Erzählung in dem Augenblick gestoppt“, erklärte Henry.

„Na und? Sowieso alles egal!“, meinte Francis flapsig.

„Ich erinnere dich daran, dass du noch Ziele vor Augen hast!“, mischte sich Meik noch mal ein.

„Ja, ja, und deshalb will ich auch endlich los!“

„Warte. Warum gibt es eigentlich keine Flugzeuge in den Geschichten?“

„Ich leide unter Flugangst, Schätzchen – vergessen?“

„Ach ja, stimmt“, erinnerte sich Meik. „Aber denke daran, dass Angst uns auch lehrt, das Leben zu genießen und es nicht beherrschen zu müssen. Doch ständige Angst kann uns auch umbringen.“

„In Ordnung, Leute, macht es gut, kommt alle gut zurück, ich bin weg!“, sagte Francis zum Abschied und alle wünschten ihm noch viel Glück, bevor er durch eine Tür mit der Aufschrift *Neue Freudenräume* trat.

Seine Freunde befürchteten, was Francis ausprobieren wollte. Mit Jacks Abgang hatte er bereits auch sein persönliches Ende vorverfasst.

Teil II

„Wer Unglück nicht ertragen kann,
verdient das Glück nicht“

Neustart

Langsamen Schrittes folge ich dem schummrigen Tunnel in Richtung des heller werdenden Tageslichts. Als ich den Ausgang der schneeweißen Kalksandsteinfelsen erreiche, kann ich oberhalb der Hafeneinfahrt bereits die riesige Autofähre sehen.

Bei meiner Ankunft an der Anlegestelle, werde ich ohne Kontrolle an Bord gelassen. Ungewöhnlich viele Autos wollen heute mit der altehrwürdigen Fähre zum Festland übersetzen.

Während der Dampfer ablegt, stehe ich draußen am Heck und erkenne demütig im schäumenden Kielwasser, den Impuls, mit dem ich mich nun wieder von meinen Freunden entferne. Trotzdem genieße ich während der dreistündigen Fahrt bei ruhigem Seegang die gemütliche Atmosphäre der Bord-Gastronomie, stöbere ein wenig in der Boutique und beobachte, wie Kinder versuchen, sich in einem Raum mit antiquierten Computerspiel-Geräten die Langeweile während der Überfahrt zu vertreiben. Es sieht in der Tat so aus, dass sie sich wirklich amüsieren. Das altbewährte Prinzip, denn während bei normalen Freizeitaktivitäten das unmittelbare Vergnügen ausreicht, entsteht der Anreiz in Computerspielen durch die direkte Belohnung. Genauso wie es der Staat mit untertänigen Bürgern macht.

Doch das Bedürfnis, von immer mehr Personen eine positive Bestätigung zu bekommen, nahm irgendwann ungeahnte Folgen an. Scheiß drauf! Da gehöre ich lieber denjenigen mit einer „anderen“ Auffassung an.

Ich wurde erzogen, möglichst unabhängig von anderen Meinungen zu sein. Zur Not entspreche ich eben nicht mehr der Mehrheit und kann kein Teil einer Gruppe mehr sein. Daran wird mein „Ich“ nur noch weiter reifen.

Jedenfalls fühle ich mich an Bord dieser Fähre um Jahrzehnte in der Zeit zurückversetzt. Um frische Seeluft zu tanken, gehe ich auf den Außendecks spazieren. Am Bug sehe ich, wie die gewaltigen Wassermassen vor sich hergeschoben werden. Ich blicke weit über den bislang großenteils unerforschten Meeresraum bis zum Horizont, an dem sich der Himmel und die See mit ihren vielen unterschiedlichen Nuancen von Blau berühren, was in dem Moment meine Sinne schärft, mich aber auch zugleich ein wenig verloren zurücklässt.

Dass mich die Überwachungskameras des Schiffs schon länger ins Visier nehmen, habe ich längst bemerkt. Mittlerweile fühle ich mich zudem von realen Personen beobachtet. Langsam bringe ich nicht mehr ausreichend Geduld für die ewige politische Korrektheit auf und es ist nur eine Frage der Zeit, bis ich wieder die Fassung verliere. Die Polizei ist mir wegen des Erzählens von angeblich illegalen Geschichten auf den Fersen und mir ist bewusst, dass während ich dies erzähle, irgendeine Software wieder auf mich aufmerksam wird. Deshalb fahr ich auch nicht mit meinem Auto, das, wie die gesamte Gesellschaft weltweit nur noch durch eine Handvoll gigantischer Rechner kontrolliert wird. Darin habe ich kein Vertrauen mehr und verspüre eine regelrechte Angst um mein Leben. Ich wäre nicht der Erste, der durch mysteriöse Umstände mit einem autonom fahrenden

Verkehrsmittel bei einem Verkehrsunfall ums Leben kommt, die beim heutigen Stand der Software und Mechanik nicht mehr passieren dürften. Deshalb bin ich Fußpassagier auf der Autofähre, was sicherlich als politisch sehr suspekt gilt, denn diese Art von Reisen in der heutigen Zeit mit eng verflochtenem Luftverkehrsnetz und kilometerlangen Tunneln unter den Meeren hat sogar für den Autoverkehr mittlerweile Seltenheitswert. Vielleicht sollte ich mich wirklich mal wieder in ein Fluggefährt setzen.

Als die Fähre ihr Ziel erreicht, bin ich der Einzige, der zu Fuß an Land geht. Verwundert darüber, dass mich niemand beim Verlassen der Fähre beziehungsweise beim Betreten des Festlands kontrolliert oder mir zumindest Fragen zu weiteren Reiseplänen stellt, gehe ich zum nahe gelegenen Bahnhof. Bereits einige Minuten später kommt meine Bahn, die mich heute an einen spannenden Ort bringen soll. Selbst nicht wissend, was mich erwarten wird, steige ich zusammen mit nur wenigen anderen Fahrgästen, aber dafür verfolgt von einigen Beobachtern, in die Bahn ein.

Im Zug zieht eine mir gegenüber sitzende attraktive junge Dame meine Aufmerksamkeit ganz unfreiwillig auf sich und während der Zug sich an jeder Haltestelle zunehmend leert, verliere ich mich völlig in Gedanken.

Es kommt mir willkürlich vor, dass ich mich plötzlich an ein so weit zurückliegendes Ereignis erinnere. Ich hatte eine Nachricht in einem Geocache gefunden, in der jemand ankündigte, genau an dem Tag, an dem ich den Zettel in den Händen hielt, aus der Vergangenheit aufzutauchen und mit einem Charakter ins Spiel einzusteigen. „à midi chez le château“ las ich weiter. Ohne auch nur zu überlegen war mir damals klar gewesen, dafür gegebenenfalls auch mehrere Stunden länger auf den Ankömmling zu warten. Ich war so gespannt gewesen, endlich mal bei solch einer Situation dabei zu sein und die Person zu begrüßen und hatte mich schon weit vor zwölf Uhr mittags in Sichtweite des Fundorts der Nachricht beim denkmalgeschützten Schloss positioniert.

Ich brauchte mich nicht lange gedulden, denn Punkt zwölf erschien wie aus dem Nichts ein Mann in historischer Kleidung wie zu Zeiten von Napoleon. Wie es aussah, war er nicht aus einem Theaterstück geflüchtet, sondern direkt einem Kriegsschauplatz der französischen Revolution entsprungen.

Meine Französischkenntnisse sind nur mäßig, doch ich konnte seinen Aussagen entnehmen, dass er den Kampf für die Freiheit hier und jetzt weiter fortsetzen wollte. Ich weiß nicht, ob er in dem Moment ins Spiel zurückgekehrt und ob er eine bereits bestehende oder ein neue Rolle übernommen hatte. Ich erinnere mich aber noch genau daran, wie der Mann vom Moment seines Erscheinens an nicht die geringste Eingewöhnungszeit brauchte, sich in seiner Umgebung zurechtzufinden.

Wenn es also möglich war, unverändert aus der Vergangenheit ins Spiel einzusteigen, könnten sich vielleicht dann auch Menschen vor ihrem Tod, von dem sie noch nichts ahnten, eine Zukunftsvision mit ihnen selbst darin vorstellen?

Noch weit entfernt im Hintergrund vernehme ich nun eine weibliche Stimme, die etwas zu fragen scheint und mich damit aus meinem Tagtraum zurückholt. Es ist die gegenübersitzende junge Frau.

„Entschuldigen Sie, haben Sie mich angesprochen?“, reagiere ich verspätet.

„Ja, tut mir leid, ich hoffe, Sie nicht aus einem schönen Traum gerissen zu haben“, sagt sie in sanfter Tonlage, weil sie wahrscheinlich meine zunehmende Nervosität bemerkt hat. „Ist alles in Ordnung?“

„Nein, ja, alles gut“, stottere ich.

Ich brauche einen Augenblick, mich zu sammeln, denn ich denke auf einmal, dass ich gerade mit meiner Tochter spreche. Hatte ich mir ihren Tod in meiner Depression vorgegaukelt? Habe ich sie nun wiedergefunden? Wusste ihre Mutter davon? Umso mehr wäre es dann ein Grund, deren Herz zurückzuerobern, so hartnäckig wie ein französischer Revolutionskämpfer? Danach wären wir wieder eine richtige Familie, für immer vereinigt!

Bin ich zu langweilig?

Ja.

Mögen Frauen Helden?

Frauen mögen Helden.

Okay.

Viel Glück.

Ein herzergreifendes Lächeln. Der Zug hält. Sie steigt aus.

Die Steine in meiner Hosentasche gleiten unbewusst um meine Finger herum. Mein Gehirn beginnt eine Rekapitulation der Diskussion mit meinen Freunden in der Felsenhöhle.

Steige aus.

Türen schließen.

Keine Schmetterlinge im Bauch, sondern Flugzeuge im Kopf. Warum nicht gleich in neue Welten aufbrechen?

Schaue auf. Ein Jahrmarkt. Großer Trubel. Vergnügte Leute. Fahrattraktionen.

Eine phantastische Atmosphäre.

Folge dem Wegweiser *Zum Weltraumbahnhof*.

Bei Ankunft. Ariane-Rakete zum Mond. Apollo 11-Kapsel. Genau ein Platz frei. Konto reicht aus. Setze alles auf eine Karte. Ziehe letztes Ticket.

Jetzt – gleich – hier – dort!

Eigentlich macht es mich nervös, wenn alles nicht im gewohnten Zustand, an seinem angestammten Ort und zu einer sich immer wiederholenden Zeit bleibt, aber in Lichtjahren war mir das egal.

Ich denke an Geschichten von Sternen zurück, die man nur in guten Teleskopen erkennen kann und wünsche mir in einem anderen Raum, vielleicht sogar in einer parallelen Zeit zu sein. Wenn ich dann aufwache, werde ich die Dinge bestimmt von einer anderen Seite sehen.

Ob Einhorn, Herkules, Zentaur oder Perseus, auch der Skorpion ist weitergewandert, nicht nur wegen der Bewegung der Erdachse. Ich und sie werden vielleicht schon bald ein neues Glück gefunden haben.

Es lebe die Liebe!

Kurze Zeit später, nach einer lapidaren Einführung in Weltraumkunde sitze ich nun abschussbereit in einer Rakete. Direkt neben der jungen Dame, die ich gerade erst kennengelernt habe und dann beginnt auch schon der Countdown: 10, 9, 8, 7, 6, 5, 4, 3, 2, 1, 0.

Sogleich spüre ich ein unbeschreibliches Gefühl. Ich werde in meinen Sitz gedrückt und die Rakete steigt mit zunehmender Geschwindigkeit durch die Atmosphäre gen All. Dank dem Sternengucker Jonas kann ich mir jetzt ungefähr vorstellen, auf wie viele Sterne ich gleich ohne Lichtverschmutzung eine freie Aussicht haben werde.

Meine Flugangst ist wie weggeblasen. Es überkommt mich dafür eine Klaustrophobie. Mir wird die komplette Kontrolle gewahr, unter der ich gerade stehe. Ich fühle mich zunehmend krank.

Ich bin es leid, kein eigenständiges Individuum mehr sein zu dürfen. Ich möchte aber auch kein Mitleid, sondern versuche, mit meinem Engagement für den Erhalt der geschriebenen Sprache Generationen der Zukunft die nötige Sanftmut und Hoffnung zu geben. Ich sehe in eine ungewisse Zukunft voller Zorn und Neid. Die Menschen sind ängstlich wegen der großen Ungewissheit, das Vertrauen in die Regierung gleicht der Verzweiflung. Die Abhängigkeit der Menschen von einigen wenigen Rechenmaschinen wächst. Man liest so viel und doch wird man nicht weiser. Aber mein Schreiben und ausgewählte Literatur nehmen mir noch die subtile Angst.

Das Leben ist nicht kontrollierbar. Wird es nicht erst durch seine Ungewissheit zu einem Abenteuer? Ich strebe als sensibler Mensch ständig nach innerem Frieden und der Unabhängigkeit von Urteilen. Wenn ich also nicht als ein Familienvorbild tauge, dann vielleicht als Held für die Zukunft einiger? Der richtige Zeitpunkt für den Rebellen tief in mir war gekommen. Wenn ich alles so mache, wie es vorgeschrieben wird, bin ich frei ohne eigenen Willen. Ich kann mich kaum noch erinnern, wie es außerhalb der Freudenräume aussieht. Soll ich es wirklich wagen?

Im Weltall gibt es keinen Schall, trotzdem schreie ich es laut heraus: „Gedanken gehören frei, verdammtes Gesinnungs-Unheil!“

GAME OVER

EPILOG

Nehmen Sie teil!

Kreieren Sie mit Hilfe ihrer Fantasie neue Regionen oder Kommunen, füllen Sie verlassene Landstriche und Orte wieder mit Leben oder helfen Sie notleidenden Gebieten und Bewohnern.

Es wird immer politische oder wirtschaftliche Gegner geben. Sie haben mit diesem Spiel aber auch die Möglichkeit, Freunde zu finden und sich mit ihnen zu verbünden, um so feindliche Übernahmen zu verhindern.

Jeder Spieler muss ein Ziel wählen!

Das können eine Charakterbesserung oder im ideologischen Sinn Erfolge sein, z.B. loslassen können, lernen zu lieben, Ängste abbauen, Bürgermeister werden, jemanden oder etwas finden, einem Aktionsbündnis beitreten usw.

So haben zufriedene, wohlhabende Leute die Chance, auch eine andere Seite des Lebens kennenzulernen.

Im zweiten Schritt entscheidet der Spieler, entweder im standardisierten Anfangsszenario oder in der Rolle eines ehemaligen Spielers zu starten, dessen Charakter im Spiel momentan inaktiv, aber noch am Leben ist.

Der Schwierigkeitsgrad und zeitliche Umfang ist je nach Ziel mit gewissen Einschränkungen vom Spieler vorher zu wählen. Das Programm beeinflusst demnach den Spielverlauf für einen Charakter – von einer passiven Rolle, die einfach und jederzeit erfüllt werden kann bis hin zur Utopie.

Die Spieler müssen sich verpflichten, bezüglich ihres gewählten Szenarios gegebenenfalls ihre Zustimmung zu möglicher seelischer oder körperlicher Gewaltanwendung innerhalb des Spielverlaufs zu geben, die natürlich nur für die virtuelle Welt gilt! Es sollte berücksichtigt werden, dass es für den Spieler spürbar zu Veränderungen seiner Gefühle und seines Verhaltens kommen kann, wenn er einen bestehenden Charakter übernimmt, zumindest teilweise, wie im realen Leben zur transgenerationalen Weitergabe, im Sinne einer Vererbung von Erfahrungen kommen kann.

Transtemporale Kommunikation ist dagegen nicht möglich. Das heißt, dass man keine Verbindung zwischen ehemaligen, derzeitigen und zukünftigen Mitspielern aufbauen kann. Aber multitemporales Zusammenleben von alten und neuen Charakteren muss gewährleistet bleiben und sollte sogar mehr gefördert werden.

Wenn ein Spieler nicht mehr so viel Zeit investieren will oder demotiviert ist, aber trotzdem seinen Charakter beibehalten möchte, kann die Identität der Figur im Spiel modifiziert werden und sie beispielsweise zu einem Stadtstreicher umgewandelt werden. So hat der Spieler auch zukünftig die Möglichkeit, weiterhin in einer Art Statistenrolle am Spielgeschehen zu partizipieren.

Wie in solcher Art Computerspiele üblich, besitzt Jeder Eigenschaften die sich je nach Spielverlauf erhöhen oder verringern können: Geld, Intelligenz, Lebensenergie, Geschicklichkeit etc.

Digitale Kommunikationsformen sind im Vergleich zur Realität rar und kostspielig. Zum Beispiel ein Mobiltelefon im Spiel bei sich zu tragen deutet schon auf einen gewissen Wohlstand hin. Die für die Spieler bewusst völlig überteuerten schriftlichen Nachrichten sind selten, denn diesen Luxus können sich nur wenige wirklich leisten. Telefongespräche zu Mitspielern sollten aufs Nötigste reduziert werden, weil dies die Dramaturgie des Spiels stört, ähnlich wie bei Spielfilmen die Toilettengänge der Hauptdarsteller.

Bei Aktivierung der Bonus-Version, wird der jeweilige Teilnehmer automatisch zu einer Gruppe von Spielern hinzugefügt, die unabhängig voneinander die gleiche Art von Objekt sammeln müssen, um so zusätzliche mentale Energie zu schöpfen.

Eine Figur scheidet sofort und für immer aus dem Spiel aus, sobald dessen Lebensenergie aufgebraucht ist.

Mit Ihrer Teilnahme am Spiel akzeptieren Sie unsere allgemeinen Geschäftsbedingungen (AGB) und die darin enthaltene Verschwiegenheitsklausel. Diese dient nicht zuletzt ihrer eigenen Sicherheit, da das Abtauchen in virtuelle Welten nach neuestem Recht verboten ist. Aus diesem Grund ist der Weg zu unseren Studios geheim. Der anonyme Transfer von ihrem Wohnort und zurück ist in den Spielgebühren inbegriffen.

Eine offensichtliche Kritik an der aktuellen politischen Führung ist untersagt! Bei Nichtbefolgung liegt es nicht in unserem Einflussbereich, welche privaten Konsequenzen das Vergehen Ihrerseits für Sie bedeutet.

In der virtuellen Welt gilt das Jugendschutzrecht. Die Teilnehmer müssen 18 Jahre alt sein.

Nachweise: digitaler Fingerabdruck / Augenscanner.

Es ist jedoch möglich, eine minderjährige Figur zu spielen. In diesem Fall besteht die Möglichkeit, einen Modus zu wählen, in dem ethisch fragwürdige und für die Psyche belastende Situationen entstehen können.

Nur dann dürfen im Spiel Aktionen vorkommen, in denen gegen allgemeingültige Gesetze, beispielsweise Menschenrechte verstoßen wird. Dies kann seelische Auswirkungen für die Betroffenen während des weiteren Spielverlaufs nach sich ziehen.

Mit den Teilnahmegebühren, die Sie einmalig oder im kostengünstigen Abonnement entrichten können, fördern Sie die zukünftige technische Entwicklung. So könnten bald sogar ihre Organfunktionen mit ins Spiel einbezogen werden. Dies ermöglicht dem Spieler auch Aktivitäten aus dem realen Leben, wie beispielsweise Essen, Trinken und Träumen.

Tipp: Verschenken Sie einen Gutschein!

Wählen Sie dazu den Charakter und das Ziel aus, um den Gutscheinempfänger mit einer aufmunternden oder motivierenden Spielfigur eine Freude zu machen. Sie können Freunde oder Verwandte bestimmte Situationen zum Nachdenken erleben lassen, um sie auf den Boden der Tatsachen zurückzuholen. Natürlich kann der Beschenkte auch einfach alles selbst auswählen, um den individuellen vollen Spielgenuss zu erhalten.

DANKSAGUNG

Ein großes MERCI an alle, die mich inspiriert haben, diesen Roman zu schreiben und fertigzustellen.

Tine, ohne dich wäre die Geschichte nicht weitergegangen. Vielen Dank für die tolle Karte.

Anna, es tut mir leid, falls ich öfters keine Zeit zum Spielen hatte. Das nächste Buch schreiben wir zusammen!

Ich bin froh, Korrekturleserinnen gefunden zu haben, die das fertige (ich habe weiterhin das Gefühl, dass es niemals fertig werden wird!) Manuskript mit viel Mühe durchgearbeitet haben und deren Anmerkungen mir eine riesige Hilfe waren:

Tine, Anja und Iris.

Meine Mutter hatte später die ersten Kapitel gelesen (doch obwohl ich die Geschichte schon so oft durchgegangen war, fand sie noch Fehler!). Sie wollte dann allerdings lieber auf die veröffentlichte Version warten. Nun ist sie da!

Bleibt mir jetzt nur noch, mich auch bei allen anderen Leserinnen (und hoffentlich auch Lesern) zu bedanken, die bis zu dieser Stelle gekommen sind.

ÜBER DEN AUTOR

Marco Plate, geboren im Jahr 1973 in Bremerhaven, lebt mit Partnerin und Tochter bei Paris.

Nach seiner Tätigkeit im Journalismus und Bereich der politischen Bildung in Deutschland, arbeitet er nun als Dozent in Frankreich und widmet sich seiner großen Leidenschaft – dem Schreiben. Herr der Steine ist sein erster Roman.

Für Kritik und Anregungen besuchen Sie bitte die Homepage: www.marco-plate.de

Willkommen
in
NEULAND